1ª edição
1.000 exemplares
Outubro/2023

Coordenação editorial
Ronaldo A. Sperdutti

Projeto gráfico e editoração
Juliana Mollinari

Capa
Juliana Mollinari

Imagens da capa
123RF

Assistente editorial
Ana Maria Rael Gambarini

Revisão
Alessandra Miranda de Sá
Maria Clara Telles

Impressão
Bartira gráfica

Direitos autorais reservados. É proibida a reprodução total ou parcial, de qualquer forma ou por qualquer meio, salvo com autorização da Editora. (Lei nº 9.610, de 19 de fevereiro de 1998)

Traduções somente com autorização por escrito da Editora.

© 2023 by Boa Nova Editora.

Av. Porto Ferreira, 1031 | Parque Iracema
CEP 15809-020 | Catanduva-SP
17 3531.4444

www.**boanova**.net | boanova@boanova.net

Dados Internacionais de Catalogação na Publicação (CIP)
(Câmara Brasileira do Livro, SP, Brasil)

```
Fábio (Espírito)
    Prisioneiro de si mesmo / romance mediúnico
pelo espírito Fábio ; [psicografado por] Nadir
Gomes. -- Catanduva, SP : Boa Nova Editora, 2023.

    ISBN 978-65-86374-31-5

    1. Romance espírita I. Gomes, Nadir. II. Título.

23-170481                                    CDD-133.93
```

Índices para catálogo sistemático:

1. Romance espírita psicografado   133.93

Aline Graziele Benitez - Bibliotecária - CRB-1/3129

NADIR GOMES
ROMANCE MEDIÚNICO PELO ESPÍRITO FÁBIO

— PRISIONEIRO —
DE SI MESMO

SUMÁRIO

APRESENTAÇÃO 7

PREFÁCIO..9

Capítulo 1 - UMA NOVA TAREFA..13

Capítulo 2 - O TRABALHO DE DESOBSESSÃO 25

Capítulo 3 - HERANÇA DO PASSADO...37

Capítulo 4 - NOS DOMÍNIOS DO MAL...48

Capítulo 5 - ABNEGADOS TRABALHADORES DO BEM 54

Capítulo 6 - ESCOLHAS..66

Capítulo 7 - É CHEGADA A HORA 75

Capítulo 8 - MUITO SE PEDIRÁ ÀQUELE QUE MUITO RECEBEU.84

Capítulo 9 - MUDANÇAS NECESSÁRIAS 95

Capítulo 10 - SEMELHANTE ATRAI SEMELHANTE 103

Capítulo 11 - O VALOR DAS APARÊNCIAS 115

Capítulo 12 - O VALOR DO TEMPO 131

Capítulo 13 - NÓS E O OUTRO 142

Capítulo 14 - SEMPRE APRENDENDO 153

Capítulo 15 - OS INIMIGOS DESENCARNADOS 165

Capítulo 16 - CONTA DE SI 181

Capítulo 17 - HORA DE ACORDAR 196

Capítulo 18 - PROVIDENCIAL AMPARO 212

Capítulo 19 - A ROSA MÍSTICA DE NAZARÉ 225

APRESENTAÇÃO

É grande a minha alegria por mais este trabalho terminado.

Estou ciente de que tenho muito a agradecer por todo o auxílio recebido durante o seu desenvolvimento, pois que acorrem irmãos de todas as partes e inúmeras casas espíritas abriram suas portas em franca cooperação conosco, possibilitando o fortalecimento dos laços afetivos entre as Equipes Espirituais. Eu, por minha vez, sei que só o que fiz foi anotar; anotar e reescrever várias vezes todo esse relato, já que, diferentemente do meu primeiro livro, este não se trata de minha vida, mas sim de um resgate maravilhoso nos confins do umbral; e nem sei dizer do porquê de eu, Fábio, ser o feliz autor dessa narrativa, já que tantos outros, mais abalizados, poderiam desta experiência única fazer um portentoso romance.

Mas... como a bondade divina me situou à frente deste relato, eu só tenho a agradecer pela maravilhosa oportunidade e jamais a deixaria passar, pois sei quando recebo um tesouro nas mãos, e esta experiência é isto: um valioso tesouro, a mim ofertado por Deus.

Agradeço também o amparo recebido e o auxílio desta casa onde tenho laços afetivos — Sociedade Espírita Terezinha de Jesus! Agradeço ainda a segunda casa, vizinha a esta, de nome AEEL — Assistência Espírita Evangelho de Luz, cujo dirigente espiritual, irmão Amorim, recebeu-nos de braços abertos, e todos ali trabalharam ativamente, dando igualmente amparo e sustentação para que este trabalho viesse a lume.

A todos vocês, muito obrigado, queridos irmãos, tenham em mim um fiel amigo, sempre disponível quando se trata de servir ao bem.

Fábio

PREFÁCIO

É para mim um prazer imenso fazer o prefácio de mais esta obra, deste que é um querido amigo, meu pupilo, se posso assim me expressar. Seu valor como narrador ele já o demonstrou em seu primeiro livro: *Distante de Deus*, que grande parte dos irmãos já conhece, e, aos que ainda não tiveram essa oportunidade, espero que possam fazê-lo, pois sua leitura acrescentará aos irmãos grande conhecimento de como se articulam as legiões umbralinas. Entretanto e apesar disso, quando a hora chega, nada impede que as forças do bem deem um fim a esses grupos ensandecidos na revolta e no ódio, sempre se colocando como vítimas e cobrando injustamente, refratários à máxima do Mestre Jesus: "Perdoai para que Deus vos perdoe".

Estes que têm tantas necessidades de misericórdia e de perdão para prosseguir, mas necessitam antes despertar e aceitar suas reais condições, bem como compreender que são os únicos responsáveis pelas situações em que estão. Assumir nossos erros, nossos enganos e nossas ações danosas é um gigantesco trabalho de autoaperfeiçoamento! Essa é uma tarefa que não se faz de hora para outra; ela exige o auxílio do tempo, bom ânimo, fé no futuro e na libertação dos antigos vícios. Sabemos que não é fácil para ninguém trocar um modo de pensar, de crer e viver pelos milênios afora por outro. Mas... quando chega o momento e a criatura está cansada de sofrer, cansada da agonia estafante dessa carga nociva que carrega sem ver um objetivo, sem perceber como sair da situação estagnadora, à qual nada de novo se acrescenta, havendo somente uma sequência de ocorrências semelhantes, de grilhões que pesam cada vez mais; quando o espírito, este ser íntimo, que muitas vezes jaz enclausurado dentro de uma consciência petrificada, grita por socorro, o Pai imediatamente vem em seu auxílio, abre-lhe uma porta para que possa sair de si mesmo e lhe dá a oportunidade de iniciar de novo.

Este é o momento esperado pelos irmãos espirituais, que sempre, sempre estiveram ao lado daquele ser, sussurrando-lhe nos refolhos da consciência que há outro caminho, outro modo de viver que não seja tão sofrido. Enfim, quando os aprisionados em si mesmos ouvem o sutil chamado, despertam da auto-hipnose, à qual estiveram subjugados por tanto tempo, dá-se início a uma nova era em suas vidas.

É disso tudo que trata este novo livro de nosso irmão Fábio.

Trata de vos trazer notícias da limpeza que está se fazendo ao redor e nas entranhas do nosso planeta! Da limpeza nos seus círculos mais densos, onde se aglomeram grupos numerosos, que "criam", com suas mentes enfermiças, a realidade que trazem plasmada na mente! Surgem então os redutos escuros, as vielas lodosas, os locais infectos e insalubres; e, para espanto de alguns encarnados que relutam em aceitar "esta outra realidade" do nosso mundo, até verdadeiras cidades encontramos nas regiões mais trevosas. Muitos imaginam que o umbral é um espaço físico único, localizado em uma só determinada faixa vibratória e circunscrito a ela. Todavia, assim como o som, ele se propaga em várias cadências, algumas imperceptíveis aos ouvidos humanos pela sua alta ou baixa frequência; também outro exemplo encontramos na cor, quando sabemos que no arco-íris estão implícitas todas as conhecidas. Quantas dessas cores podemos "ver" *grosso modo*? Na verdade, poucas são registradas pelos órgãos físicos sensoriais.

Assim sendo, com muito mais abrangência se dá quando falamos das faixas vibratórias capazes de abrigar vida. O próprio fluido cósmico universal é vida a se manifestar em infinitas formas. Então, amigos, por que estranhar que este umbral seja muito mais denso, maior e diferenciado de como o imaginamos?

Para nós, habitantes do mundo espiritual, sempre há o que ver e o que aprender, e nos surpreendemos muitas vezes com a manifesta capacidade humana de criar, seja nos dois níveis da vida, encarnado e desencarnado, e mais ainda nas infinitas dimensões do espírito.

Assim, não estranhem termos encontrado uma grande cidade umbralina atrelada ao núcleo da Terra, tampouco a criatura que a dirigia. Ainda há algumas mais ao redor do planeta, esperando a intervenção do Cristo para a desagregação desses núcleos e o desterro de seus dirigentes, objetivando assim a renovação deste mundo. Agradecemos, portanto, a Deus pela abençoada oportunidade de receber estas notícias e poder repassá-las através dos escritos do amigo Fábio a vocês, encarnados. Que elas possam trazer reflexões nestes momentos em que parte da humanidade ainda corre atrás de conquistas efêmeras, quando a alma grita por libertação e emancipação como ser eterno que é.

Chega de viver aprisionados ao ego, pois somos todos anjos. Que cada um possa conquistar condições de assumir sua angelitude.

Julianus Septimus

Capítulo 1

UMA NOVA TAREFA

Em todas as circunstâncias do seu apostolado de Amor, Jesus procurou a atenção das criaturas, não para a forma do pensamento religioso, mas para a bondade humana.
(*Fonte viva*, Emmanuel/Francisco C. Xavier, "Atendamos ao bem", item 137)

Bem! Novamente aqui me encontro no intuito de trazer novas informações; algo simples, despretensioso, mas que espero em Deus venha a ser de algum valor moral para alguém.

Parece que já faz muito tempo que nós escrevemos o livro *Distante de Deus,* isso porque, de lá para cá, muitos fatos novos ocorreram. Quando eu digo que *nós* escrevemos, é porque muito raramente fazemos algo sozinhos. Sempre há alguém nos acompanhando, seja daqui mesmo do plano espiritual, ou ainda alguém que está na vida física, como o médium que recebe nossas informações e as psicografa para o mundo dos chamados "vivos".

De início, dispus-me a narrar alguns fatos que pudessem ser úteis a quem busca o conhecimento como forma de se libertar dos velhos vícios. Só planejava apresentar uma narrativa de algumas pequenas experiências pelas quais passei aqui, bem como o resgate de algumas lembranças que não foram relacionadas no primeiro livro. Entretanto, a "coisa" se alongou e tomou rumos que eu jamais previra. Mas deixo a análise para vocês que irão ler.

Continuando: não necessito falar de minha felicidade com esta nova oportunidade, não é? Posso lhes afirmar que, desde o findar daquele primeiro livro, eu tenho trabalhado e melhorado muito, não só na minha aparência, que não era das melhores — se vocês bem lembram —, como no meu íntimo. Se bem que, aqui na espiritualidade, uma coisa está correlacionada à outra. Espelhamos no corpo o que nos vai ao íntimo. Vocês podem imaginar que, de início, alguns de nós passam muita vergonha por aqui. Não é fácil viver exposto a nossas deficiências e dificuldades íntimas. Mas, ao longo do tempo, vamos percebendo que a maioria dos recém-chegados traz experiências semelhantes. Na verdade, meus amigos, o nosso é verdadeiramente um mundo ainda em expiações e provas duras, haja vista não vermos muita perfeição por aqui também. Salvaguardando alguns irmãos que são verdadeiras joias, colunas do Cristo na Terra, a nos servir de exemplos e doação de luz para os nossos caminhos, a maioria ainda é de seres endividados com as leis divinas ou consigo próprio. Sim! Muitos são aqueles que se cobram sem necessidade. Não aceitam o que foram ou o que fizeram no passado, e tampouco o que são hoje. São irmãos nossos que vivem se flagelando. Por não se sentirem dignos, atraem todo tipo de sofrimento quando reencarnam, crendo assim se libertarem. Creio que é uma das formas, mas não a mais saudável.

Mas, voltando ao início: digo-lhes que venho buscando firmemente superar as dores e dificuldades por meio do trabalho em prol do próximo e principalmente de mim mesmo.

É impressionante como temos dificuldades para entender — leia-se *praticar* — os ensinamentos deixados pelo Mestre Jesus! Quanto nos é difícil ainda "amar ao próximo", ver nele um irmão. Aqui, tenho aprendido o verdadeiro significado deste que é o único mandamento de Jesus: "Amar a Deus acima de todas as coisas e ao próximo como a nós mesmos"!

Depois da partida para o reencarne do meu irmão espiritual e companheiro de todas as horas, Antonino, eu me senti um tanto solitário, mesmo tendo ao lado familiares queridos e pessoas amadas. Fato é que cada um dos afetos tem determinada importância em nosso coração. Quando há separação, sempre sentimos. Percebem que isto não se dá só com vocês? Aqui no mundo espiritual a saudade também tem seu espaço! Porém, aqui, mais que aí na matéria, tem-se que manter as emoções disciplinadas. É nossa primeira obrigação, pois espelhamos no corpo o que sentimos, enquanto o físico filtra ou mascara os sentimentos. Entendam assim: no plano terra vocês podem fingir os sentimentos, no plano espiritual, não. Para isso estudamos e nos exercitamos constantemente, a fim de evitar desequilíbrios. Temos que aprender a aceitar os fatos com serenidade.

Quando falo da falta de Antonino, não me julguem "muito" egoísta; na verdade, eu me sentia muito feliz com a nova experiência reencarnatória de meu irmão espiritual, mas, como disse: saudade é saudade em qualquer plano da vida. Então, quando ela apertava demais, eu dava um "jeitinho" de conseguir autorização para ir visitá-lo e a família. Para que vocês saibam: Antonino vai renascer como meu sobrinho; assim, naquelas visitas eu também matava as saudades de meu irmão e minha cunhada, minha tia e prima Marlene. Entretanto, alerto-os de que nossos dirigentes nada cedem atendendo simplesmente aos caprichos de cada um, que requisita isto ou aquilo. Eles sempre procuram aliar nossas estadias e os merecidos descansos em outras paragens a alguma tarefa ou aprendizagem, embora também tenhamos o livre-arbítrio para aceitar ou não o que nos é oferecido.

O Centro Espírita Maria de Nazareth, dirigido pelo meu irmão Jorge, assim como a pequena enfermaria adjacente, viviam repletos de pessoas necessitadas. Como lhes dizia de minha saudade, consegui uma visita a este sítio e também uma tarefa que deveria ser desempenhada por um pequeno grupo: nosso instrutor, irmão Arnaldo, trabalhador ativo do Instituto, minha companheira Lúcila e eu. Assim, nessa romaria à Terra e ao sítio de minha família, iríamos também estudar um caso peculiar e tentar auxiliar no que fosse possível.

Não me continha de tanta alegria ao chegarmos àquele local tão querido, onde passei toda a minha infância e adolescência. A primeira pessoa que nos veio ao encontro foi vó Maria. Ela tem permanecido junto de Walter desde seu reencarne através de minha prima Marlene — vejam vocês como se dão as coisas aqui no nosso plano: Walter e Marlene eram irmãos, ele desencarnou e, assim que Marlene, já aos quarenta anos, se casou, ele aproveitou a oportunidade e voltou para a Terra, e ela, de irmã, passou a mãe. Vó Maria também cuida de minha cunhada Mariana, que está grávida de Antonino — para quem não leu o livro *Distante de Deus*, ele é meu irmão espiritual. Vó Maria é ainda dirigente espiritual e incansável trabalhadora do Centro Espírita Maria de Nazareth. Já fazia algum tempo que eu não a via e a alegria foi enorme.

— Sejam bem-vindos, meus amados irmãos. Já os aguardava ansiosa.

Enquanto nos abraçávamos, vó Maria ia falando:

— Quanto prazer em revê-lo, irmão Arnaldo, a todos vocês! E você, meu neto? Mostra-se tão bem, meu querido! Saiba que, mesmo estando um tanto distante, eu tenho acompanhado seus passos.

— Já instalou um transmissor áureo aqui, vovó?

— Não! Fico sabendo de você no boca a boca mesmo — disse vó Maria com graça e depois arrematou: — Brincadeira, meu neto! A nossa manutenção de pensamentos com o Alto nos permite receber, sempre que possível, as informações de que necessitamos. Neste caso, são os amigos de nosso amado Instituto que me mantêm informada. Mas vamos, entremos, pois Jorge também está ansioso com a chegada de vocês.

— Ele já está sabendo que viríamos, vovó? Como?

— Pela abençoada mediunidade, meu neto, que nos permite contatar os nossos queridos encarnados. Assim, podemos passar-lhes assuntos de grande importância, e até dar estes singelos avisos sobre a visita de algum ente querido durante os nossos trabalhos. Mariana, que tem se demonstrado boa médium, consegue captar com certa clareza aquilo que eu lhe passo. Vejam bem: quando informamos nossos irmãos encarnados de possíveis presenças queridas de nosso plano, bem como de mentores ou visitantes celestes, isto não tem como objetivo a mera curiosidade, o deslumbramento ou o engrandecimento de quaisquer tipos de sentimentos menos dignos. As informações que trazemos sempre terão por base objetivos elevados. Embora para nós seja tão comum virmos visitar nossos entes queridos, estarmos com eles em seus momentos de alegria, compartilhando-os, ou nos momentos de tristeza, a fim de ampará-los, eles, por outro lado, nem sempre se encontram em condições de nos perceberem. O que é ainda mais triste, muitos sequer têm permissão de saber dessas presenças, sempre constantes, raramente demonstradas. Isso porque não se acham preparados para esses contatos. Já neste nosso caso, em que tanto seu irmão Jorge quanto a esposa são trabalhadores assíduos e dedicados ao ideal cristão, estas revelações lhes chegam para fortalecê-los no caminho que trilham junto à Seara do Bem! Recebem tais informações porque há permissão do Alto; fizeram por merecê-las e com toda a certeza farão bom uso delas.

— Quem diria, não? Tanto trabalho e objetivos contidos em uma simples informação vinda do plano espiritual!

— Bem, meus queridos... — vó Maria assim se dirigia ao pequeno grupo, e nós, pressurosos, aproximamo-nos mais a fim de ouvi-la melhor. Todos nós sempre buscávamos aprender um pouco mais, e ela, carinhosa e sorridente, minha "velhinha" tão querida, dentro de sua humildade, mostrava-nos a experiência adquirida naqueles tantos anos de trabalho dentro da maravilhosa Doutrina Consoladora.

Ela continuou:

— Vocês devem saber também, infelizmente, o que não falta, entre os encarnados que buscam avidamente por informações junto aos espíritos, são respostas, pois há os espíritos que não titubeiam em dá-las, não lhes importando se são verdadeiras ou falsas; portanto, percebem vocês quanto os trabalhadores de uma casa como esta aqui precisam se precaver desse escolho? Como?

— Creio, vovó, que é por meio dos estudos, não é?

— Ele é fundamental, mas não basta por si só, meu neto, pois de que nos vale conhecer sem praticar? O acúmulo de conhecimentos teóricos sem a experiência prática não passa de um livro se embolorando numa prateleira qualquer, do qual ninguém se utiliza. Portanto, quando um novo conhecimento nos chega, vamos estudá-lo profundamente, buscar colocá-lo em prática até se obter dele os resultados que se espera. Este novo conhecimento, para ser importante para nós, terá que se acrescentar ao que já trazemos, somando-se e nos transformando em seres melhores. Conhecimentos apenas acumulados, sem uso, digo de minha parte e me perdoem aqueles que não pensam assim, é melhor não tê-los! É tal qual o dinheiro acumulado pelos avaros; no final, nem eles mesmos se aproveitam do que possuem, e, por retê-los nas mãos egoisticamente, impedem o bem que sua circulação produziria. Somos todos responsáveis pelo que fazemos com o que possuímos, assim como pelo que deixamos de fazer, mesmo alegando por defesa qualquer motivo absurdo. Mas vamos, entremos, pois já estou sendo deseducada os retendo aqui na entrada, e Jorge já os aguarda ansioso. Ele já captou a presença de vocês.

— Engraçado! Aqui, às vezes nos esquecemos de que a mediunidade é o único recurso que temos para contatar os encarnados.

— Não é o único, meu neto! Podemos também contatá-los pelo sono físico, quando passamos a eles o que necessitam saber. Mas, infelizmente, são raros os que conseguem reter nossas orientações na íntegra.

E eu, na minha eterna pressa, já fui logo disparando:

— De que adianta então tanto trabalho, vovó? Não seria desperdício de tempo?

— Qualquer providência cujo objetivo é o bem jamais será perda de tempo. Depois, um mínimo, pelo menos, eles guardam; confundem com sonhos inexplicáveis ou intuição provinda deles mesmos, o que já nos basta — respondeu-nos vó Maria sensatamente. — Cada um recebe as mensagens do nosso plano, que lhes vai direto ao espírito, dessa forma todos a trazem, ainda que no inconsciente. Já o que cada um vai fazer com elas, isso é problema individual entre o ser consciente, seu próprio espírito, que pode aceitar ou rejeitar tal orientação, e Deus. Cabe a cada um a responsabilidade quanto ao que fará com tal alerta, informação ou conhecimento recebido do plano superior.

— Vovó, isto é fato só entre espíritos e encarnados já esclarecidos ou...?

— É fato entre quaisquer consciências que permutam entre si informações e conhecimentos, seja entre os próprios irmãos de nossa esfera, entre eles e os encarnados, dos desencarnados sombrios para encarnados e até de encarnado para encarnado. Pensamentos são ondas de energias que estão onde houver consciências pensantes. Quando muitas criaturas com os mesmos pensamentos e sentimentos se juntam, formam essas ondas que agem como ímã, atraindo outras de igual teor; semelhante atrai semelhante, e formam-se esses "locais" vibratórios, se é que podemos designá-los assim.

— Nossa, vovó, isto é muito preocupante! Não é nada agradável sabermos que podemos ser atraídos por ondas de violência, ódio, medo...

— Não há por que se alarmar! As criaturas se encontram nas faixas que lhes são próprias. As responsabilidades maiores pertencem àqueles já esclarecidos e que, todavia, se deixam arrastar por essas ondas vibracionais. Perceba que todo conhecimento traz consigo a responsabilidade do mesmo quilate. Se você não sabia disso e agora sabe, sua responsabilidade aumentou.

— Tudo tem o seu preço! — advertiu irmão Arnaldo, completando a fala de vó Maria, ante o arquear de sobrancelhas que eu lhe lancei.

— Estou te estranhando, Fábio! Você já não aprendeu sobre vibrações lá no Instituto? — perguntou-me vó Maria, no que irmão Arnaldo se adiantou sorrindo e respondeu por mim:

— Ele já aprendeu, sim, minha irmã, entretanto, o Fábio tem uma novidade para te contar.

— Verdade? Pois então conte, meu neto. Conte-me tudo!

— Eu estou acumulando material para um novo livro, vovó! — respondi-lhe cheio de entusiasmo.

— Que alegria, meu querido! Fico muito feliz! É por isso, então, que ficaram todos vocês aí, silenciosos, me deixando falar sem parar? — ela disse sorrindo.

— Isso mesmo! O Fábio agora virou um pesquisador; de tanto estudar as obras de André Luiz, resolveu seguir-lhe os passos: tudo o que ouve ou vê, ele anota e depois analisa daquilo o que poderá ser útil aos nossos irmãos.

— Pelo amor de Deus, irmão Arnaldo, nem fale em André Luiz, pois hão de pensar que estou querendo me comparar a ele. Eu sou só o Fábio, lembra? "Aquele..."!

Todos se riram da minha vexação, embora eu tenha falado muito sério, pois as Grandes Obras desse espírito são de estudo obrigatório em nossos Institutos.

— Não teria sido mais proveitoso ter anotado tudo o que eu disse, então?

— Tenho boa memória, vovó! Percebo que, se vou anotando, as pessoas já não são tão espontâneas; depois, conto com o auxílio de Lúcila e irmão Arnaldo, que se prontificaram a me ajudar no que for necessário!

Estávamos assim nessa conversação agradável quando fomos despertados pela chegada de Jorge.

— Ah! Aí está o seu irmão!

De fato, Jorge se avizinhava do pequeno saguão de entrada, olhando vivamente para todos os lados, pressentindo a nossa presença.

Depois de visitarmos todas as dependências do centro, vovó nos levou à enfermaria, mais precisamente, a um pequeno quarto, onde observamos uma moça em estado cataléptico deitada em uma cama e, a seu lado, uma idosa com um ar bastante sofrido; já arqueada pelos longos anos que carregava nas costas, aguardava sentada. O estado da moça nos impressionou muito. Trazia os olhos desmesuradamente abertos e o rosto contorcido, parecendo sofrer em demasia. Meu irmão Jorge, sentindo a nossa presença, adentrou o quarto perguntando para a anciã:

— E então, dona Almira, como está a nossa Celina?

— Ah, doutor Jorge, na mesma! Ainda agorinha gemia como se sentisse muita dor. Tentei falar com ela, chamei-a, mas nada. Parece viver em outro mundo. Receio que nunca mais verei minha neta como ela era antes desse ataque que a deixou assim, prostrada, numa alienação de fazer dó.

— Não se desespere, dona Almira, a senhora sabe que, se a medicina tem os seus limites, onde ela para, ainda podemos contar com o auxílio de Deus, portanto, nada está perdido.

A velha senhora, enxugando as lágrimas, concordou com um aceno de cabeça, enquanto Jorge buscava examinar a paciente. Irmão Arnaldo, se aproximando, também passou a observá-la detidamente, depois perguntou a vovó:

— É este o caso que viemos tratar, não é?

— Sim, meu irmão.

Eu, muito afoito, já fui perguntando:

— Do que se trata, vovó? Quem é esta moça?

— Ela é uma prima de Mariana. Mas vamos agora auxiliar Jorge e depois os colocarei a par de toda a situação.

Percebi imediatamente que em minha ânsia por saber, e por estar no meio de meus familiares, estava me excedendo na curiosidade e tratei de me policiar, calando-me.

Jorge examinava Celina com atenção, secundado por irmão Arnaldo, que colocava a mão na cabeça de meu irmão para que ele pudesse perceber com mais clareza o quadro clínico da pobre moça. De tempos em tempos ela gemia longamente, mas não dava conta de si, totalmente alheia ao que se passava consigo e a sua volta.

Auxiliado por irmão Arnaldo, Jorge passou a dar passes longitudinais na moça, que fechou os olhos e pareceu dormir. Dona Almira chorava baixinho, e Jorge, penalizado, abraçou-a dizendo:

— Não fique assim, minha irmã. Logo mais à noite faremos o nosso trabalho de desobsessão; quem sabe obteremos alguma resposta aos nossos pedidos! Talvez possamos receber orientação quanto ao caso de nossa querida Celina!

— Será, Jorge? Há quanto tempo estamos orando por ela, não é?

— Tudo tem o seu tempo, dona Almira. Necessitamos confiar sempre no amparo de Jesus.

— Minha pobre neta, tão boa. Quanta falta está me fazendo.

— Compreendo, dona Almira. Mas agora é melhor que a senhora vá para casa. Cuide de seus afazeres para poder estar conosco logo mais. E tente descansar um pouco, sim!

— Tem razão, Jorge. Nada posso fazer por ela, e me angustia tanto vê-la assim, pois tenho certeza de que minha neta está sofrendo muito.

— A senhora pode fazer muito, pode orar por ela, vibrar pensamentos bons, e sua presença também é muito importante. Apesar da aparente alienação, creio que ela pode nos ouvir e sentir, sim!

Começava a anoitecer quando minha cunhada Mariana adentrou o pequeno consultório onde meu irmão aviava algumas receitas e estudava algumas anotações sobre seus pacientes. Já dava para perceber o seu estado de gravidez. Com muito carinho, ela abraçou Jorge por trás, dizendo:

— Dia longo hoje, não foi, meu querido?

— Sim. Estou um pouco cansado, mas não me queixo. Não era o que queríamos: trabalho? Aí o temos; é hora de arregaçar as mangas e trabalhar.

Ela deu um largo sorriso, depois ficou atenta e ele lhe perguntou:

— O que foi?

— Você não percebeu algo diferente hoje?

— Como o quê?

— A casa está cheia!

— Interessante você falar. Sabe que ainda há pouco, quando eu examinava Celina, senti alguém me auxiliando?

— Eu já disse que você ainda há de ser um médium atuante.

— Ah, minha querida! Eu já tenho tantos afazeres. Não sei se daria conta de uma tarefa de tal envergadura.

— Não diga isso, Jorge! É você quem leva isto aqui adiante, e, depois, sabe que médium todos somos.

— Se tenho conseguido levar adiante o centro e a enfermaria, é porque sou bem assessorado. Ninguém faz nada sozinho, minha querida. Há você e nossos queridos colaboradores. Quanto à mediunidade, sei que todos a possuímos, mas cada um com sua tarefa. Por minha vez, estou feliz em servir a

Jesus auxiliando os que sofrem e colaborando humildemente no direcionamento do Maria de Nazareth. Mas que faria eu sozinho, sem o auxílio de tua mediunidade, da atuação preciosa de tua avó Almira, da querida Marlene e dos nossos demais companheiros de trabalho? Mas... diga-me: sentiu a presença de alguém em especial?

— Sim! O Fábio está aqui com certeza, e mais dois irmãos. É uma equipe, e sinto que vieram em atendimento aos nossos pedidos em relação a minha querida prima Celina.

Depois, juntando as duas mãos sobre o peito, olhando para o alto e com os olhos marejados de lágrimas, ela disse:

— Oh, Senhor Jesus! Ajude-nos a encontrar respostas para o caso de Celina. Eu também, tal qual minha avó, tenho a certeza de que ela sofre muito. Ajude-nos, Senhor!

Depois dessa rogativa, ela baixou a cabeça, e Jorge, buscando tirá-la da tristeza, disse-lhe, tomando-a nos braços:

— Vamos, minha querida. Reaja! Daqui a pouco se iniciarão os nossos trabalhos, e você necessita estar equilibrada. Confie em nossos mentores, que com certeza já estão trabalhando neste caso. Agora vamos ver o nosso pequeno Marquinhos, pois do contrário ele vai crescer e não perceberemos isto ocorrer.

— Tem razão! Quantos irmãos prendem-se tanto aos trabalhos em prol do próximo e não se apercebem das necessidades do próprio lar. Graças a Deus, não é este o nosso caso, pois se pudesse escolher não sairia do lado de nosso filho — disse Mariana, sorrindo e alisando a barriga, certamente pensando nesse "outro" que já estava a caminho, meu querido irmão espiritual Antonino.

Capítulo 2

O TRABALHO DE DESOBSESSÃO

[...] Desde os primeiros tempos da família humana, existem criaturas confundidas nos falsos valores do mundo.
(*Caminho, verdade e vida*, Emmanuel/Francisco C. Xavier, "Transitoriedade", item 72)

Por volta das vinte horas, iniciou-se o trabalho de desobsessão com uma singela prece feita pelo meu irmão Jorge:
— Mestre Jesus! Aqui nos encontramos novamente em teu Santo Nome, e esperamos que a tua misericórdia nos ampare durante a assistência aos nossos irmãos necessitados. Sabemos que os conheceis a todos, encarnados e desencarnados, bem como às suas carências várias. Entretanto, ousamos rogar-te por todos eles e, com especial atenção, ao caso de nossa querida irmã Celina, visto seus grandes sofrimentos. Se os bondosos irmãos que nos têm auxiliado, segundo a tua vontade, acharem de bom alvitre nos passar algum esclarecimento neste caso em especial, para que possamos ter ciência de como socorrer melhor a nossa irmã, seremos imensamente gratos! Que o Mestre possa interceder junto a Deus, amenizando o sofrimento de irmã Celina, bem como o de todos os outros que acorrem a esta humilde casa, o nosso querido Lar de Maria (Centro Espírita Maria

de Nazareth), buscando solução para os seus pesares. Rogamos ainda, à nossa Querida Patrona, o auxílio do amor materno, que somente ela pode ofertar aos irmãos ainda endurecidos no rancor e no ódio. Ciente de que a vontade de Deus opera acima da nossa, nos colocamos à disposição dos mentores e auxiliadores espirituais para o início de nossos trabalhos, dando graças a Deus!

Este era um grupo pequeno de trabalho compondo-se de: minha cunhada Mariana, dona Almira, já nossa conhecida, um senhor de meia-idade de nome Aristides, a jovem Maria Regina, minha prima Marlene e Jorge, meu irmão, que dirigiria o trabalho. Antes de iniciar, ele perguntou:

— E o nosso irmão Claudio? Ainda sem condições de participar?

Mariana devolveu a Jorge um olhar preocupado e respondeu:

— Infelizmente, ele ainda não está bem!

Jorge fechou os olhos e mentalmente fez uma prece ao companheiro do grupo que não havia conseguido comparecer àquele trabalho. Nem bem o trabalho se iniciou e o médium Aristides se enrijeceu todo, começando a blasfemar. Jorge se aproximou, colocou a mão sobre ele e disse:

— Seja bem-vindo, meu irmão!

— Bem-vindo? Não seja hipócrita! Sabe muito bem que eu, para cá, fui arrastado contra a minha vontade!

— Mesmo assim, o irmão é sempre bem-vindo!

— Por que perde seu tempo com "ele"? Você sabe que ele não largará o vício. Ele tem compromissos comigo e eu não o deixarei se debandar! A insistência de vocês em trazê-lo a esta casa para a maldita "tarefa" em nada redundará! Ele virá uma e faltará duas, e assim será, até que desista de vez! Não adianta insistirem, será pura perda de tempo. Ele é simplesmente um bêbado, e assim continuará até que eu queira! Há de me pagar os sofrimentos do passado!

— Meu irmão! De que adianta tanto ódio? Ninguém é perfeito! Todos nós erramos! Acaso crê você que nunca errou?

— Não estamos aqui para falar de mim!

— Engano seu! Quando socorremos algum irmão, a caridade nos convida a estendermos a nossa ação a todos que o envolvem! Portanto, você também é merecedor de nosso amor, de nossa atenção e preocupação, e aqui está sendo trazido para que perceba que o mesmo ódio com o qual afligimos os nossos desafetos é o que também nos atinge e nos faz sofrer!

— Esta filosofia barata não me comoverá! Sei que são movidos simplesmente pelo interesse em auxiliá-lo. Tantos a pedirem em favor daquele infeliz, como se ele valesse alguma coisa! Ele não presta! Não percebem?

— Meu irmão! Todos nós prestamos, e muito! Apesar das imensas dificuldades morais a nos afligir a alma, somos todos filhos de Deus. Acaso crê o irmão que Deus nos abandona à própria sorte? Nunca! O Pai Maior confia em que, diante dos resultados de nossas ações danosas, estas retornando aos seus autores, fonte de sua criação, nós acabaremos por perceber que o sofrimento acalentado é obra exclusivamente nossa. O Pai, apesar de todas as nossas mesquinharias, jamais nos abandonou na senda evolutiva. Sabe ele os imensos cipoais de amarguras e sofrimentos com os quais estamos envolvidos, porém confia em nosso despertar, pois não foi ele o nosso Criador? Então, meu irmão, perceba que os sofrimentos, mesmo aqueles causados pelos outros, têm suas causas em nós mesmos. O "outro", na maioria das vezes, não passou de instrumento invigilante utilizado pelas próprias forças que nos obriga a dar conta de nossas ações. Assim, aquele também terá que prestar contas ao Pai dos seus próprios atos. Mas... não seremos nós que o cobraremos, e sim sua própria consciência. Cada um responderá exatamente de acordo com o que fez, ou deixou de fazer a si mesmo e ao seu semelhante, tão sujeito a erros como toda a humanidade, que infelizmente ainda se encontra em um estado de tão grande alienação que não se apercebe de para onde caminha; tampouco é consciente de que vive num mar de pensamentos coletivos, ora assimilando os dos outros, ora externando os seus, sem conseguir buscar na sua origem divina o sustentáculo para o equilíbrio de que tanto necessita para viver dignamente. Assim, irmão amado, é natural que se firam uns aos outros, pois que ainda prevalece o egoísmo, o orgulho em detrimento dos sentimentos mais nobres, os quais somos todos capazes de manter e externar.

— Este seu jogo de palavras está me confundindo, me fazendo um grande mal.

— Não é jogo de palavras, meu irmão. Sabemos que você tem capacidade para entender, contudo, não queremos interferir em seu livre-arbítrio. Pense no que lhe falamos. O nosso companheiro Claudio tem buscado lutar contra o vício e as dificuldades da vida. Errou no passado, não negamos, mas o esforço empregado no hoje atesta sua mudança de conduta.

— Mudança? Mas ele vive mais caído que de pé! Seus propósitos dentro dessa doutrina não são fortes o suficiente para mantê-lo fiel. Vocês bem sabem!

— Quanto à fidelidade ou não do irmão em servir a Doutrina Espírita, isto é entre ele e o nosso Mestre Jesus; já quanto às suas quedas, você tem auxiliado, e muito! Reflita: se ele errou com você no passado, hoje quem está errando é você ao julgá-lo tão duramente e, ainda, auxiliar no desequilíbrio de nosso companheiro. Reflita enquanto é tempo! Agora vá, meu irmão! Conversaremos novamente em outra ocasião. Aproveite o convite de nossos irmãos maiores e disponha-se a perdoar!

E, assim, Jorge se despediu da entidade, que se afastou contrafeita, porém, levando no âmago da consciência aquelas orientações que lhe foram passadas. Jorge sabia que ligações profundas, oriundas de outras encarnações, baseadas no rancor e no ódio, levariam um bom tempo para serem desfeitas, mas o importante era auxiliar a ambos, encarnado e desencarnado, na medida do possível. A cura para aquela ligação odienta somente o Cristo conseguiria; assim sendo, confiara a Ele a solução daquele caso, como sempre procurara fazer com cada situação que lhe chegava às mãos ao adentrar as portas do Nossa Senhora de Nazareth. E o trabalho prosseguia com várias comunicações, e, no término, vó Maria enviava uma bonita mensagem, inclusive lhes dando esperanças quanto ao caso de Celina.

Depois do término do trabalho de desobsessão, os companheiros tomaram o rumo de seus lares, e os da casa foram se deitar, pois já era tarde. Nós aproveitamos para conversar um pouco. Irmão Arnaldo procurava elucidar o grupo sobre a nossa excursão da noite, quando tentaríamos entender o que ocorria com Celina.

— Bem... Pelo que eu pude captar até aqui, a consciência de nossa irmã Celina, com toda a certeza, está detida em local obscuro por irmãos vingativos. Faz-se necessário, meus amigos, antes de nos lançarmos à frente, buscar o amparo de Jesus e orientações mais detalhadas sobre o caso. Para tanto, vamos nos silenciar e orar a Deus, aguardando que os nossos irmãos Jorge, Mariana e dona Almira se juntem a nós. Infelizmente, nem sempre o planejado com os encarnados ocorre da forma que esperamos. Lutam eles com muitos entraves, seja de ordem íntima, do meio em que vivem e até empecilhos criados pelos inimigos desencarnados. Portanto, apeguemo-nos a Jesus em prol de nossos irmãos Jorge e Mariana, que até certo ponto estão mais resguardados nesta casa, por ser aqui um ponto de trabalhos espirituais amparado pelos benfeitores, e de dona Almira, que no lar luta com grandes problemas, pois, além da neta aqui internada, também dá amparo a um filho, que padece de deficiência mental, trazendo à nossa companheira de tarefas muitas preocupações.

Neste ponto da explanação de irmão Arnaldo, adentraram a sala Jorge acompanhado da esposa. Demonstrando grande lucidez, percebiam o nosso grupo com facilidade. Jorge foi comentando:

— Você tinha razão, minha querida, hoje a casa está realmente cheia, e o Fábio está mesmo por aqui!

— Olá, Jorginho! Estou feliz por ter vindo — fui dizendo com entusiasmo enquanto os abraçava.

— Mais feliz estou eu, meu irmão! É sempre uma imensa alegria revê-lo. Como estão papai e mamãe?

— Eles estão bem, Jorginho! Trabalhando, estudando, buscando o equilíbrio!

— Que bom! — respondeu ele, olhando vivamente os integrantes do nosso grupo. Vovó se adiantou dizendo:

— Meus queridos, este é irmão Arnaldo, monitor deste pequeno grupo.

E eles foram, assim, cumprimentando a todos.

— Irmão Arnaldo veio atendendo ao nosso pedido em favor de nossa querida Celina — disse vó Maria.

— Agradecemos muito o auxílio, meu irmão! Pode nos adiantar algo a esse respeito? — perguntou Jorge com grande interesse.

— Ainda necessitamos fazer um exame mais acurado, mas, pelo que pude perceber, a consciência de nossa irmã está muito distante.

— Como assim, irmão Arnaldo?

— Ela se encontra em um local sombrio, prisioneira de verdugos cruéis.

Ante as palavras de irmão Arnaldo, Jorge e a esposa sentiram um calafrio! Confesso que eu também me inquietei. Lembrei-me imediatamente de quando estive prisioneiro de Cérbero,[1] padecendo terrivelmente em suas mãos.

Mas ali o caso era diferente, porquanto a jovem Celina estava encarnada. Fiquei muito curioso sobre como se dava tal fato. Como os obsessores conseguiam mantê-la afastada do corpo físico? Nessas conjecturas, perdi parte da conversa entre eles, então procurei silenciar minhas indagações interiores e me concentrei no que dizia irmão Arnaldo, mas Jorge acabou por levantar a questão que me intrigava:

---

[1] Personagem do livro *Distante de Deus*, do mesmo autor espiritual.

— Como pode ser isso, já que a ouvimos gemer e balbuciar sons ininteligíveis? Como ela pode manter a vida, permanecendo a alma afastada por tanto tempo do corpo?

— Tendes uma compreensão muito limitada do que é o todo espiritual de um ser! Bem, vamos ver se posso simplificar esta explicação: temos vários níveis de percepções e a cada um deles poderíamos denominar corpos. Para um melhor entendimento, há, portanto, um nível de percepção responsável pelo consciente da criatura, que denominaremos corpo mental. Há ainda o nível emocional, que denominaremos corpo emocional. Vamos falar do mental e do emocional: esses corpos podem se deslocar do todo alma/espírito, embora continuem ligados, assim como o perispírito se mantém ligado ao corpo físico através de um cordão, ou, se preferirem, laço fluídico; aliás, o perispírito também será denominado corpo perispiritual, para simplificar. Continuando: pode ocorrer, por exemplo, de uma pessoa estar em determinado local, necessitar de uma informação urgente, enviar o seu corpo mental para obtê-la e o corpo emocional para outra parte. Mesmo distanciados, estarão ligados e trazendo as informações de que a alma ou o espírito necessita, entendendo-se aqui alma quando estamos encarnados e espírito quando desencarnados, como bem explica a codificação. Isso ocorre entre encarnados, mas muito mais entre os espíritos, e, quanto mais elevados são estes últimos, mais multiplicam suas percepções ou consciências, se preferirem. Por isso, os grandes trabalhadores do Cristo e o próprio Cristo são capazes de estar em muitos lugares ao mesmo tempo. Na verdade, o conceito sobre tempo e espaço também muda muito quando analisado sob o ponto de vista espiritual. Sem me alongar neste assunto, que necessitaria de um grosso volume para torná-lo mais compreensível, só quero que compreendam que a nossa irmã Celina está aqui, assim como o seu perispírito, mas sua consciência mental/emocional está prisioneira. E, quando ela sofre, embora distanciada do corpo e do perispírito, estes recebem a repercussão que o sofrimento causa em sua emoção, que está lá onde está o corpo emocional.

— Irmão Arnaldo, a mente e a emoção não seriam somente ondas vibratórias?

— A rigor, tudo são ondas vibratórias! Manipuladas pelo pensamento, podem se condensar ou corporificar, principalmente quando estão ligadas a uma identidade, corpo físico no caso do encarnado, mais que no perispírito no caso do desencarnado. Mas... a corporificação desses corpos sutis, a rigor, depende muito da condição do ser. Tanto o corpo físico quanto o perispírito são mantidos pela consciência do ser, assim também se dá com os corpos mental e emocional, que, se exteriorizados, serão duplos do perispírito, sendo este último, por sua vez, um duplo do corpo físico. Estão conseguindo me acompanhar?

— E essa questão de corpos para por aí, no físico, no perispírito, no mental e no emocional, ou... — questionei eu afobado pela explicação de irmão Arnaldo.

— Fábio! Você não prestou atenção quando me referi aos irmãos mais elevados e ao próprio Cristo! Volto a afirmar: quanto mais elevado for o ser, mais capacidade de se exteriorizar em vários "eus" ele terá, no entanto, todas essas expressões serão sempre ele mesmo!

— Intrigante! — murmurei.

— Isso permite aos espíritos estarem em vários lugares ao mesmo tempo, sem, contudo, saírem do local em que estão propriamente. São suas percepções que eles enviam para os vários níveis que desejam alcançar!

— Eu diria fascinante! Quando pensamos já saber muito, percebemos que o que sabemos é bem pouco diante do todo que há pela frente! — exclamou Jorge.

— A evolução, meu amigo, atinge níveis inimagináveis, até para nós, espíritos habitantes deste pequeno planeta abençoado que é a nossa Terra, contudo, ainda num lento processo evolutivo se comparada aos mundos felizes e perfeitos! Bem... essa pequena explicação foi para que entendessem o que está ocorrendo com nossa irmã Celina. Somente uma parte de sua consciência está prisioneira.

— Como o irmão descobriu isso? — indagou Jorge.

— Percebi que ali em seu corpo físico só havia vestígios dos sofrimentos pelos quais ela está passando. Como eu disse antes, há uma ligação entre o físico, o perispírito, o espírito e todos os seus sentidos; e, mesmo quando exteriorizados, permanecem ligados. Eu fui seguindo essa ligação, parecida com uma faixa luminosa em uma autoestrada, e consegui de certa forma chegar até ela! Infelizmente não pude contatá-la, pois poderia ser percebido pelos seus algozes. Então, voltei imediatamente.

— Se é assim, o que faremos, então? Como vamos libertar minha prima? — exclamou Mariana, demonstrando quanto se encontrava aflita.

— Antes de qualquer coisa, precisamos nos manter calmos e confiantes em Deus, pois para ele não existe o impossível!

Durante a nossa conversação, vó Maria pediu licença para ir até o lar de Celina, ver por que dona Almira se atrasava. Segundos depois, ela retornou nos dizendo:

— Infelizmente, dona Almira está sem condições de sair, pois o filho não passa bem! Auxiliei no que pude, mas ela preferiu ficar; já que pela neta ela nada pode fazer, preferiu não desamparar o filho neste momento.

— Depois destas medidas, vamos então buscar o auxílio dos irmãos mais elevados. Vamos orar a Jesus, meus irmãos.

E, assim dizendo, imediatamente irmão Arnaldo se colocou em atitude de prece e iniciou a oração:

— Senhor Jesus, aqui nos encontramos em teu nome, buscando o auxílio para a nossa querida irmã Celina, que padece num sofrimento atroz! Preocupamo-nos também com sua avozinha Almira, a querida companheira de trabalhos dentro de vossa amada Doutrina Consoladora. Somos conscientes de que todos nós trazemos inúmeros equívocos do passado esperando os devidos reparos, mas, para quitarmos esses débitos que temos, principalmente conosco, pois nada fere mais que a consciência da culpa, necessitamos da liberdade para nos conduzir a uma melhora por intermédio de tarefas nobilitantes no trabalho transformador. Contudo, veja, Pai Amado, que a querida companheira jaz num leito qual um ser sem alma, quando há seres que dependem dela para um viver mais digno: uma avó idosa e um tio enfermo. Apelamos em Teu nome para que o Mestre Jesus possa nos auxiliar neste problema que antevemos ser um dos mais melindrosos. Aguardando um sinal de Vossa misericórdia, Senhor Deus, nos colocamos, como sempre, à disposição para servir em Teu Santo Nome! Que assim seja, com as tuas bênçãos, Pai Amantíssimo!

Durante a prece humilde do irmão, os demais companheiros aguardavam silenciosos, concentrados, buscando também auxiliar, e, como sempre, o retorno não se fez esperar.

De todos nós saía um feixe de luz do chacra coronário, dirigindo-se a irmão Arnaldo, inundando-o de luminosidade, que por sua vez saía como um jato fortíssimo de sua cabeça e seguia para o alto. Isso se manteve, mesmo depois de ele ter terminado a prece, o que atestava o seu esforço buscando atingir alguma ligação maior com algum irmão que pudesse nos auxiliar. Logo a seguir, percebemos uma presença se formando no ambiente em meio a uma intensa luz. E qual não foi a minha surpresa ao reconhecer irmã Adelaide,[2] a quem eu não via já há tempos.

Com graça amorosa, ela nos saudou:

— Que a paz de Nosso Senhor Jesus esteja com todos!

— Graças a Deus! — murmurou irmão Arnaldo e, a seguir: — Que felicidade revê-la, minha irmã! Não esperava ser atendido pela senhora!

— Estamos sempre prontos a trabalhar em prol de nossos irmãos encarnados. Depois, meu caro Arnaldo, nós só estamos

---
2 Personagem do livro *Distante de Deus*.

buscando melhorar as condições de nosso planeta, pois bem sabe que, mais dia, menos dia, retornaremos para mais uma experiência na carne, e, quanto mais angariarmos afetos e simpatias, também os receberemos por nossa vez, quando assim o necessitarmos. Se todos pudessem perceber que, quando trabalham em prol do bem comum, estão principalmente trabalhando para si mesmos, o mundo já estaria bem melhor. Mas... Aguardemos confiantes, pois que o Mestre tem tido muita paciência conosco; nós, por nossa vez, nada fazemos demais em sermos pacientes com os irmãos ainda em situações de sofrimentos compulsórios.

— Tem toda razão, irmã Adelaide! Quanto tempo perdemos na Terra guardando mágoas, rancores e até ódios intensos contra os nossos irmãos que erraram conosco, esquecidos de que eles já estão em grandes sofrimentos, pelo simples fato de estarem errando, pois cada erro deverá acarretar consigo o exato reparo, na devida proporção da consciência, logicamente! Por que então acrescentarmos mais peso àquele que já carrega pesado fardo de enganos? Exercitemos a misericórdia, pois quem de nós poderá afirmar não necessitar dela, já que todos ainda estamos sujeitos a errar?

O pequeno grupo guardou silêncio por alguns momentos, absorvendo as preciosas lições recebidas. Irmã Adelaide, então, virando-se para mim e com um doce sorriso, disse:

— E você, meu querido Fábio? Saudades, meu filho! Mas alegro-me, pois o vejo em franco progresso!

Eu, sorrindo e meio sem jeito, pois irmã Adelaide tinha o "dom" de mexer profundamente conosco que a conhecíamos, respondi, gaguejando, pois queria abraçá-la, entretanto estava sem coragem:

— Sim, irmã Adelaide, eu tenho melhorado e devo muito disso à senhora!

— Nada me deve, meu filho, somos antes ambos devedores das benesses que o nosso Mestre Jesus derrama sobre nós! Mas... venha cá! Deixe-me abraçá-lo!

E, assim, aquela irmã tão radiosa, lendo as minhas emoções mais íntimas, me envolveu em seus braços de luz! Senti-me imensamente feliz em poder retribuir, não como dantes, um grande necessitado que eu fora, e ela sempre a me amparar, mas hoje como alguém que estava buscando se melhorar, dedicando-se por inteiro à tarefa de auxiliar ao próximo e aprendendo a cada passo a emoção de fazer o bem! Sem me exaltar no orgulho, digo a vocês que fazer o bem nos faz sentir bem! Desculpem o trocadilho, mas, vocês sabem, eu sou assim mesmo, estou gostando dessa experiência de brincar com as palavras. Quem sabe, eu me preparando bem aqui, na próxima encarnação poderei até vir a ser um escritor, porque hoje só o que faço é passar para esta minha irmã médium o que sinto! Bem, deixe-me parar de divagar e retornemos à nossa preciosa reunião. Irmã Adelaide abraçou a todos e para cada um teve palavras de carinho e amor. Eu, por minha vez, sei que amo imensamente esta irmã! Sinto-a como aquela mãe que abriga todos os filhos em seus braços protetores, afastando deles todo o mal pela força de seu amor maternal.

Irmão Arnaldo já estava conversando com ela sobre o assunto em pauta, o caso da jovem Celina:

— Pelo que eu pude perceber, minha irmã, Celina está presa em uma fortaleza guardada por espíritos perversos, e o mais complicado é que essa fortaleza se encontra no meio de uma cidade do umbral!

Sem me conter, exclamei admirado:

— Cidade?!

— Sim, Fábio! Pode-se dizer que é uma cidade, dados sua extensão e o número de pessoas que ali vivem. Uma cidade miserável e decadente, mas uma cidade!

Capítulo 3

HERANÇA DO PASSADO

As vicissitudes da vida são de duas espécies, ou se quisermos, têm duas fontes bem diferentes que importa distinguir. Uma tem sua causa na vida presente, outra fora desta vida.
(O Evangelho segundo o Espiritismo, capítulo V, "Causas atuais das aflições", item 4)

Irmã Adelaide entrou numa espécie de transe, quando silenciou por uns minutos, e todos nós aguardamos respeitosamente, até que surgiu um senhor de meia-idade trazendo uma máquina, que para o entendimento dos irmãos encarnados diria parecer um pequeno televisor, ou um monitor de computador. Sorrindo, ele nos saudou e se dirigiu à irmã Adelaide:
— Aqui está o que a senhora nos solicitou. Temos gravada a trajetória de algumas encarnações da jovem para o estudo dos irmãos.
— Obrigada, irmão Carlos, pela atenção ao nosso pedido — e o irmão saiu tão rápido quanto entrou.
Eu já estava acostumado com esse desenrolar das coisas aqui no mundo espiritual, mas confesso que fiquei admirado com a rapidez da "coisa" e até formulei uma pergunta para a irmã Adelaide:
— Irmã, a senhora já tinha conhecimento da situação da jovem Celina?

— Não! Mas, assim que captei a solicitação do Arnaldo, analisei a questão e enviei o pedido para os responsáveis pela encarnação da jovem, pois pressenti que iríamos necessitar dessas informações!

— Que rapidez! — exclamei.

— Nós, de maneira geral, não temos mais tempo para perder, Fábio! Temos que ser rápidos e práticos, antes que determinadas situações se agravem.

Depois, dirigindo-se ao grupo, ela alertou-nos:

— Irmãos queridos, lembrem-se de que não estamos aqui para mera curiosidade ou julgamentos descabidos quanto ao passado de quem quer que seja! Estamos, sim, imbuídos do desejo sincero e fraterno de auxiliar os que sofrem, no caso, tentar solucionar a situação em que se encontra a nossa querida Celina. Portanto, tudo o que aqui for dito, investigado e sabido quanto às informações de sua vida particular, será visto somente sob o âmbito do auxílio, mesmo porque nenhum de nós está isento de erros, em analisando o próprio passado; logo, discrição e caridade deverão ser a nossa linha de conduta. Entenderam?

Todos nós balançamos a cabeça em afirmação positiva, compreendendo perfeitamente aonde nossa querida mentora queria chegar. Eu, por minha vez, ter curiosidade do que, em se tratando dos erros alheios? Ainda amargava os meus, desta última encarnação como Fábio.

— Sentemo-nos e vamos então assistir e analisar este documento — disse irmã Adelaide.

Na pequena tela, começou a se desenrolar uma história bem antiga, que poderia ser analisada como encarnações normais, com erros e acertos nas mesmas proporções. Até que ela se complicou demasiado! Celina vinha de uma encarnação passada bastante problemática, quando padeceu de uma paralisia cerebral que a acometeu na primeira infância e a acompanhou até o túmulo. A irmã tinha grande dificuldade em se comunicar, andava se arrastando, pois os movimentos do lado esquerdo do corpo eram bastante deficitários.

Essa experiência penosa foi consequência de outro passado, em que ela se envolveu com criaturas perversas, explorando jovens inexperientes, arrastando-as para os vícios e o sexo mercantilizado! Como consequência, muitas dessas jovens viviam alienadas e algumas delas tinham chegado à loucura. Infelizmente, nessa época, Celina se fazia passar por respeitável dama da sociedade, benfeitora acima de qualquer suspeita, amparando em seu lar muitas jovenzinhas saídas de extrema pobreza, prometendo-lhes auxílio e aos familiares! Entretanto, em vez disso, as jovens eram conduzidas para os braços de homens sem escrúpulos e descaridosos, que, ao se depararem com aquelas quase meninas, não pensavam que elas bem poderiam ser uma filha, uma irmã. Sem misericórdia, deixando-se levar pela sensualidade grosseira e lascívia, as compravam por determinado período, quando então as trocavam por outras mais jovens. Assim, aquela mulher acima de qualquer suspeita mantinha esse comércio nefando. Ela tinha também um sócio que a acobertava e agia em seu nome. Este vinha a ser exatamente o tio que hoje jazia igualmente entrevado na cama. Ambos, na atualidade, buscando se redimir desse passado difícil, encontraram na mãe e na avó, nossa querida dona Almira, consecutivamente, o amparo para essa árdua batalha. Percebemos a misericórdia do Pai Maior ao unir os comparsas de ontem para que se auxiliassem no hoje, em busca da redenção, mas sempre havendo entre eles alguém de bom coração a auxiliá-los. Esse era o papel de dona Almira.

O triste passado da jovem nos deixou pesarosos e cheios de compaixão pelos seus sofrimentos do hoje. Ao término daquele "filme", o silêncio caiu sobre nós. Irmão Arnaldo, procurando dispersar aquela energia de tristeza e pesar, argumentou:

— Quantas histórias como esta já não vimos, não é? Contudo, irmã Adelaide, este passado não esclareceu quanto à situação pela qual ela passa no hoje... Necessitamos investigar quem são estes irmãos e qual ligação há entre eles e a jovem.

— Com efeito, não, mas, se vamos analisar quem são estes que a mantêm presa, talvez encontremos a resposta que buscamos!

— A senhora consegue sondar a zona umbralina? Consegue perceber os seus ocupantes?

— Vamos tentar, mas sem alarde. Você fez bem em ter tomado precauções, pois não sabemos do que são capazes os verdugos de Celina. Fiquem em prece, meus amigos.

Assim falando, irmã Adelaide fechou os olhos, secundada por irmão Arnaldo, enquanto eu e os demais companheiros, além de outros que compunham o grupo de trabalhadores espirituais que ali auxiliavam vó Maria, e que foram chamados para auxiliar na vibração, nos pusemos a orar. Quanto a mim, sinceramente, daí a pouco tratei de prestar atenção em tudo o que ocorria. Com a minha ínfima clarividência, tentei acompanhar mentalmente os dois trabalhadores do bem. Mas, para minha decepção, sequer consegui sair das imediações de nosso centro; fui detido por uma sólida guarnição que havia em volta de todo o perímetro do sítio. O interessante é que eu em momento algum havia me dado conta daqueles seres, que ali montavam guarda, para que, tanto no centro quanto na clínica, pudesse ocorrer todo aquele trabalho de assistência aos encarnados e desencarnados em relativa tranquilidade.

Senti que um deles me falou no íntimo:

— Volte, irmão Fábio. Você não tem condições de acompanhar os dois, que já estão muito distante, e ainda, se insistir, poderá se aproximar daquele local e, se for percebido, porá a perder a tarefa de inspeção de nossos irmãos!

— Desculpem-me, não quero atrapalhar — disse eu, muito sem graça, e tratei de retornar, ou melhor, tratei de despertar. Abri os olhos e percebi todos ali, como antes, irmão Arnaldo e irmã Adelaide, concentrados, e os demais orando. Inquieto, fiquei tentando focar nas imediações e percebi claramente todos aqueles irmãos guardando o perímetro do sítio. Pareceu-me que eles sempre estiveram ali. Intrigante! Por que eu nunca os havia percebido antes? Minha mente vagueava por sobre o sítio, consegui "ver" perfeitamente a enfermaria, o centro e a casa de Jorginho, tudo de cima! Um dos guardiões sorriu ao perceber a minha estranheza. Eu devolvi o sorriso, fiz um gesto amistoso e tratei de me concentrar no ambiente da sala. Só descrevo essa passagem para que vocês percebam como nós, na maioria das vezes, só vemos o que nos interessa. Outras coisas estão bem ali, defronte de nossos "olhos", e não as captamos.

Mais tarde, conversando com irmão Arnaldo sobre aquele fato, ele me explicou que todas as casas, centros ou sociedades espíritas, assim como a maioria dos templos religiosos e até mesmo os lares onde se cultuam a prece e os bons hábitos, mantêm seus guardiões, do contrário qualquer um pode entrar. Esses guardiões são seres de grande discrição, fazem as suas tarefas sem se envolverem na atuação da casa física, diferentemente dos mentores ou dirigentes. Quantas situações melindrosas nem chegam ao conhecimento dos encarnados? Quantos ataques das forças do mal são contidos por estes silenciosos trabalhadores do bem! A casa que se dispõe a trabalhar para Jesus tem que estar aparelhada com as defesas necessárias a fim de que consiga atingir os objetivos propostos. Não se esqueçam, meus amigos, de que ainda estamos em um planeta onde imperam forças antagônicas ao bem! As forças do bem jamais atacam, contudo, necessitam saber se defender, do contrário acabariam prisioneiras do mal. Entretanto, o bem sempre levará vantagem, pois o mal é nosso velho conhecido. Todos os que aqui estagiam e reencarnam, com exceção dos missionários, já passaram pela fase negra do contato com ele, fruto dos erros e da ignorância; já o bem é infinitamente maior e mais poderoso, tanto que nem nos é dado conhecê-lo em suas expressões mais elevadas! Só nos dispomos a, e somos capazes de entendê-lo aonde nossa capacidade intelectual e moral, ainda deficiente, consegue nos levar.

Imaginem o bem em sua potência mais sublime! Não conseguimos sequer pensar. Só entendemos o bem nas nossas necessidades satisfeitas; além de nós, não conseguimos imaginá-lo. E o bem está em tudo o que existe, é a mais alta expressão de Deus! Nosso maior modelo do bem é Jesus! Mas, como a misericórdia do Pai é ilimitada, além do Mestre Jesus, muitos irmãos já capacitados na moral auxiliam o nosso despertar para a realidade, nossa verdadeira realidade, uma vez que a maioria de nós se arrasta pelo planeta, semimorta, num sono letárgico, inconsciente da real existência espiritual. Há uma frase de Paulo de Tarso em Efésios, de extrema beleza, que traduz de forma integral essa verdade: "Desperta, tu que dormes! Levanta-te dentre os mortos e o Cristo te iluminará!"

A ilusão da vida material é tão forte para nós que acabamos confundindo a experiência temporária na carne com nossa verdadeira condição eterna de espírito! Daí muita gente crer que morreu, acabou! Estão em profundo sono, vivendo intensamente na matéria, e negam a sua verdadeira condição de espíritos eternos, estagiando temporariamente na vida física, em uma experiência material, para a libertação da própria consciência.

Os dois abnegados trabalhadores do bem retornaram e todos nós nos dispusemos a ouvir o que eles haviam conseguido perceber. Irmã Adelaide lançou um olhar preocupado para irmão Arnaldo, que eu consegui captar.

— Vamos ter que lidar com um ser dos mais difíceis! — disse ela.

— Sim, irmã Adelaide! Já tinha ouvido falar de tal criatura, mas jamais supus encontrá-la ou ter que confrontá-la algum dia!

— Parece que esse dia chegou, meu irmão! Necessitamos elaborar um plano para adentrar aquela fortaleza.

Nós ouvíamos os dois e, de minha parte, ardia de curiosidade, mas sem coragem de perguntar. Eles silenciaram e irmã Adelaide relanceou o olhar preocupado sobre nós e a seguir disse:

— Irmãos, este local onde Celina está presa é qual uma cidade de certa proporção emergida da época mais negra da nossa Inquisição medieval! Assemelha-se em todo o seu perímetro com uma fortaleza, mas lá dentro há ruas, casas e toda movimentação de seres; todos parecem ter emergido de um conto de ficção tenebroso, saído do passado, quando as trevas da ignorância dominaram os homens. No centro há um sinistro castelo! O lugar é dominado por um dos responsáveis pela fase mais trevosa da humanidade, a Inquisição. Tudo ali gira e se move sob suas ordens! Ele é temido e odiado, mas tem muitos fiéis seguidores, muitos escravos e prisioneiros. Esse espírito, que já foi designado por muitos nomes, atualmente é conhecido como Demostes! Entre outras "coisas", ele negocia vinganças.

— Como assim, irmã Adelaide? — perguntei eu.

— Aqueles que odeiam alguém em particular podem contratá-lo para aprisionar o desafeto, obsediá-lo e até levar irmãos imprevidentes ao suicídio. É claro que não é qualquer um que pode pagar ou aceitar o preço que ele cobra.

— Esse preço, o que seria?

— Servi-lo quando ele assim o desejar.

— Isso não parece uma daquelas histórias de pactos com os demônios, que já ouvimos falar pelos antigos, pela gente da roça?

— Isso mesmo, Fábio! Essa gente simples traz sabedorias, e todo conto popular, geralmente, pode ter um fundo de verdade, como nesse caso. Ademais, não se esqueça: todos são espíritos, e cada um é atraído por aquele ao qual assemelha, daí haver criaturas que odeiam tanto um desafeto, que podem acabar atraindo um intermediário e, durante o sono físico, ser levadas à presença desse ser, Demostes, quando então receberá a oferta! Na ignorância, poderá achar que se encontra na presença do próprio Lúcifer. Se aceitar, poderá ver o inimigo sucumbir no desespero, na doença, na loucura; ou não, dependendo da situação moral do desafeto.

— Só que chegará o momento de pagar a dívida. Por isso, há ali tantos escravos! São em sua maioria aqueles que tiveram suas vinganças satisfeitas e agora são obrigados a servi-lo — asseverou Arnaldo.

— Nossa, que situação terrível. E eles não podem sair nem fugir desse local tenebroso?

— Não há fuga possível para essas "relações" entre credores e devedores aqui no plano espiritual, pois tudo é feito com base na vibração, ou seja, semelhante atrai semelhante. A fuga só se dá com a mudança de uma das partes, ou de ambas. Depois, mesmo para os nossos padrões, o local é muito bem guardado, portanto, necessitaremos adentrar ali sem chamar atenção...

— Mas como? — objetei, cortando a palavra do irmão Arnaldo sem a menor cerimônia em minha afobação.

— Para nos misturar, temos que nos assemelhar! — disse ele, e imediatamente se transformou em um bárbaro rude e terrível! Irmão Arnaldo é um homem alto, mas aquele gigante hiperbóreo, grosseiro, de cabelos e barbas longas, portando um enorme machado de dois cortes, saído dos confins do tempo, nos assustou tanto, que involuntariamente todo o grupo, com exceção de irmã Adelaide, até deu um passo para trás!

Percebendo o impacto, ele voltou a sua forma conhecida e, sorrindo, disse:

— Não se assustem, ainda sou eu!

Irmã Adelaide também sorriu e falou:

— Excelente ideia, Arnaldo! Desculpem-me — ela disse, colocando as duas mãos à frente e imediatamente se transformando em uma mulher morena, de uma beleza grosseira, com os olhos extremamente felinos e um sorriso maldoso. As roupas eram exageradamente coloridas e escandalosas!

Confesso que me choquei vendo a maravilhosa e doce irmã Adelaide metamorfoseada naquele ser vulgar, e, percebia-se, sem nenhuma compaixão.

Ante toda aquela expectativa, eu ansioso aguardava, porque queria seguir com eles, almejando fazer parte daquela expedição. Quantas informações eu não conseguiria com isto! Estava nessas conjecturas íntimas, quando senti os olhos de irmão Arnaldo sobre mim, e eu, em silêncio, supliquei-lhe que me levasse junto. Ele me falou então:

— Pode ser perigoso!

— O risco há de valer a pena! — respondi-lhe.

Irmã Adelaide, com aquela paciência que eu já conhecia, argumentou:

— Fábio, você necessita compreender que qualquer excursão com o fito de resgatar alguém não deve ser motivada pela curiosidade simplesmente.

— Eu entendo, irmã Adelaide, não nego que quero informações mais objetivas sobre este caso para colocar em minha narrativa, se for permitido; em troca, me coloco à disposição para cooperar na tarefa, no que for oportuno e possível!

E, voltando-me para o grupo, eu ainda reforcei em meu favor:

— Todos aqui sabem que não me nego a trabalhar! O serviço não me assusta, sei que não sou forte a ponto de adentrar qualquer fortaleza no umbral, mas conto com a proteção de vocês.

— Dei então o meu melhor sorriso a todos. Irmão Arnaldo, percebendo as intenções ocultas, me respondeu:

— Você, Fábio, sabe bem se utilizar desta simpatia, envolvendo-nos, não é?

— Desculpe-me, irmão! Não foi a minha intenção, ou melhor, foi sim — disse gaguejando. — Mas gostaria muito de participar.

— O que a senhora acha, irmã Adelaide?

— Bem... Creio que podemos dar a devida proteção ao nosso incipiente redator do além! — disse sorrindo. — Contudo, não poderá ir nesta forma. Vejamos... Vamos buscar uma aparência de seu passado, um passado do qual você ainda não se lembrou. Creio que poderá ser feito, não, Arnaldo?

— Creio que sim! Esse passado do Fábio irá abrir portas em sua memória, mas creio que ele já está apto a saber um pouco mais sobre si mesmo!

— Quer isto, Fábio?

— Lógico! — respondi mais que depressa, já na expectativa de me ver igual a um gigante hercúleo como irmão Arnaldo, mas qual! Para minha decepção, encolhi, e muito. Senti o meu ser ir se envergando, se transformando, dando origem a um anão de grotesca aparência, com um nariz adunco, a lembrar os gnomos dos livros infantis. Uma enorme corcunda me fez recordar imediatamente a figura mitológica de Notre Dame.

Irmão Arnaldo deu uma gostosa gargalhada e arrematou:

— Aquele não! Você, nesta aparência, é muito mais antigo! Essa sua aparência vem deste meu tempo.

— Meu Deus! Eu fui isso um dia? — disse cheio de amargura.

— Pior que o aspecto físico é a deformidade espiritual, Fábio. Ademais, todos nós trazemos gravadas as nossas deformações do passado, querido irmão! Não se amofine, portanto!

Eles, com paciência, esperaram eu me acostumar com a "nova" aparência, e depois irmão Arnaldo, com carinho, questionou-me:

— E então, Fábio! Ainda quer vir conosco?

Só neste instante voltei realmente à realidade, e respondi mais que depressa:

— Sim! Quero sim!

— Você entende, meu irmão, que a necessidade dessa forma sofrida, que já não possui mais, embora ainda a traga com você como herança, igual à maioria de nós, é somente com o objetivo de protegê-lo?

— Sim, irmã Adelaide!

— Não poderia nos acompanhar apenas como Fábio, principalmente porque há muitos espíritos ainda ligados a Red[1] que adorariam colocar as mãos em você!

— Eu sei, irmã Adelaide! Mas não podemos viver escondidos, temendo as forças das trevas, não é? O melhor antídoto para o mal é justamente fazer o bem!

— Parabéns, Fábio! Você tem aprendido bem as lições aqui no plano espiritual, é isso mesmo, meu irmão. A nossa melhor proteção é justamente o trabalho, e o melhor "esconderijo", por assim dizer, é nos colocarmos próximos aos perseguidores, pois o que nos esconderá deles é a sintonia com o Cristo.

— Bem-vindo então, Fábio, a esta dupla de resgate. Quanto aos outros, peço vibrações de sustentação. Nesta primeira visita àquela cidadela, a intenção é somente de pequenas averiguações, mas, se tudo correr bem, seguiremos adiante. Temos que chegar àquele que a dirige e aos algozes de nossa irmã Celina.

Sorri em minha nova aparência, o que pareceu mais uma careta distorcida, mas no íntimo estava feliz e agradecido por poder fazer parte daquela "empreitada", como dizia irmão Arnaldo.

---
[1] Personagem do livro *Distante de Deus*.

Capítulo 4

NOS DOMÍNIOS DO MAL

Entrai pela porta estreita, porque a porta da perdição é larga, e o caminho que a ela conduz é espaçoso, e há muitos que por ela entram.
(O Evangelho segundo o Espiritismo, capítulo XVIII, "A porta estreita", item 3)

Depois de toda a orientação dos irmãos ao grupo que iria ficar, nos preparamos para partir. Senti-me elevado ao espaço a uma velocidade espantosa e, na medida em que nos afastávamos das paisagens bucólicas do sítio e penetrávamos na psicosfera umbralina, tudo ia se modificando. O ar rarefeito dificultava a minha respiração, e não me envergonho de dizer que, não fosse a sustentação dos dois irmãos, eu não conseguiria me manter no espaço. A paisagem foi se tornando penumbrosa, e as poucas árvores pareciam secas e retorcidas, demonstrando grande esforço e sofrimento para sobreviver. De quando em quando, ouvíamos urros terríveis que não sabíamos discernir ser humano ou animal.

Em dado momento, os dois amigos pararam e irmã Adelaide murmurou:

— Daqui em diante é melhor irmos a pé.

— Concordo, irmã! Não obstante, precisamos nos manter atentos para evitar qualquer ataque-surpresa.

— Ataque? Ataque de quê? — questionei alarmado.

— Tenha calma, Fábio! Procure sentir o ambiente e perceberá que não estamos sós!

— Mas não vejo ninguém!

— Não se trata de presença tangível, mas de uma mente poderosa, que passa sondando todo o ambiente em derredor.

— Santo Deus! — exclamei no auge do espanto.

— Está com medo, Fábio? — perguntou irmão Arnaldo.

— Mentiria se dissesse que não!

— Isto não é bom, pois tal sentimento é facilmente detectado por essas mentes treinadas no mal! Busque fazer os exercícios respiratórios e limpar a mente! Lembre-se de que irmãos da espiritualidade maior também estão ligados a nós e, à medida que adentramos estes domínios, eles também virão conosco.

— Graças a Deus! Não estamos sozinhos, então? — exclamei eu, no que me respondeu irmão Arnaldo:

— Nunca estamos, Fábio! Geralmente, nossas companhias são aquelas que atraímos pelo nosso teor mental.

— Nesse caso, vou me manter em prece.

— Irmã Adelaide, como poderemos explicar a ele? — disse sorrindo o mentor, deixando-me intrigado.

Com todo o amor, irmã Adelaide se abaixou — agora eu era um anão deformado, lembram-se? — e me falou:

— Meu querido! Quando oramos, subimos em sintonia e até emitimos luz, logicamente de acordo com a condição de cada um. Assim, se se mantiver em prece, de alguma forma se denunciará.

— Não posso orar, então? — respondi abismado. — Como vai ser? E se formos presos, quem nos alcançará sem a prece?

— Calma, meu irmão! Lembre-se de que não podemos chamar a atenção, por isso estas aparências — disse irmã Adelaide com um sorriso, designando-nos — são justamente para não destoarmos do grupo. Temos que nos misturar, entende?

— Sim, contudo...

— Contudo, não há o que temer! — respondeu-me irmão Arnaldo. — Você só necessita se tranquilizar, pois estamos sendo amparados! Apesar de não orarmos para atrair irmãos elevados, eles é que estarão ligados a nós. Ademais, lembre-se de que já esteve em lugares semelhantes.

— É verdade, muito embora eu tente esquecer.

— Tudo por que passamos são experiências, e a sua pode nos auxiliar, por isso o trouxemos conosco. O fato de não orarmos não quer dizer que estaremos desprotegidos! E, depois, temos nossas forças interiores. Assim, vá respirando e se conecte com o Cristo sem alarde.

Com as orientações dos dois, fui me acalmando e me libertando do pânico. Confesso que a amarga experiência que tive com Cérbero me veio à mente e tive de fazer um esforço para afastar as penosas impressões. Não gostaria de ser capturado novamente e viver algo semelhante.

Com interesse quase paternal, irmão Arnaldo colocou a mão em meu ombro e, olhando-me profundamente, voltou a repetir:

— Nada há a temer! Jesus está conosco! Estamos aqui numa tarefa para o bem! É só procurar esvaziar a mente, observar o que vê, o que se passa ao redor, sem curiosidades ou julgamentos. Dessa forma, sentiremos tranquilidade, manteremos o equilíbrio e desempenharemos nossa tarefa a contento.

Procurei seguir o sábio conselho e aquietei a minha ansiedade. Serenei o meu íntimo, o medo desapareceu e consegui até ensaiar um sorriso, que deve ter se transformado em uma máscara bizarra, mas atingiu o efeito. Os dois me abraçaram e disseram a uma só voz:

— Continuemos com toda a calma.

E assim prosseguimos com nosso estranho "passeio" por aquela localidade tão peculiar. Para qualquer lado que virássemos nos deparávamos com pântanos e urzes espinhentas. Muito vagarosamente caminhávamos e, quando eles achavam conveniente, nos mantínhamos volitando quase rente ao solo para não chamarmos a atenção de quem quer que estivesse nos espreitando em derredor.

Essa caminhada levou bem algumas horas, até que percebemos na penumbra a silhueta de um muro muito alto que se alongava por quilômetros, a perder de vista.

— Chegamos — disse irmão Arnaldo. — Agora precisamos encontrar a entrada disso.

— Não é melhor tentar transpor o muro?

— Fábio, lembre-se de que queremos nos misturar aos moradores do local, portanto, entraremos pelo portão! Isto é, se houver um.

— Há, sim, Arnaldo! Já detecto uma movimentação logo adiante — informou irmã Adelaide.

Eu alonguei a vista, me concentrei, mas qual o quê; na minha frente só via a névoa negra que estava nos acompanhando há horas. Portanto, a solução foi mais uns trinta minutos de caminhada, vencendo o "logo adiante" de irmã Adelaide, até chegarmos ao bendito portão. Digo "bendito" porque finalmente o encontramos, mas, pelo seu feitio, mais parecia ser o portão do inferno. Era imenso, todo de ferro, "decorado" com horrendas figuras, quais aquelas saídas da Idade Média ou dos pesadelos de alguém bem desequilibrado. Vários guardas ali postados vistoriavam aqueles que chegavam, compondo uma pequena multidão que ali se aglomerava, reclamando, vociferando ou grunhindo pela demora. Mas os guardas — figuras interessantes, vestidos de formas grosseiras e bizarras, portando muitas armas, inclusive, para minha surpresa, armas de fogo: fuzis, metralhadoras, além de espadas, clavas, machados, entre outras — pouco se importavam com a algazarra contrariada do grupo.

Percebi que muitos barganhavam para entrar, traziam prendas, as mais estranhas, que imediatamente eram surrupiadas pelos guardiões do sinistro portão: animais, objetos, bebidas, mulheres, além de outras coisas que eu nem conseguia atinar o que eram. Em nos aproximando de uma das grotescas criaturas, esta nos interpelou asperamente:

— E vocês, quem são? — Seu hálito fétido me nauseou o estômago. Irmão Arnaldo, percebendo o meu estado íntimo, colocou a mão em minha cabeça; lembrem-se do meu estado ananicado. Naquele gigantismo dele, teve que se arquear para conseguir a façanha de me tocar a cabeça. Entretanto, bastou esse toque para eu me recompor. Irmã Adelaide se aproximou do ser e disse de forma envolvente:

— Eu e meus companheiros somos circenses, estamos procurando um local para apresentarmos o nosso show!

— E quem disse que alguém aqui está interessado em qualquer show?

— Alguém disse, pois se aqui estamos é porque fomos convidados! — Achegando-se mais perto do homem monstruoso, disse, cheia de meiguice: — A vida não é só trabalho, meu amigo, todos necessitamos de algum entretenimento, e nós aqui estamos para oferecer o melhor.

Não sei o que ela fez, mas parece que o hipnotizou; lembrei-me de imediato da maneira como ela controlou Cérbero, quando eu me encontrava cativo daquele ser. Só sei que o homem ficou apalermado e mansamente nos deu passagem. Mais que depressa nos embrenhamos por aquele local. Se o exterior era algo triste e deprimente, na suposta cidade a situação não era diferente. Um intenso vai e vem de seres, os mais estranhos, sinistros e grosseiros — diria que saímos de nossa época e adentramos um tremendo pesadelo! Construções as mais desarmônicas, escuras e grotescas, agrupavam-se umas às outras, e todo o povo convergia para uma enorme edificação bem no centro, como um fortificado castelo medieval que dava para se ver de longe, tal o seu tamanho. Afastamo-nos pela periferia, para pensarmos em uma estratégia de ação, a fim de descobrirmos quem comandava a tenebrosa cidade, e onde nossa irmã Celina poderia estar retida.

A situação ambiental piorava na medida em que nos embrenhávamos por aqueles sítios. Tudo se tornava alagado, não por água propriamente, mas por extensas poças de lama negra. Verdadeiros charcos malcheirosos rodeavam os casebres, que iam se espaçando quanto mais nos afastávamos. Em dado momento, irmã Adelaide exclamou em um sussurro:

— Esperem! Sinto uma vibração diferente! Percebe, Arnaldo?

— Também sinto! A senhora acha que alguém do nosso meio vive por aqui?

— Com certeza é algum samaritano! Vamos nos concentrar discretamente e tentar contatar o irmão, ou os irmãos, pois pressinto a mente de mais de um nos acompanhando.

Assim, silenciamos nosso íntimo e abrimos o coração para o Alto. O sentimento elevado que emitimos imediatamente atraiu alguém!

Capítulo 5

ABNEGADOS TRABALHADORES DO BEM

Porque nenhum de nós vive para si!
(Paulo 14:7)

A Luz que acendes clareará o caminho não apenas para os teus pés, mas igualmente para os viajores que seguem ao teu lado.
(Fonte viva, Emmanuel/Francisco C. Xavier, item 154)

— Que Jesus esteja convosco!
Ante a amorosa saudação, abrimos os olhos e demos com um ser encapuzado, como aqueles frades que se vestem com uma roupa franciscana.
— Que assim seja, meu irmão! — respondeu irmã Adelaide.
— Rápido! Venham comigo! — disse o suposto frei, simplesmente. De imediato o seguimos, afastando-nos ainda mais do centro populoso. Até que, em meio à névoa escura, divisamos pálida luz de uma rústica cabana aos pés de uma pequena montanha.
Em chegando, ele bateu de leve à porta, que foi aberta no mesmo instante por outro irmão vestido da mesma maneira. Adentramos a choça e sentimos um grande alívio, pois ali o ar era respirável. A porta foi fechada e os dois abaixaram o capuz, e demos de cara com dois largos sorrisos a nos encarar! O que nos guiou era um simpático senhor, dono de uma barba curta, grisalha, e o outro, um jovem, também exalava amor e fraternidade.

— Obrigada pelo socorro, meus irmãos! Estávamos sem saber para onde ir, quando o senhor apareceu, e o seu auxílio foi providencial. — disse irmão Arnaldo.

— Nós os estamos monitorando desde que chegaram aqui no Distrito Central.

— Distrito Central?

— Sim! Este é o nome desta cidade! Não sabiam?

— Na verdade, não! — respondeu irmão Arnaldo.

— Vocês vivem aqui? Nesta choça? — disparei eu, como sempre.

— Não deixe as aparências enganá-lo! Eu sou Gregório e este é Lourival — disse ele, se apresentando e ao companheiro.

Sorrimos aos dois em retribuição e nos apresentamos igualmente. Gregório se aproximou de uma parede nos fundos, que era pura rocha, ali tocou em um ponto e a pedra rolou para o lado, denunciando uma porta. Entramos por um longo corredor suavemente iluminado, e outra porta surgiu, agora parecendo ser de metal. Antes mesmo de o irmão tocá-la, a porta foi aberta e fomos inundados por intensa luz.

Levou alguns segundos para nos acostumarmos à claridade. Logo percebemos estar num amplo salão, com alguns aparelhos à volta. Algumas pessoas se agrupavam aqui e ali, mexendo nos aparelhos.

— Disse que estavam nos monitorando? — questionou meu companheiro.

— Sim! Tentamos vigiar a cidade, já que aqui trabalhamos e alguns dos nossos estão infiltrados nos meios populosos.

— Gregório, sei que a finalidade deste grupo deve ser de ordem muito elevada. O irmão poderia nos explicar um pouco desse trabalho desenvolvido aqui e o seu propósito maior?

— Com prazer! Mas digam-me antes o motivo de estarem vocês aqui.

Irmã Adelaide se adiantou em responder:

— Estamos buscando uma jovem cuja presença nós detectamos neste local. Ela é encarnada e neste momento se encontra em grandes padecimentos.

— Assim como vocês, muitos vêm em busca de alguém; um ente querido aprisionado, um amigo, ou até um ser empedernido no mal, que as forças do bem tentam resgatar. De início, muitos de nós aqui vínhamos, e era uma luta incrível para não sermos percebidos, então resolvemos por estabelecer dentro dessas muralhas este posto de socorro, que é também um local de apoio para aqueles que aqui chegam do nosso plano, com objetivos superiores, como o caso que vocês trazem. A nossa maior preocupação até então era de resgatar os irmãos aprisionados e tentar esclarecer os envolvidos, ou seja, auxiliar os que necessitam e libertar os que querem; mas isso vem mudando, pois, devido à expansão desse antro, temos recebido orientações e ajuda a fim de contê-lo.

Depois de um momento de silêncio, cada qual entregue aos próprios pensamentos, perguntei eu na afobação de sempre:

— Alguém sabe deste posto?

— Alguém que vive nesta cidade umbralina, você quer dizer?

— Sim! Isso mesmo!

— Somente aqueles que trabalham conosco, os companheiros que se encontram infiltrados no Reino de Demostes e nossos irmãos maiores, para quem nada é oculto aqui neste nosso mundinho. Entretanto, por aqui, há desconfiança e falatório, já recebemos até vistoria da guarda de Demostes. Mas... só encontraram a choupana humilde que é a nossa porta de entrada, às vezes vazia, ou com algum de nós manipulando alguma erva. Isto faz com que nossa fama de feiticeiros corra à larga por aí.

Durante as explicações do irmão, minha mente ficou fixada lá atrás: "Reino de Demostes...". Quem seria este ser na verdade?

— Todos aqui são conhecidos lá fora? — perguntou irmão Arnaldo, relanceando um olhar para os pequenos grupos aqui e ali.

— Não! Somente dois ou três de nós ousam caminhar por aí e até andar pelo centro da dita cidade. Os outros permanecem aqui e só saem quando extremamente necessário, e ainda assim com auxílio do Alto.

— Vocês ficam aqui e monitoram toda a cidade?

— Sim! Como eu já disse, nosso maior objetivo é resgatar os irmãos necessitados; entretanto, nosso centro de trabalho não se resume a isto. Venham.

E Gregório chegou à outra porta, que ao leve toque de sua mão se abriu, dando visão para uma enfermaria onde alguns leitos estavam ocupados por enfermos nos mais variados estados, e irmãos de nosso plano lhes davam assistência.

Irmão Gregório continuava nos dando suas explicações:

— Como vocês podem ver, nossas atividades aqui são enormes, pois a necessidade campeia largamente ao nosso redor.

— Gregório, é admirável o trabalho de vocês, mas não seria menos arriscado levar estes enfermos para longe desta cidade? — questionou com certa lógica, ao meu entender, irmão Arnaldo.

— Tal medida seria a mais condizente, não fosse o "estado" da maioria e as ligações fortes que ainda mantém, à revelia de sua vontade, com o dirigente da cidade.

Era a brecha que eu estava esperando para saber do tal ser que despertara a minha curiosidade:

— Tal local tem um só dirigente? Quem é ele, na verdade? — indaguei, ansioso por satisfazer a minha curiosidade.

Irmã Adelaide voltou-se para mim e respondeu com muita paciência, mesmo percebendo a minha indiscrição:

— Como não, Fábio? Em qualquer aglomerado de seres, sempre haverá "aquele" cuja potência mental dirige o grupo. Esqueceu-se do que passou no Carandiru, e quem na realidade o dirigia, por trás de todos os esforços de nossos irmãos encarnados?

Eu assenti com a cabeça e ela continuou:

— Pois então, por que aqui seria diferente? Em vista da proporção desta cidade e do vasto contingente de pessoas que por cá transitam, posso afirmar com certeza que o tal dirigente é dono de uma mente poderosa.

— A irmã acertou — disse Gregório. — Este local e a maioria dos que aqui sobrevivem ou estão em total comunhão mental com ele, ou totalmente subjugados por sua vontade.

— Mas quem é este ser, afinal? — tornei a questionar espantado, pois já parecia estar me defrontando com outro Red.

— Antes de entrarmos nesse assunto, voltemos à questão levantada pelo nosso companheiro Arnaldo. Logo que aqui aportamos, há alguns séculos, só resgatávamos os irmãos e os levávamos a algum centro de socorro fora daqui. Infelizmente, apesar de nossos esforços, a maioria dos resgatados não apresentavam condições de ir além destes postos e, ao menor descuido, acabavam voltando para cá, devido ao estado hipnótico em que viviam. O nosso trabalho de então rendia muito pouco. Em reunião com a espiritualidade maior, nos decidimos por prestar os primeiros socorros aqui mesmo. Se a criatura foge, fica mais fácil resgatá-la novamente, e também, sedimentando-se no local, formamos um pequeno foco de luz, que aos poucos está avançando e filtrando as energias pesadas que aqui sejam produzidas pelas mentes enfermas de todos os "moradores".

— Mas... — Lá fui eu novamente, com minhas perguntas impulsivas. — Se este ser é tão poderoso, como ainda não percebeu a ação de vocês e este local, crescendo dentro dos seus domínios?

— Ótima pergunta, Fábio! Para respondê-la, direi, primeiramente, que "O Cristo tudo pode". As situações terrenas, por mais difíceis e comprometedoras, seguem somente até o momento em que nosso Mestre declara o seu fim, ou, se preferirem, segue até o término do livre-arbítrio dos comprometidos com o mal. Neste caso aqui, o fim é a renovação do nosso planeta Terra. O tempo previsto por muitos e predito pelo próprio Cristo está ocorrendo no nosso momento atual, celeremente. Como hão de ver, o trabalho de campo não pode ser feito somente da periferia para dentro, mas urge que nos centremos nas figuras problemáticas dominantes. E, respondendo a sua pergunta, Fábio: Demostes pressente algo ocorrendo, mas não lhe é dado saber com certeza. Por muito tempo, estes irmãos em grandes quedas morais foram deixados, "aparentemente", em paz! Eles pareciam ter toda a liberdade de ação. E era preciso que assim fosse, pois tais suposições, além de ilusórias, simuladamente os deixavam no comando da ação. Então, agíamos nos subalternos e nas "vítimas". Digo assim, mas todos nós sabemos que neste orbe em estado de expiação e provas, salvo algumas almas missionárias, nenhum de nós que aqui vive é vítima! Na verdade, a maioria se compõe de seres em processos dolorosos de libertação, alguns trazendo certa consciência de suas dificuldades morais, outros nem tanto, visto viverem em enganosa alienação, presos a orgulhos, vaidades e excessivos apegos aos prazeres mundanos. Mas hoje que os tempos são chegados já podemos sentir a presença amorosa das hostes espirituais agindo largamente por sobre todo o orbe, dando-nos total respaldo e amparo para estes trabalhos desenvolvidos nas entranhas e ao redor do planeta, numa gigantesca ação de limpeza.

— Geograficamente, onde ficaria este local, Gregório? É possível posicioná-lo em relação ao Brasil?

— Boa questão, irmã Adelaide! Esta cidade costuma mudar de posição de acordo com as vibrações do plano físico lá da superfície! Embora presa ao núcleo, flutua e sempre é arrastada para os locais onde há maiores conflitos e decadência moral. Os irmãos hão de entender por que não posso lhes dar neste momento a localização exata. Isto constrangeria os encarnados. Há muitos locais como este, que tiveram o seu início na superfície, entretanto, pelo peso enorme das energias que os sustentavam, acabaram afundando terra adentro. Tal condensação venenosa tem causado, em muitos lugares, situações terríveis, das quais as guerras são suas maiores consequências, seguidas de todo tipo de loucura que uns vêm impondo sobre os outros quando encarnados. Há países mesmo onde os irmãos saem das regiões umbralinas rumo a encarnes coletivos e retornam para os mesmos locais, sem condições sequer de uma ligeira permanência em estâncias reparadoras. Voltam imediatamente pós-morte, sem nenhuma consciência de seus reais estados, e sem condições de receberem quaisquer tipos de esclarecimento.

"Vivem longamente nestes ambientes nocivos, onde o valor da vida é desrespeitado em seus extremos, e, quando reencarnam, geram absurdos como lutas religiosas, ideais políticos equivocados, cujo móvel real da ação são a ganância e o poder do qual alguns não abrem mão e lutam por manter sobre a maioria, fazendo de alguns locais da Terra uma cópia desses umbrais terríveis.

"Bem... Segundo os mensageiros do Cristo, é disso tudo que a Terra vem sendo espoliada e necessita ser limpa. Percebem, meus amigos, quanto há a fazer até que tenhamos uma vida mais amena e digna neste nosso mundo?"

— Sem dúvida, meu irmão! Entretanto, há na Terra lugares bons para se viver, pois não?

— Com certeza, Arnaldo! Há países que, pelo esforço conjunto, têm melhorado muito suas condições, e isto se percebe até na própria natureza que o envolve, mas, ainda aí, sobra o orgulho e falta a caridade.

— Gregório, diante de sua explanação, como fica o nosso Brasil? Já que, predito pelas revelações espirituais para ser a Pátria do Evangelho, vem sendo atualmente bombardeado por tal exposição de degradação moral entre todos; cito em especial os jovens, que são os mais expostos, e uma grande violência gerando medos e incertezas em seus habitantes, sem esmiuçar os enormes problemas políticos e sociais vigentes. Como coadunar essa situação difícil com sua responsabilidade dentro do Evangelho do nosso Mestre Jesus?

— O Brasil, como nação, ainda tem muito a aprender, e seus habitantes, muito a darem de si. Vamos dizer que são pessoas que não descobriram ainda os seus potenciais para o bem e a caridade, visto viverem numa certa regalia, resultante de não passarem tantas necessidades materiais. Não trazem os seus habitantes memórias de guerras, de grandes catástrofes, ou de grandes carências; assim, caminham com despreocupação, com confiança quase infantil. Então, não se aperceberam ainda de quão valioso é estarem reencarnados aqui, uma terra de farturas e grandes bênçãos. Mas chegará a hora do despertar, pois muito será pedido àqueles que muito receberam. Falo aqui dos irmãos que já vivem nestas paragens há diversas encarnações! Entretanto, a despeito dessa displicência de grande parte de seus filhos, a Pátria mãe seguirá o seu destino e, muito em breve, o mundo perceberá no Brasil aquele "algo mais" que lhe falta, a disposição para crer e aceitar de forma mais tranquila a realidade do mundo espiritual. Junte a isso a presença de muitos irmãos em condições elevadas atualmente reencarnando nele, fato que o auxiliará em sua alavancada vibratória rumo ao progresso espiritual que se espera dele, e o teremos cumprindo o seu papel dignamente!

"Logicamente, como em toda situação, não podemos generalizar; assim como em alguns países muitos se matam em nome de Deus, grupos seletos, fechados, que se acham superiores aos outros e não aceitam se misturar. Então, é natural que vivam de guerras em guerras, mas há os que já estão cansados disso e anseiam pela fraternidade universal! Alguns desses irmãos de boa vontade têm renascido no Brasil para aprenderem a conviver com as várias ideologias religiosas que aqui se desenvolvem de modo pacífico, justamente para levarem novos ideais, novos esclarecimentos e despertarem seus povos das concepções milenares em que estão estagnados, situações essas geradoras de tantos sofrimentos.

"Há os irmãos que estão sendo recambiados de sua pátria para cá, pela reencarnação, porque já fizeram por merecer. São irmãos também de consciência já desperta para o bem, que estão sendo convidados a estarem presentes neste momento tão precioso da nossa Terra. E, além desses todos já citados, há as reencarnações compulsórias de imenso número de irmãos vindos das regiões umbralinas."

— Irmão Gregório, esclareça-nos: por favor, qual a situação desses últimos que estão chegando?

— Mas, se muitos vêm para o Brasil, onde vai caber tanta gente? — expus com preocupação, cortando a pergunta de irmão Arnaldo, sem a menor cerimônia, e me envergonhando depois, é claro, mas o mal já estava feito.

— Em contrapartida aos muitos que virão, muitos também sairão! Na natureza, tudo segue um curso harmônico — respondeu com tranquilidade o dirigente daquele posto de socorro. — Vejam que, como perguntou irmão Arnaldo, apesar de a situação seguir difícil e conturbada no momento, estes são feitos de uma minoria que está reencarnando compulsoriamente; essa minoria aqui está em situação de emergência, como misericórdia a mais de Deus. São irmãos que estão tendo suas últimas oportunidades de permanência neste orbe. São eles que a rigor trazem toda essa movimentação infeliz e, sobretudo, disseminam os vícios morais, nos quais muitos desavisados caem. Vários encarnados, cuja psique já foi trabalhada, não era para estarem se deixando arrastar da maneira como estão.

— Por que isto está ocorrendo, irmão Gregório? — perguntei.

Para meu espanto, ele relembrou meu próprio caso, atestando que me conhecia muito.

— Veja você mesmo, Fábio, não nasceu com uma vida cheia de possibilidades? Não as deixou escapar de suas mãos?

Com humildade, assenti e perguntei surpreso:

— O irmão já me conhecia?

— Como não? Seu livro, *Distante de Deus*, também é lido por aqui! Estes livros esclarecedores são, como direi... "contrabandeados" propositalmente para os centros umbralinos, onde alguns conseguem lê-los. Essa ação é sempre acompanhada de grande esperança por alguns de nós que a levam adiante. Veja bem, nesta cidade, apesar das condições inferiores que a cercam, não falta o Evangelho para quem quiser se esclarecer.

Eu estava atônito; jamais imaginei que o meu livro pudesse despertar interesse na espiritualidade maior, e ainda ser utilizado também nos planos espirituais infelizes para esclarecimento.

Irmão Gregório nos encaminhou a outra ala, e o que vimos nos assombrou. Gigantesca sala de enfermagem com muitas macas ocupadas por doentes se abriu ante nossos olhos! Numerosos médicos e enfermeiros os atendiam. Gregório nos foi mostrando, um a um, os pacientes que permaneciam deitados em camas alvas e confortáveis.

Eu, de minha parte, posso dizer que estava pasmado com a enorme atividade benéfica desenvolvida nos arredores daquele antro tenebroso. Mas meus dois companheiros, contudo, permaneciam serenos, como se tudo aquilo fosse "normal"!

Notava-se que aquelas pessoas mal se apercebiam do próprio estado, dadas as suas condições de sofrimento. Muitas gemiam, balbuciavam palavras desconexas; algumas, entretanto, demonstrando certa lucidez, bradavam e rosnavam ferozmente!

Aproximamo-nos de um homem que, colérico, questionava:

— Por que me mantém aqui, preso a este leito? Quem são vocês?

Mas os enfermeiros, com paciência, procuravam acalmá-lo:

— Irmão Dionísio, necessita de medicação, por isso se encontra num leito. Está doente, lembra-se?

— Doente? Isto foi há muito tempo! Sei que faleci doente em uma enfermaria, mas me recuperei aqui na cidade! Vocês chegaram atrasados, ou se enganaram de pessoa! Hoje eu não preciso de ninguém!

— A rigor, todos nós sempre necessitamos de alguém, meu irmão! Ninguém vive sozinho.

— Pois eu vivo! Não se preocupe comigo! Agora quero sair, pois tenho serviço a prestar.

— Por ora o irmão ficará aqui mesmo, depois veremos.

O homem, percebendo que aqueles não iam soltá-lo, se enfureceu, tentando se levantar e gritando a plenos pulmões:

— Não ficarei aqui coisa nenhuma, tenho compromissos a cumprir; acaso não sabem?

Nesse ponto da entrevista, Gregório se aproximou e passou a dialogar com o paciente:

— Conhecemos este compromisso, Dionísio. Ele não tem feito nenhum bem a você ou a quem quer que seja!

— Vocês não podem saber tanto! Meus compromissos são com Demostes em pessoa! Sirvo lá em seu palácio! Como alguém poderia saber o que faço ou onde faço? A não ser... A não ser que haja aqui algum delator miserável — exclamou o homem com os olhos dardejando revolta. — É isso, não é? Vocês não são simples feiticeiros das ervas, como os chamamos; são espiões infiltrados em nossa cidade!

— Irmão Dionísio, há tempos estamos tentando libertá-lo desse jugo destruidor que Demostes mantém sobre você e tantos outros. Estamos somente buscando auxiliá-lo, pois tudo o que você tão bem conhece por aqui, pela sua longa permanência neste charco de dor, tudo isso aqui, está para terminar.

— Terminar? Estamos falando dos domínios de um grande ser; vocês só podem estar loucos! Isto aqui jamais há de terminar, ao contrário, os planos de Demostes são de expandir cada vez mais as suas fronteiras, para tanto, ele tem aliciado sob sua bandeira muitas pessoas, inclusive encarnados.

— Essa bandeira, como o irmão diz, que, aliás, não passa de mero ornamento, simboliza todo o mal que é praticado nesta cidade! Como pode você, irmão Dionísio, compactuar com a degradação humana que é praticada dentro destes muros?

— Por que me chamam Dionísio? Não sabem que agora eu ostento outro nome? Esse Dionísio a quem se refere não existe mais! Hoje eu sou Sigma, um grande servidor de Demostes.

— Não! Você é Dionísio, aquele que um dia creu no Cristo e está sendo agora resgatado!

— Não podem fazer isto comigo! Não quero ser resgatado e tampouco reviver todo o meu passado!

— Reviverá, se necessário for, mas percebo que o irmão já se lembra de muitas coisas, não é? Então aguardaremos para depois conversarmos novamente. Agora o irmão deverá descansar um pouco.

E, assim falando, Gregório pousou a mão sobre Dionísio, que agitado esperneava, tentando se livrar, mas feixes de luz o mantinham imantado à cama. Aos poucos, ele foi cedendo e acabou por adormecer, mesmo se esforçando por manter a lucidez.

— Por ora é só o que podemos fazer pelo nosso Dionísio. Aguardemos ele dormir por algum tempo e, ao despertar, veremos o seu estado de ânimo em relação às informações novas que vamos lhe transmitindo durante o sono.

Capítulo 6

ESCOLHAS

Unicamente a reencarnação esclarece as questões do ser do destino... Se a rebeldia perdurar por infinidade de séculos, os processos purificadores permanecerão igualmente...
(*Caminho verdade e vida*, Emmanuel/Francisco C. Xavier, item 108)

Eu confesso que estava muito intrigado com aquelas criaturas e com tudo o que se passava naquele local tão estranho, entretanto não ousei formular nenhuma pergunta. Esforçava-me, porém, para registrar na mente tudo o que via e ouvia, para reportá-lo a seguir às minhas escritas.
Irmão Arnaldo, lendo minhas inquietações, perguntou com simplicidade, a fim de que eu obtivesse respostas às questões que tanto me preocupavam:
— Gregório, percebo pelo teor dessa conversa com este irmão que você já o conhecia de antemão. Explique-nos se puder como alguém que um dia acreditou no Cristo, seguiu-o, pode hoje estar em tal condição, voltado ao serviço do mal! E mais, sendo um dos muitos servidores da criatura Demostes, quando este é, indiscutivelmente, um oponente às forças benevolentes do Cristo, entendendo-se, portanto, estarem estes irmãos claramente contra o próprio Mestre Jesus!

— Isto é fácil de ser entendido, meu amigo. Veja toda a trajetória do cristianismo na Terra! Quando, até os dias atuais, podemos dizer que foi integral e claramente vivenciado pelos seus servidores carnais? O que vemos neste transcurso de eras, com raras exceções, é um cristianismo solapado em seus objetivos morais edificantes mais elevados, dando lugar ao egoísmo, ao autoritarismo e ao materialismo desmedido, que hoje imperam na maioria das organizações humanas. Daqueles servidores do passado, muitos agiam em nome do cristianismo, entretanto, quantos equívocos foram construídos sobre tal proposta? Quantos danos macabros de dizimação coletiva não foram engendrados ante os olhos amorosos e meigos do Cristo na cruz, figura amplamente explorada nos meios cristãos, mas tão erroneamente entendida pela maioria? Grande parcela desta nossa humanidade teve em alguma, e em até mais de uma, época de sua existência esse contato com a mensagem dignificante do Messias.

— Eu entendo, irmão Gregório, todavia, em vista destes mesmos enganos relembrados pelo irmão, não há uma remição ou diminuição das responsabilidades para aqueles que receberam noções tão tortuosas sobre tema tão sublime? São eles tão responsáveis assim?

— A espiritualidade maior, sempre direcionada pelo Cristo, leva em conta todo o passado das criaturas. Cada um é avaliado em suas ações, de acordo com o grau de evolução em que se encontra. Como podem perceber, para alguns iniciantes, em tomando contato com informações equivocadas e distorcidas sobre quaisquer temas, mormente sobre o cristianismo, serão estes irmãos tratados como a criança iniciante nas primeiras letras da alfabetização, conduzidos pelos mentores e amigos que os amam com amor, carinho e tolerância. Serão levados paulatinamente ao entendimento, quanto aos conhecimentos que estão adquirindo, pelas próprias experiências, erros e acertos.

Tudo com muita tranquilidade, dentro da harmonia e capacitação do aprendiz. Agora: outra será a situação daquele que já traz mais experiência, segundo os ensinamentos a nós legados pelo Cristo, e mesmo assim teima em permanecer no erro por lhe ser vantajoso de alguma forma. "Muito será exigido daquele há quem muito for dado", palavras do próprio Mestre Jesus!

Gregório deu um longo suspiro e continuou:

— Na verdade, irmãos, somente o Cristo está capacitado para uma avaliação mais profunda das ações de qualquer um desta nossa Terra. Ele recebeu essa tutela sobre a humanidade terrena porque é um ser com condição moral para tal. Nós, por nossa vez, só o que temos possibilidade de fazer é uma avaliação geral, de acordo com o caminhar dos irmãos em questão. Mas... o que leva alguém a optar pelo chamado mal, o erro, o engano, somente Deus sabe! Dentro de nossa pequena condição, percebemos que na maioria das situações o sofrimento está lá no íntimo do equivocado, sendo ele o móvel para as ações danosas. Ainda que camuflado com a ironia, o rancor e o ódio, resvalando para a rebeldia e o cinismo; ali está o sofrimento, impulsionando a criatura não resignada numa faina insana pela felicidade, buscando-a no poder e na riqueza. Nesta busca, ai de quem teve a infelicidade de se colocar acima dela ou lhe fazer qualquer mal. Pela não aceitação do jugo a ela imposto, ainda que leve, sem levar em conta o alerta do Cristo: "Vinde a mim todos vós que estais cansados e sobrecarregados, e Eu vos aliviarei, tomai sobre vós o meu jugo, e aprendei de mim que sou brando e humilde de coração"; ao contrário, ao invés da brandura, ela parte para a vingança virulenta.

"Ou pior, às vezes abre guerra gratuitamente, por inveja contra quem possui o que deseja, ou simplesmente por qualquer motivo banal, eleito pela criatura revoltada como instrumento de seus rancores aos considerados opositores. Assim vemos irmãos nossos, a par de possuírem grandes conhecimentos, estacionados por largos anos à margem do progresso moral, tão somente pelo orgulho e pela dureza de coração, não admitindo algo acima ou alguém melhor do que eles. Embora sofram nessas posições, que eles subentendem como humilhantes, mais se apegam a elas como um modo de se vingarem pelos seus sofrimentos, que, segundo eles, lhes são impingidos por Deus e Suas leis. Estando o Cristo a serviço de Deus, fazendo cumprir Suas leis, torna-se o alvo dos desvarios rancorosos desses nossos irmãos desequilibrados. Há exemplos de muitos companheiros encarnados que erguem estandartes em favor de políticas humanas, frágeis e efêmeras, pois, se hoje são, amanhã o tempo se encarrega de apagá-las, e, de seus resultados em sua maioria danosos para a humanidade, nada resta a não ser cinza; assim também muitos dirigentes desses numerosos grupos trevosos se creem lutando por causas e ideais nobres. Julgam que algum bem, ao menos para eles mesmos, dali sairá, e, quando veem frustradas as suas ambições, mais se aferram a medidas violentas, e mais ferozes se tornam, quanto mais sentem as forças vibrantes da luz chegando!

"Agem como supostos vingadores dos males que eles mesmos criaram e aliciam para o seu modo de pensar e agir quantos lhes caiam sob as malhas do ódio que eles estendem sem cessar sobre a humanidade. Não fossem as providências incessantes das poderosas forças do bem, estaria a humanidade encarnada sujeita aos mais rudes golpes vibratórios que varrem o planeta sem cessar, como também sem cessar eles são destruídos e transmutados por esses vigilantes trabalhadores do Mestre Jesus.

"Mas, observando a nossa história, sabemos que houve irmãos que foram fervorosos seguidores da religião cristã. Receberam-na da fonte verdadeira e saudável, poderiam ter feito muito bem dentro dela; no entanto, passaram a agir de modo justamente contrário ao que pregavam. Dessa forma, muitos erros foram cometidos por esses seguidores da religião deturpada, ou não, e, em aqui chegando, se chocaram com o estado de miséria em que se encontravam. O resultado, como era de esperar em pessoas de má índole, foi revolta, não contra as religiões e seus ensinamentos corrompidos, mas contra o Cristo, que na verdade eles nunca seguiram."

— Gregório, percebemos que alguns deles, num primeiro momento, erraram porque encontraram a Doutrina Cristã falseada em suas bases e a seguiram sem questionar, não é assim? — inquiri irmão Arnaldo e, quando Gregório confirmou, o outro continuou: — A seguir erraram novamente, por não terem tido a humildade de assumir os erros cometidos!

— Exatamente. E mais: não usaram o bom senso para avaliar que o Cristo verdadeiro jamais pregou a violência contra quem quer que seja; analisando-os realisticamente, esses supostos seguidores do Cristo deram ênfase à violência, sendo agressivos e até sanguinários, escondidos sob o manto da Igreja. Na verdade, eles seguiam somente os próprios interesses, jamais os do Cristo! Mas não se pode fugir da crua realidade quando nos encontramos no plano espiritual. Infelizmente, neste caso, ainda uma vez mais, como disse o irmão, ao invés de capitular, nosso Dionísio continuou pregando as mesmas ideias, que, com o passar dos anos, mais foram se desvirtuando, e o ódio crescente foi barrando qualquer laivo de bom sentimento nesse seu coração empedernido no mal. Nosso irmão chegou a ser um bispo dentro da Igreja Católica, entretanto, não soube aproveitar a boa semente e, hoje, ele se encontra neste estado de revolta, o que agrava ainda mais a sua insanidade.

— Mas, irmão Gregório, se esse espírito foi há centenas de anos um bispo da Igreja Católica, quero crer que isso não se deu pelas terras brasileiras, não é?

— Com certeza não, Fábio.

— Então deve ter sido na Europa. O que faz tal criatura em solo brasileiro?

— Solo? — exclamou o irmão, dando uma gostosa gargalhada.

— É! Tem razão, aqui não é o solo da Terra propriamente. Então, como se dá isso?

— Fábio, primeiro, lembre-se do que falamos sobre a cidade estar atrelada ao núcleo da Terra e não ter propriamente uma posição definida. E, segundo, lembre-se do caso Red!

Assenti que sim, já percebendo o meu erro de dedução, mas o irmão continuou a sua explicação:

— Aquele irmão veio aportar aqui atrás de vingança contra um desafeto, não foi?

— Sim!

— Só o lembrei disso para que entenda que os espíritos têm certa liberdade de se locomoverem. Já quando falamos do espaço, há várias maneiras de o compreendermos. O espaço espiritual não é algo sólido preso à Terra física como pensam, mas sim uma força vibrando, em movimento constante, conduzindo vida! Com o passar dos milênios há mudanças, deslocamentos, como ocorre na própria matéria-prima da Terra. Quantos continentes desapareceram e/ou tiveram suas geografias modificadas? Ademais, sabemos que o Grande Coordenador de tudo é o Cristo, e para ele não é difícil mover nem modificar as formas da Terra de acordo com a necessidade, o mesmo ocorrendo para o setor espiritual. Nesses deslocamentos, muitos espíritos podem ser arrebanhados, sendo trazidos ou levados para outros espaços à revelia de suas vontades!

"Entretanto, falando sobre o momento atual, a Terra está passando por grandes deslocamentos. Há duas forças opostas atuando sobre ela: a primeira do próprio sistema solar, com a atuação do Sol sempre prevalecendo sobre todo o sistema. A outra força se trata da atuação de um planeta que se abeira do sistema solar. Por ser de grande porte e possuidor de energias mais densas, age como um ímã, interferindo em todo o sistema e mais especificamente sobre a Terra. Desse modo, temos uma inversão vibratória; a parte semimaterial da Terra vai para onde a força maior a puxa, enquanto a parte física, mais pesada, demora um pouco mais para acompanhar, causando um deslocamento do duplo etérico e de tudo o que nele existe. Por isso, essas conglomerações espirituais acabam mudando de lugar sem que seus ocupantes se deem conta de imediato."

Entendia que aquele era um assunto muito complexo, e para transmiti-lo aos encarnados eu teria que fazer um estudo mais profundo sobre ele. Ensaiei então uma pergunta:

— Vejamos se estou certo: esse irmão que dirige esta cidade vem de outro continente; entretanto, não foi ele quem se deslocou para este local, mas sim a própria cidade é que está se deslocando?

— Certo, Fábio!

— Mas, ouvindo o irmão falar das transformações todas, por que isto está ocorrendo com a Terra?

— Por necessidade! Por estar alcançando uma evolução maior, ela tem que se libertar de suas esferas expiatórias mais densas. Como está se tornando "mais leve", também está acelerando sua translação. A psicosfera espiritual dos continentes mais antigos, como China, Índia, Japão e Europa, é bem mais densa se equiparada à do Brasil.

— Inacreditável! Eu pensei que o nosso país era dos mais pesados em vibração, haja vista o que ocorre nele!

— O Brasil é jovem! Ainda mantém energias leves, sutis, impregnadas de uma natureza primitiva que muito auxilia na manutenção da vida, não só a física, como também a espiritual. Não dizem que a Amazônia é o pulmão do mundo? Como podem ver, a grandeza nem sempre é só aquela material, visível; tampouco só o progresso material traduz a condição de seus habitantes. Por que vocês acham que têm ocorrido tantas catástrofes na natureza, principalmente de certos países?

"Isso não é só por conta da renovação e do assentamento do solo, como alguns dizem. Quando os Engenheiros Siderais começam a mexer em determinados pontos da Terra, é porque há exaustão de energias psicofísicas. Nessas providências tomadas por eles, tanto a parte física se renova quanto a parte energética. De que maneira isso se dá? Na parte física, todos sabem: é pela mudança na superfície, mas iniciada nas profundidades; terra nova vem à tona, enquanto a envelhecida submerge para repouso e reposição de suas potencialidades. Quanto à parte vibratória, essa também é reciclada, atraindo energias mais limpas e saudáveis enquanto se dá dentro do solo a filtração das mais densas e pesadas. Nesse contexto, as energias do céu brasileiro têm servido de sustentação para boa parte do mundo!"

— As fronteiras, às quais os encarnados dão tanto valor, buscando salvaguardar seus países, aqui na espiritualidade desaparecem, por assim dizer! — comentou irmã Adelaide num doce sorriso. — Ainda veremos isso ocorrer também na parte física, quando, seguindo o exemplo da natureza, todos se auxiliarão mutuamente ao invés de se aniquilarem como vemos, principalmente em nome de uma suposta supremacia que só tem feito mal à humanidade.

— Exatamente! — exclamou Gregório. — Qualquer mudança na esfera física, se espontânea, sempre se iniciará primeiramente no nível espiritual. Já pelo fator das guerras, de bombas ou químicas, é uma agressão que a Terra sofre proveniente dos próprios filhos que ela sustenta. Nesta intensa transformação do planeta, podemos afirmar que nada mais será como antes. A parte imaterial da Terra está girando mais rápido e, num esforço hercúleo, puxando para frente a parte terrena, então há um descompasso entre as posições físicas, que já não são as mesmas de antes.

— Estou cá pensando comigo mesmo que este é um assunto muito complexo, em que terei de me aprofundar bem, se quiser passar algo aos encarnados.

— Aprender sempre será algo bom, ainda mais quando tencionamos ser medianeiros das informações entre um plano e outro. Entretanto, o estudo tem que ser levado a sério e disciplinadamente.

Creio que a preocupação quanto ao peso da responsabilidade perante minha humilde pretensão em lhes escrever transpareceu em minha face, contudo irmão Gregório acrescentou, para o meu alívio:

— Fábio, você tem condições de passar aos encarnados estas informações! Já possui alguma bagagem de conhecimento, e o que ainda não domina terá o tempo a seu favor para aprender. Entretanto, será bom que se acerque de pessoas que possam auxiliá-lo.

— Sim, meu irmão! Sou ciente das minhas precariedades e só me lanço a esta tarefa contando com o auxílio dos amigos, principalmente do irmão Arnaldo.

— Sem dúvida estaremos todos à disposição para auxiliar no que for possível! — complementou irmão Arnaldo.

Durante toda essa nossa conversação, a equipe dos enfermeiros trabalhava sem cessar, socorrendo os irmãos em suas necessidades. Apesar de Dionísio ter adormecido, sua face demonstrava o que lhe ia ao íntimo: era uma máscara de dor e revolta. Os enfermeiros tratavam suas chagas abertas, mesmo porque todos os doentes ali as possuíam. Encerrando a conversa, o próprio Gregório foi atendê-lo. Suavemente o acariciava nos cabelos, na testa e no rosto, buscando lhe transmitir serenidade.

O dirigente daquele posto de socorro continuou nos direcionando pela extensa enfermaria; à sua passagem, ia tendo gestos de carinho para com todos os pacientes, muitos dos quais gemiam sem cessar.

Capítulo 7

É CHEGADA A HORA

[...] Receberão, certamente, a esperada iluminação, o consolo edificante e o ensinamento eficaz, mas penetrarão a linha de batalha, em que lhes constitui obrigação o combate permanente pela vitória do amor e da verdade na Terra.
(*Vinha de luz*, Emmanuel/Francisco C. Xavier, "Exortados a batalhar", item 49)

Chegamos a um setor onde só havia adolescentes, a maioria em estado cadavérico. Antes que eu formulasse qualquer pergunta, já que o cérebro fervilhava, o irmão se adiantou dizendo:

— Estes jovens todos morreram de overdose, numa compulsão desenfreada no consumo das drogas, levado ao extremo pelas inúmeras companhias espirituais, também viciadas, que os acompanhavam.

Adiantei-me e comentei:

— Estes fatos eu conheço bem, pois temos trabalhado no resgate de muitos desses irmãos.

— Estes que aqui jazem, Fábio, por longo período, foram utilizados pelos dirigentes desta cidade para aliciar outros no vício.

— Seriam iguais aos vampiros energéticos?

— Aí é que está a questão: estes não passavam de instrumentos nas mãos dos servidores de Demostes. Eram acoplados aos encarnados destinados, passando suas impressões nervosas e doentias para aqueles, mas não usufruíam das drogas. Neste caso, eram "outros" que vinham absorver. Estes que aqui estão serviram apenas para desequilibrar o encarnado visado. Depois que ele já estava viciado, estes foram retirados e mantidos numa espécie de segunda morte, até que necessitassem deles novamente.

— Se analisarmos pela ótica médica, nós perceberemos que são criaturas tão doentes, que acabaram por se tornar a própria doença da qual são portadoras.

— Justamente! Ligar um ser neste estado a uma mente encarnada equivale a aplicar um vírus de loucura fortíssimo.

— Isto não é por demais aterrorizante, irmão Gregório? Por que tal coisa é permitida? Tanto sofrimento para alguém que já morreu no vício, e ainda continuar como um semimorto, viciando outros?

— Crê você que existam injustiças no mundo, Fábio? Sabemos que nada é por acaso. Todo ser criado é uma centelha divina que traz no âmago todas as potencialidades para o bem, o progresso e a vitória. Entretanto, sabemos também que será dado a cada um segundo o resultado de suas obras. São as escolhas dos espíritos que os conduzem a determinadas condições.

— Mas... quem em sã consciência escolheria se transformar nisto? — exclamei, alongando o meu braço pela enfermaria repleta daqueles jovens esqueléticos e completamente alheios.

— Na verdade, Fábio, enquanto a criatura não amadurece para o Amor Maior, raramente deduz o resultado dos seus atos! Embora possa até ver exemplos, erroneamente pensa que, com ele, sempre será diferente; o outro é só um fraco, alguém que se deixou levar; com ele isto nunca ocorreria.

— E como fica a situação destes infelizes?

— Assim, como você está vendo! São criaturas doentes e carentes de tudo; a misericórdia nos convida a socorrê-las no que for necessário para lhes minimizar o sofrimento. O tempo se encarregará de lhes proporcionar um pouco de paz e conforto.

Adentramos outra ala da enfermaria onde vimos mais macas, uma quantidade enorme delas, todas ocupadas por seres cadavéricos. A particularidade dessa ala é que os doentes estavam num estado parecido com o coma dos encarnados; todos extremamente desnutridos, secos mesmo, somente a pele cobrindo o esqueleto, pois para quem não sabe o corpo perispiritual se assemelha, órgão a órgão, ao corpo físico dos encarnados. Os irmãos se apresentavam numa condição dolorosa. Impressionava a falta de fluido. Todos estavam ligados a uma máquina estranha, e irmão Arnaldo perguntou:

— Esta máquina, qual é a sua função? Reposição de fluidos?

— Não! Isso nós mesmos fazemos com os passes. A função desta máquina é neutralizar os pensamentos intrusos.

— Como assim?

— Observemos mais detidamente os nossos doentes — sugeriu Gregório.

Eu, de minha parte, confesso que não era algo agradável de ver. Mantive-me um tanto distanciado para não captar em demasia o sofrimento dos pacientes. Mas, em contrapartida, irmã Adelaide já estava ali ajudando os enfermeiros, enquanto irmão Arnaldo também se aprofundava em cada caso, sempre fazendo perguntas que eu percebia serem para o meu aprendizado. Não tive outro jeito senão me aproximar mais, seguindo o exemplo dos dois mentores.

Detivemo-nos defronte de um deles, que, embora cataléptico, mantinha os olhos extremamente abertos. Só o que denunciava a vida naquele corpo depauperado era um som quase inaudível saindo daquela boca escancarada.

— Observem-no bem! — indicou Gregório.

Irmão Arnaldo, colocando a mão sobre a cabeça daquele ser, disse:

— Interessante! Parece-me que só o perispírito se encontra aqui, sua consciência se mantém longe.

— Exatamente! Todos os irmãos desta ala, embora resgatados por nós, ainda se encontram presos no palácio de Demostes.

Voltando-se para mim, irmão Arnaldo exclamou:

— Fábio, isto não o lembra de algo?

— Sim! Parece o caso de Celina, só que ela ainda esta "viva", já estes daqui são todos espíritos!

Gregório sorriu enquanto dizia:

— Fiz questão de encaminhá-los até aqui, precisamente pela motivação que os trouxe até esta cidade umbralina. Nossos pacientes, assim como a jovem que os preocupa, são todos prisioneiros subjugados e mantidos ligados à mente de Demostes, o dirigente desta cidade de tormentos.

— Mas vocês não conseguem "cortar" estas ligações e libertá-los? É horrível esta situação, até pior que o caso de Celina.

— É precisamente isto que estamos fazendo, só que tem de ser aos poucos, de forma a não danificar ainda mais a matriz dos pensamentos. Quanto à aparência, assim nos parece, entretanto o sofrimento é igual para todos. Celina traz o corpo físico, o que lhe dá um aspecto melhor.

— Realmente, Gregório! Nós sabemos que o corpo físico camufla, e até disfarça, as reais condições das almas encarnadas, assim como também é poderoso auxílio, visto que, para as suas exigências, os encarnados escapam das ideias obsessivas e influências que comumente carregam consigo ou sofrem de fora, na luta por se manterem fisicamente.

— Sim, Arnaldo! A vida física é uma bênção pouco compreendida, e a luta pela sobrevivência, um poderoso instrumento de renovação das criaturas.

— Voltando ao caso dos nossos irmãos aprisionados... — comecei, sem nem mesmo pensar que cortava a explanação de irmão Gregório.

— Fábio, fique calmo! Tudo tem sua resposta, resta-nos paciência para obtê-la no momento adequado — ponderou irmão Arnaldo.

— Precisamente, meu filho! Pelo que já nos foi permitido saber, o comprometimento destes irmãos com a criatura que os subjuga remonta a muitas eras. Hoje, todos estes que sofrem em suas mãos já se encontram muito melhorados, e esse é precisamente o motivo central da atuação maléfica de Demostes sobre eles! Ele não quer perder seu antigo exército, que tem escapado ao seu controle.

"Nestes dois mil anos, visto que na época do Cristo se deu sua última encarnação no plano físico, quando então foi ele aprisionado espiritualmente na mais densa esfera expiatória das regiões quentes do continente africano, ali permanecendo por décadas, até que, pouco a pouco, passou a convocar seus seguidores, servidores e escravos, todos, por se encontrarem ainda com fortes ligações no passado culposo, acabaram atendendo ao constante chamado de seu dirigente. Hoje, esta é a realidade que temos sob os olhos. Graças à reencarnação, muitos daqueles conseguiram suas transformações, e junto à libertação do jugo pernicioso de Demostes. Estes aqui encontrados, ou perambulando pela cidade, ou servindo-o, são os últimos de uma imensa falange que por centenas de anos, seguindo suas ordens, causaram grandes transtornos em meio à humanidade, dos quais as últimas guerras foram o ponto-final decretado pelo Cristo quanto à atuação nefasta desse ser no planeta.

"Hoje, ele já não consegue mais atingir as grandes massas e comandá-las por meio dos seus asseclas. Mas... infelizmente ainda consegue atuar sobre estes que aqui se encontram e mais alguns remanescentes infiltrados nas organizações humanas da terra. Entretanto, se a atuação persiste, não é tanto por conta do poderio dele em grande parte cerceado pelo Cristo, mas porque muitos teimam em continuar seguindo-o e obedecendo-o. É a lei do "semelhante atrai semelhante", aqui imperando de forma prática! Como Demostes tem a mente mais poderosa, ainda consegue arrastar para o seu círculo estes servidores igualmente maus, ainda que em menor escala. Para que entendam melhor: nosso irmão é como um planeta negro, seco, ávido, mas com grande magnetismo, a atrair para sua órbita corpos menores, que se lhe assemelham."

— E como isso terminará, então? — questionei um tanto aflito ante a narrativa do dirigente daquele hospital espiritual, inserido em ambiente tão hostil.

— Bem, tudo se encontra nas mãos do Mestre Jesus! Portanto, não há como negar que "este", também, é um problema sob seu controle.

O irmão se calou por um momento e se manteve absorto, como a buscar inspiração:

— Recentemente tivemos a visita de uma equipe das mais altas esferas de nosso orbe, dirigida por alguém que, creio, já é conhecido de todos: nosso irmão Bezerra de Menezes! Junto a esse grupo de apoio, ele já iniciou a limpeza da periferia desta cidade.

— Como está se dando essa limpeza, meu irmão?

— Ela está ocorrendo sobre três vértices, Arnaldo! A saber: desarticulação com encarnados que servem ou são manipulados daqui por Demostes, a fim de que sua ligação com o mundo físico seja totalmente cortada; retirada progressiva dos irmãos e separação entre aqueles que ainda vão ficar na Terra daqueles que partirão. Estes últimos permanecerão em um imenso hospital emergencial, construído em terras brasileiras, mais precisamente em meio à intensa vegetação do Amazonas. Esse hospital mantém ligação com as profundezas da Terra, local onde os irmãos mais ensandecidos estagiam em profunda dormência, até as mais altas esferas, abrangendo os três círculos expiatórios e chegando aos cumes regeneradores, onde se agrupa a equipe dirigente de toda esta transformação planetária, dali recebendo orientações e ordens das esferas sublimes. Cada caso é estudado em suas particularidades, quando então são reencaminhados ou para ordem de partida ou permanência no planeta, de acordo com o grau e a condição vibratória inerentes a cada um. Os que partirão vão aguardar em esfera vizinha à nossa Terra, até o destino deles ser definido.

— Quer dizer que esse "negócio" de alguns terem de deixar o planeta é sério mesmo?

— Por que o espanto, Fábio? Isso já foi esclarecido pelo próprio Mestre Jesus quando disse que somente os mansos herdariam a terra! Depois dele, quantos profetas de catástrofes não pregaram o fim do mundo, o fim dos tempos? Aqueles irmãos dotados de faculdades mediúnicas sentiam ou recebiam informações sobre tais ocorrências, mas, por lhes faltar maior clareza, que até então a humanidade não possuía, eles trouxeram à luz as explicações como conseguiram interpretar, algo definitivo, o fim, a destruição total... Mas hoje, com a humanidade já esclarecida, mais preparada, a realidade esta vindo à tona; já se entende que não haverá fim do mundo, e sim uma grande transformação. Ela já está ocorrendo, e uma boa parte da humanidade, por não ter, ao longo de sua estadia no orbe terreno, conseguido se estabilizar numa vibração mais positiva e elevada, será encaminhada para um mundo de acordo com os seus estados atuais. Lá no outro planeta, ainda em estado primitivo, iniciando o seu processo expiatório justamente com a ida desses segregados da Terra, estes terão como tarefa alavancar o planeta rumo ao progresso. Vejam que não há nada de perdido ou estacionado no universo. Cada um de nós se encontra onde exatamente deve estar! Ocorre, porém, que Jesus, por sua imensa misericórdia, tem buscado pelas ovelhas desgarradas. Ou seja: tem esperado pela nossa decisão e boa vontade em nos melhorarmos!

— Irmão Gregório, este hospital que o senhor mencionou; quem está à frente dele?

— Na verdade, o grupo que no momento trabalha pela transformação terrena é muito grande. Muitos assumem responsabilidades de acordo com suas habilidades. Grande parte dessa tarefa está sob o encargo de Bezerra de Menezes, principalmente no que diz respeito à atuação médica, pois como podem perceber a maioria dos que partirão estão doentes! São enfermos sendo encaminhados para uma possível cura. Em se tratando da parte física do planeta, a exigir cuidados específicos, temos os Engenheiros Siderais comandados diretamente pelo Cristo, alguns dos quais já tendo encarnado por aqui em tempos idos, quando produziram verdadeiras joias em relação às artes em geral e em especial na arquitetura, deixando-nos lições preciosas de quanto pode o homem quando se propõe a construir para o bem comum!

"Já os mais rebeldes; aqueles renitentes no mal; os que premeditadamente lutam contra as forças do bem e a transformação da Terra, utilizando para isso todos os vícios encontrados na humanidade, que hoje proliferam em todos os setores da sociedade; aqueles que seviciam principalmente os jovens incautos, que vivem buscando formas cada vez mais brutalizadas do suposto prazer: para estes que por décadas e até milênios comandaram o mal na Terra, temos Miguel à frente de imenso batalhão de trabalhadores, entre os quais destacamos a presença de João Batista a empunhar a Bandeira do Cristo — Paz, Amor e Caridade!

"Irmãos que se propuseram a servir o Mestre, muitas vezes renunciando a si mesmos pela vivência apostolar ao longo das eras, hoje se unem no esforço supremo de resgatar quantos puderem, sob o comando de Maria de Nazaré! Neste imenso trabalho ressurgem os velhos apóstolos, além de figuras conhecidas, como José, Lázaro, Maria de Magdala, João de Cleofas, Maria de Betânia; apenas uma pequena parcela dos muitos que se candidataram a fim de participarem desta hora preciosa do despertar da humanidade para a Nova Era.

"Não podemos nos esquecer ainda daqueles outros, também nossos conhecidos, como Eurípedes Barsanulfo, Madre Teresa, Irmã Dulce, nossos queridos Chico Xavier, Emmanuel e Lívia, com alguns destes retornando ao mundo físico para auxiliar no avanço da humanidade. Temos ainda alguns encarnados que trabalham intensamente, sem esmorecer ou reclamar das asperezas destes momentos finais para a renovação do nosso planeta. Há muitos irmãos elevados, mas não tão conhecidos pelos espíritas, porém todos unidos no esforço supremo de despertar a humanidade para a sua realidade espiritual. São momentos cruciais para todos. Então, este grande hospital, se querem saber, ali está servindo para muitas tarefas: recolhendo e mantendo em dormência os que daqui partirão para outro local, onde aguardarão o momento da partida para o novo lar, e, sob a proteção de sua atração gravitacional, recomporão o perispírito, condizente àquele planeta, onde viverão daqui em diante até que tenham condições de retornar à Terra, se e quando quiserem, e/ou puderem. Também neste hospital estão se acolhendo os irmãos que chegam de outras esferas mais elevadas que a Terra, seres evoluídos que se dispuseram a reencarnar aqui a fim de auxiliar no avanço progressivo de nosso orbe, que dará nos próximos anos um salto evolutivo jamais visto antes, tão logo se acalmem as convulsões finais pelas quais a Terra há de passar. Quando falamos em evolução, não nos esqueçamos de que esta que vai ocorrer por aqui será antes baseada no amor, e não em conquistas materiais, muito embora elas possibilitem o avanço em todos os âmbitos, quando então a criatura já se encontrará num estágio maior de altruísmo, liberta do egoísmo tão comum em nossos dias e que tem sido a causa da maioria dos vossos sofrimentos."

Capítulo 8

MUITO SE PEDIRÁ ÀQUELE QUE MUITO RECEBEU

Vede um argueiro no olho de vosso irmão e não vede a trave que está no vosso.
(*O Evangelho segundo o Espiritismo*, capítulo XVIII, item 12)

    Entre tantas situações difíceis ali vistas, vocês não queiram saber quanto eu me senti constrangido naquela ala, onde se abrigavam os drogados. Era lógico me reportar ao meu trabalho no tráfico; lógico me sentir um tanto responsável por situações em que se aglomeravam sofrimentos desse teor. Mas... quando conhecia os mecanismos e as mentes poderosas que arquitetavam por trás, nos manipulando, eu me acalmava. Sabia e assumia as minhas responsabilidades, que não eram poucas; entretanto, entendia que não podia assumir as dores do mundo. Se faço questão de lhes transmitir minhas impressões penosas é para que todos possam perceber que aqui, na verdadeira pátria — a espiritual —, não há como fugir dos resultados. Então, quem se sentir tocado pelo que escrevo que busque se modificar enquanto há tempo! A responsabilidade de causar qualquer tipo de sofrimento ao próximo é terrível. É por conta desse pesar lento e doloroso, que queima o nosso íntimo, que muitos dos irmãos escolhem passar pelo mesmo que fizeram o outro passar. Penso eu que a sociedade humana não necessitaria ser repleta de tantas tragédias como o é se já fôssemos menos eivados do mal, intolerantes e gananciosos.

Neste momento, irmão Arnaldo se adiantou; como já o conhecia, senti que iria dizer algo, sinal incontestável de que estava percebendo o que me ia ao íntimo. Eu tomei minha caderneta e me preparei para anotar, pois ele sempre me ensinava muito. Com serenidade, ele iniciou:

— Nestes dois sentimentos, a ganância e a intolerância, estão assentadas as raízes de boa parte das desgraças humanas! A ganância é largamente utilizada pelos afiliados às sombras para provocar a queda dos homens. Quantos crimes hediondos são perpetrados porque o homem não se contenta com o que tem, querendo açambarcar sempre mais dos valores terrenos, sem pensar que tantos vivem na miséria extrema. Jamais perguntam se merecem ter ou se saberão utilizar; acaso não viveriam melhor sem? Não! A maioria se revolta por não poder possuir isto ou aquilo. Enfim, há uma ânsia pela posse de bens efêmeros, passageiros e totalmente destituídos de valor quando avaliados pela ótica espiritual! Objetos estranhos e insignificantes são transformados em valiosos tesouros pelos esbanjadores, a atiçar a cobiça dos incautos. Quantos se fazem instrumentos do mal e caem sobre os mais abastados como lobos famintos, matando sem pesar nenhum, apenas para se apoderarem do que não lhes pertence! Outros ainda, movidos pela mesma ganância, em vez de se contentarem com um trabalho humilde que lhes dê o básico para a sobrevivência, não titubeiam em invadir lares pobres, onde pessoas simples, velhos indefesos, são atacados com truculência pela covardia desses invigilantes, que acabam se tornando servidores do mal. Tudo isso somente por conta de algumas parcas moedas, ou algum utensílio doméstico que tomam para si! Então, este sentimento nefasto, a ganância, torna-se arma poderosa para os agentes das trevas que aspiram manter este planeta na condição infeliz de expiações dolorosas.

"O mesmo se dá com a intolerância, mas, além de atingir os gananciosos, os violentos e os agressivos, é utilizada largamente para balançar as bases daqueles que já possuem alguns laivos de moral, porém são comodistas, esperando grandes transformações fora de si mesmos! Que o outro se modifique para que o mundo seja melhorado, facilitando-lhes o viver! Os intolerantes, ainda que se proclamem trabalhadores do bem, são presas fáceis dos sequazes do mal, que deles se utilizam, introduzindo-os dentro das organizações mais santas! Nós os encontramos em grande número dentro e à frente de todos os setores da luta humana, e em especial dentro das religiões. São aqueles mais exigentes quando se trata de coibir ações e condutas alheias; os grandes pregadores do Evangelho que não passam da letra; cobram, mas não obram! Intransigentes e irritadiços, fazem-se zeladores tenazes dos Ensinamentos Cristãos, mas se apegam somente às aparências. Infelizmente os temos visto crescendo em número também nos meios espíritas, criando empecilhos ao irmão incipiente, que chega ao centro esperançoso em sanar suas dificuldades físicas, morais e espirituais — carências que poderiam ser solucionadas se o irmão em questão não fosse encaminhado só ao tratamento dos passes, das fluidoterapias, mas igualmente a um bom curso doutrinário, seguido de uma participação efetiva nos trabalhos da casa. Assim que tivesse o seu quadro melhorado, poderia participar do desenvolvimento mediúnico, dando um bom direcionamento às suas energias medianímicas, em boa parte responsáveis pelos desequilíbrios que carrega, tornando-se um tarefeiro útil como intermediário dos dois planos. Mas, infelizmente, muitos dirigentes, apegados excessivamente a regras criadas muitas vezes para o controle, põem-se a analisar e a avaliar o candidato, atendo-se mais às suas dificuldades, antes das potencialidades, que igualmente aquele possui, barrando-lhe as humildes tentativas de iniciar um trabalho no bem! Vemos casos em que o posicionamento e a atuação lúcida e equilibrada do dirigente, cujo único propósito é servir amorosamente, conduzindo o médium necessitado, auxiliando-o a vencer suas dificuldades, transformam-no num razoável trabalhador, em vez de encaminhá-lo para tratamentos sem fim, tornando-se mais um doente crônico nas intermináveis filas das assistências espirituais. Tudo porque o dirigente perfeccionista não soube aceitar o instrumento falho que lhe chegou às mãos, necessitando amparo e sustentação a fim de autocurar-se e se tornar um instrumento de valor dentro da Seara Cristã, tão carente de trabalhadores dedicados, porque os bons, estes são muito raros por aqui!

"Apesar de saber que alguns não aceitarão o que direi, não posso deixar passar a oportunidade de salientar a importância da tolerância e quanto a falta dela pode prejudicar, pois essa carência sempre será utilizada pelos infelizes da maldade, até dentro das associações mais dignas, dificultando trabalhos e enfraquecendo mais ainda aqueles que ali buscam socorro! Em contrapartida, deixa os intolerantes mais intolerantes ainda!

"Há companheiros que alegam fazer esta rígida seleção de trabalhadores, preocupados em salvaguardar a pureza da doutrina ou a imagem da casa. Ora! Não temos aqui uma réplica das preocupações dos antigos fariseus, que por conhecerem demasiado o Velho Testamento se arvoraram em vigilantes desses escritos? Pergunto eu: onde ficavam os sentimentos de amor e caridade? Simplesmente, ouso dizer que não havia tal prática!

"Salvaguardando o cuidado criterioso que devemos ter para extinguir no nascedouro ideias esdrúxulas e desequilibradas que podem surgir dentro das casas espíritas, onde qualquer adolescente, estudante aplicado da doutrina, poderá perceber tais erros, todo cuidado será pouco para não se cair nos extremos, repetindo os velhos erros do passado. Fiquem certos de que a doutrina, sendo dos espíritos, eles não a deixarão ser maculada por ideias e ações dos encarnados, como não o foi durante anos a fio o verdadeiro cristianismo! Apesar disso, a Idade Média esteve repleta de "vigilantes dos ensinamentos de Deus", aqueles que não titubearam em mandar para as masmorras, as torturas e as fogueiras os tidos como hereges, que não aceitavam os "ditames divinos", segundo os inquisidores das falhas do próximo; estes acumuladores das riquezas terrenas tudo fizeram em "nome" do Cristo/Deus. A Doutrina Cristã passou por tudo isso, permanecendo límpida e imaculada, e assim chegou ao advento do Consolador Prometido!

"Aos queridos cooperadores da Seara Espírita que hoje se encontram encarnados, investidos de alguma autoridade por dirigirem algum centro humilde, à frente de um punhado de pessoas, alertamos: não se façam ditadores da Doutrina Espírita, pois ela não necessita disso! Não impeçam de trabalhar os humildes que aí chegam trazendo suas dificuldades, só necessitando ser reeducados nas tarefas, muitas vezes bloqueadas por avaliação anterior, intransigente e intolerante. Não se façam novos fariseus, pois nestes tempos de renovação eles não terão mais espaço dentro da verdadeira Doutrina do Cristo! Sejam, antes, trabalhadores do Bem e da Boa Vontade, trabalhadores do Amor e da Caridade, assim perceberão quantas dificuldades serão varridas do caminho pela simples aceitação das dificuldades passageiras trazidas pelos companheiros de jornada!

"O amor é a única regra a valorizar qualquer trabalho! Fora, portanto, com a intolerância! Jesus não precisa disso como nunca precisou de vigilantes ou juízes na aplicação de seus ensinamentos, mas sempre necessitará daquele que, a despeito de sua fraqueza ou pequenez, não teme servir! Coloque a mão na charrua e siga adiante sem olhar para trás, entregando ao verdadeiro cultivador a obra terminada!"

Depois dessa explanação, irmão Arnaldo silenciou, talvez meditando em seus próprios pensamentos, enquanto eu tratava de anotar tudo!

Quando encerramos a visitação por toda a enfermaria, Gregório se achegou a nós, dizendo:

— Eu necessito me ausentar para uma reunião com meus superiores. Os irmãos aproveitem a estadia por aqui; se quiserem sair para a "cidade", tenham cuidado principalmente ao se abeirarem do palácio de Demostes.

— Nós precisamos avisar aos nossos amigos lá do Maria de Nazareth que vamos permanecer um tempo mais por aqui.

— Arnaldo, se não se importa, eu irei, pois necessito regressar à colônia, onde há tarefas sob a minha responsabilidade — disse-nos irmã Adelaide.

Preocupei-me com a decisão da irmã, pois não conhecia em profundidade a capacidade do irmão Arnaldo, eu me sentiria mais seguro investigando aquele local perigoso estando os dois comigo.

A irmã, olhando-me e sorrindo, disse:

— Quem tem poder é Deus, Fábio! Mas não se preocupe; irei, contudo estarei o tempo todo sintonizada a vocês! Caso necessitem de ajuda, virei imediatamente. Assim que me organizar, voltarei, pois quero estar junto quando adentrarmos o palácio desse ser que domina esta "cidade"!

Em vez de me acalmar com as palavras dela, murmurei:

— Ai, meu Deus! Vamos entrar na jaula do leão?

Os dois sorriram, e irmão Arnaldo me falou gentilmente:

— Fábio, embora me agrade a sua companhia, se você quiser, pode retornar com irmã Adelaide.

— Bem, confesso que estou um pouco nervoso, mas, por outro lado, quanto material eu poderei registrar para os meus escritos, não é?

— Isto é verdade! Tudo traz aprendizado, entretanto, você não deve ficar se teme algo — argumentou o irmão.

— Fábio, do que tem medo, meu filho? Não percebe que isto é por conta das lembranças do seu passado no umbral, servindo Red Marinheiro?

— Irmã, isto aqui é bem pior que o local onde eu vivi por dezenove anos. Veja! É uma imensa cidade do mal!

— Mesmo assim, está sujeita à vontade do Mestre Jesus! Ainda que pareça inexpugnável, aqui também opera a lei divina, como em todo o universo!

— Nossa irmã está com a razão, Fábio, pois, se não fosse assim, como conseguiríamos viver aqui, e ainda auxiliando tantos irmãos? — falou com propriedade o dirigente daquele hospital espiritual.

— Tem razão! Desculpem-me, irmãos. Na verdade, a senhora está certa, voltei ao passado!

— Creio, Fábio, que esta será uma boa experiência para você se fortalecer mais e se libertar de vez desse passado — completou cheia de razão minha querida protetora.

— Vocês poderão perceber melhor a ação da espiritualidade por aqui indo para a periferia da cidade. É onde eles estão iniciando a limpeza e desfazendo lentamente essa imensa região umbralina.

— Muito grato pela orientação, Gregório. Gostaria de ver isto, Fábio?

— Com certeza, irmão Arnaldo, me perdoe mais uma vez!

— Lembre-se de que a maioria dos temores que carregamos é infundada, mas acabamos criando, a partir deles, energias doentias que nos contaminam. Acometidos pelo medo, devemos parar, elevar o pensamento a Deus e orar rogando fortaleza, fé e confiança!

Sorri agradecido pensando na bondade desses irmãos; seres com grandes tarefas desperdiçando um tempo enorme só para eu me sentir melhor, me refazer e continuar. Senti-me um tanto envergonhado pela minha fraqueza. Irmão Arnaldo colocou a mão em meu ombro e falou:

— Todos passam por isso quando iniciantes nos trabalhos de resgate, principalmente em locais como este. Entretanto, quando percebemos que todos esses seres encontrados nesses locais terríveis, alguns com aparência monstruosa, são filhos de Deus como nós, espíritos caminhando rumo à perfeição; quando os vemos pela ótica do amor universal, os temores se esvaem e percebemos Deus presente neles também! Tudo e todos evoluindo para uma condição melhor, inclusive esses irmãos equivocados, que creem viver fora das leis divinas! Na verdade, hoje eles são isto que vemos por aqui, mas amanhã serão anjos, pois todos, sem exceção, estamos caminhando para a perfeição.

Depois das palavras dos irmãos, percebi quão tolo eu estava sendo. Sorri com gratidão e me dispus a acompanhar irmão Arnaldo, já curioso com o que iríamos presenciar nos arredores da "cidade".

Saímos a andar por aquelas ruelas estranhas e escuras. Víamos os quadros mais bizarros, e irmão Arnaldo me orientava a não me fixar nas ocorrências gerais, reservando a atenção somente para algum caso específico, que valesse a pena estudar mais de perto.

Mas... por onde passava eu era alvo de chacotas e gozações. Grupos grosseiros aqui e ali me constrangiam com piadas de mau gosto, embora meu companheiro me induzisse com o olhar a não dar atenção. Infelizmente, um grupo mais zombeteiro, além de tripudiar, atirava-me pedras e objetos dizendo:

— Olhem aquele anão aleijado! Parece ser obra do próprio capeta!

Soltaram gargalhadas sonoras, tentando me fazer cair com uma corda que lançaram à minha passagem. Inevitavelmente, com a dificuldade daquela forma, eu fui ao chão, e os seres terríveis se aproximavam entre gozadores e ameaçadores. Irmão Arnaldo olhou o ocorrido com certa preocupação, atentando para os lados, a ver se havia muitos espíritos nos observando. Mas os grupos por ali estavam dispersos, preocupados com os próprios interesses, sem tomar conhecimento do que se passava conosco.

Sentindo-se livre para agir, ele então se posicionou à minha frente enquanto eu procurava desembaraçar minhas pernas curtas e tortas da corda. Os seres, que de início vinham com tudo, estacaram, e o irmão simplesmente começou a ir ao encontro deles. Encarando-os tranquilamente, aproximava-se, e, à medida que assim fazia, pareceu-me agigantar-se mais e mais! Vejam vocês o que é a "moral" perante a turba ignorante, pois os seres, embora também avantajados, portando diversos tipos de arma, foram se amedrontando com a aproximação do irmão e debandaram dali.

— O que houve? — perguntei espantado.

— Nossos "amigos" resolveram nos deixar em paz!

— Mas... o que você fez a eles?

— Eu? Nada!

— Como nada? Eles se foram assim, sem mais nem menos?

— Eu utilizei um pouco de "psicologia" — disse ele sorrindo.

— Que tal me ensinar um pouquinho dessa psicologia, irmão Arnaldo?

— Estou brincando contigo, Fábio. Na verdade, me utilizei de um recurso que eles usam em larga escala: hipnose! Eles viram mais do que gostariam. Cada um me interpretou de acordo com os temores íntimos que traziam. Entende agora por que o medo é um mal a ser combatido severamente? Ele é muito utilizado pelas falanges dos seres perversos para dominar encarnados e desencarnados.

— Então, eles tiveram medo do irmão?

— Tiveram medo do que pensaram ter visto. Mas vamos indo, antes que resolvam voltar.

— Duvido muito! — falei rindo.

Continuamos a caminhada e eram tantos absurdos: aqui, um grupo agredia alguém; acolá, mulheres horríveis, sem nenhum pudor, convidavam quem passava para relações íntimas. Porém o que me chocou realmente foi quando nos deparamos com um palco, num local considerado uma praça, mas que não passava de um charco de lama podre, onde muitos jovens dançavam ao som de uma música indecente e alucinante. Seu som repetitivo agia como hipnose, mantendo todo o grupo num ritmo sinuoso e obsceno, como se fossem zumbis. Abaixo, um grande aglomerado assistia, acompanhando com palmas, assovios e palavras de baixo calão. Um verdadeiro horror. Creio que fiquei tão escandalizado que estaquei no lugar, e irmão Arnaldo me arrastou pelo braço.

— Vamos, Fábio. O ar aqui é irrespirável; se ficarmos mais um pouco, vamos precisar de socorro urgente.

— O que vem a ser isto, irmão Arnaldo?

— Ora, uma festa!

— Festa? Mais parece um bacanal do inferno!

— Pois é isto! E te digo mais: estão copiando e levando exatamente assim para o plano dos encarnados!

Distanciados do movimento e das energias nocivas ali geradas, continuamos olhando.

— E, se você observar bem, Fábio, verá aí no meio muitos encarnados que neste momento, no plano físico, estão "dormindo".

— Quem copia quem, então?

— Essas são situações que se repetem do plano espiritual inferior para o mundo dos encarnados. Situações das mais graves, em que jovens, sem nenhuma base moral, sem qualquer orientação religiosa, ou sequer algum bom exemplo dos pais, passivamente se deixam guiar por mentes diabólicas, que se comprazem na degradação humana. Nestes folguedos perniciosos, considerados por muitos "inocentes", o chamado pancadão e as baladas, onde sexo e droga correm largamente, jovens mal saídos da infância se comprometem miseravelmente, aviltando as matrizes sexuais por excessos de toda ordem, atraindo criaturas terríveis para o convívio íntimo particular. Infelizmente, muitos pais que deveriam auxiliar os filhos, protegendo-os, principalmente na primeira infância, são os primeiros a empurrá-los rumo aos despenhadeiros. Esses pais, também carentes de noções mais dignificantes, não se dão conta das responsabilidades, pois muitas dessas crianças já vieram para as encarnações atuais com sérios comprometimentos nos vícios mais variados. Quando os pais, vaidosamente, exibem os pequenos nas mídias, "imitando" os adultos nas vestes, em gestos, palavras e danças extravagantes, recheadas de malícia, permitem que aflorem desde tenra idade esses vícios dos quais eles mesmos se comprometeram a auxiliar os filhos a se libertarem! Onde os semelhantes se agrupam, é inevitável vir à tona suas tendências, seus gostos particulares e suas criações mentais. Quando falta a moral, o resultado é isto que vemos aqui!

"Vamos, Fábio, continuar a nossa caminhada sem nos atermos muito ao que ocorre ao redor, pois do contrário ficaremos presos às sensações do ambiente, perdendo longo tempo nisso sem nos darmos conta!"

Diante das palavras do irmão, pusemo-nos a andar rapidamente, afastando-nos mais e mais do centro.

Capítulo 9

MUDANÇAS NECESSÁRIAS

[...] Tal será o estado da Terra quando, segundo a Lei do progresso e a promessa de Jesus, ela tornar-se um mundo feliz, pela expulsão dos maus.
(*O Evangelho segundo o Espiritismo,* capítulo IX, item 5)

Na medida em que nos afastávamos, a impressão da névoa ia se modificando: primeiro muito escuro, e a seguir já conseguíamos divisar alguma luz adiante. O interessante é que, enquanto subíamos, o local ia clareando. Subíamos? Coisa estranha!

— Impressão minha ou estamos subindo, irmão Arnaldo?

— Muito provavelmente os Engenheiros já estão mexendo por aqui. Vamos nos concentrar para percebermos o que ocorre.

"Ele" se concentrou, e pelo visto conseguiu enxergar além. Mas eu, qual o que, nada via! O irmão colocou a mão na minha testa e falou:

— Concentre-se! Busque observar com tranquilidade!

Assim que fiz o sugerido, para minha surpresa, aquela névoa sumiu e pude ver vários irmãos com uma vestimenta prata movimentando grandes máquinas. De uma delas saía um raio azulado que ia queimando tudo ao redor, outra ia sugando todo o plasma negro que se formava depois da queima. Aquilo ia se soltando aos poucos e já dava para perceber a limpeza surgindo atrás. Outra máquina ia criando uma névoa luminosa. Diferentemente daquela escura e sufocante que havia em todo o ambiente, esta deixava atrás de si uma umidade fresca e revigorante.

Eram vários espíritos, e um deles se aproximou sorrindo e nos saudou:

— Olá! Como estão, irmãos?

— Muito bem! Melhor ainda neste espaço! Vejo que o trabalho de vocês está progredindo muito — comentou irmão Arnaldo.

— Sim. Antes, esta grande faixa que veem — falou o agente sideral, alongando o braço para cima, onde podíamos perceber um grande e limpo descampado, subindo em relação ao nível em que nos encontrávamos —, tudo aqui era um grande charco negro e grudento.

Eu, já me intrometendo, ansioso perguntei:

— Por que este trecho está subindo? Era assim antes?

— Pelo contrário. Aqui era um imenso buraco de onde foram retirados vários irmãos em estado deplorável. Assim que os desalojamos, iniciamos o trabalho de reconstrução do terreno. Como agora a matéria que o preenche é mais leve, toda a região tenderá a subir. O terreno todo desta cidade vai ficar bem mais alto do que se encontra agora.

— Que interessante! E por que a névoa?

— Bem... um dos motivos é o que você está pensando mesmo: ela nos protege dos espíritos atrasados, pois, diferentemente de vocês que chegaram até aqui, aqueles outros não conseguiriam. Podemos assim trabalhar com mais tranquilidade, sem ter que nos preocuparmos com defesas ostensivas. O outro motivo, e mais importante, é que ela energiza o novo ambiente que se forma.

Espantado com o que via, eu arrisquei mais uma pergunta:

— Esta limpeza está neste momento ocorrendo somente neste trecho?

— Não! Ela já está atingindo uns três quartos da periferia em derredor da cidade. Evitamos mexer próximo da entrada, para não alertarmos os frequentadores da "metrópole do mal".

— Diga-me: neste caso, a cidade está encolhendo?

— É essa a ideia, Fábio! Vamos avançando milímetro por milímetro ao redor, retirando os espíritos que podem ser retirados, e aos poucos desarticulando o governo que aí se opera.

Lembrei-me imediatamente da atuação de irmã Adelaide no caso de Red Marinheiro. Ela se valeu do mesmo processo, cercando os domínios de Red, que, no meu entender, naquela época era enorme, embora não se comparasse a esta cidade. Perguntei aos agentes:

— Mas este ser que dirige isso aqui vai permitir essa ocorrência?

— Quando ele tomar ciência do que está acontecendo, nada mais poderá fazer! Este trabalho não é uma iniciativa nossa, mas sim do próprio Cristo, que decretou mudanças para o orbe terrestre. O que vocês estão vendo aqui está ocorrendo em todo o planeta; infelizmente há locais onde as regiões umbralinas são tão pesadas que, para mexer nelas, há que se mexer em toda a parte física do planeta, daí as chamadas catástrofes. Estas nada mais são que um expurgo do que está prejudicando a parte imaterial para a superfície física. Imaterial e material, quando se trata de planetas, andam sempre juntos, e, quando uma das partes evolui — no caso, a espiritual —, a parte material tem que acompanhar. A renovação da Terra se dará exatamente por meio dessa limpeza que está sendo feita no plano do espírito, qual ocorre com o corpo físico, que recebe as chagas que o corpo expurga! Num primeiro momento, parecem-nos tragédias sem propósito, mas, para a mente ampla e arejada pelas conquistas morais, o entendimento é outro. A Terra está em processo de cura do seu estigma mais pesado: o expiatório. Seu núcleo está se aquecendo mais e ela se tornará um corpo celeste mais leve, girando mais rápido sobre o próprio eixo; por isso todos sentem que as horas passam com mais rapidez, e o homem quase não está conseguindo mais acompanhar esse ritmo. Mas o ser renovado também será mais rápido em suas ações, liberto do pesado fardo expiatório, e estará na feliz condição do estudante aplicado que tem condições de conseguir uma boa nota na prova final. Dependerá, sua melhora, apenas dos próprios esforço e dedicação.

— Visto por esse ângulo, parece algo bom o que está ocorrendo! — falei diante da útil dissertação do agente sideral.

— Irmão, tudo o que ocorre sob a égide do Cristo provém de Deus Pai, logo, só pode ser bom!

— Compreendo. Entretanto, preocupo-me com o que está por vir no plano encarnado.

— Pois não se preocupe; antes, trabalhe em prol dos irmãos da crosta, pois eles necessitarão de todo o auxílio possível.

— Não haverá outra forma de desenvolver essas mudanças no planeta sem causar tanto sofrimento?

— Na realidade, o sofrimento ao qual o irmão alude são criações particulares de cada um. Se olharmos para a Terra em sua escala evolutiva, perceberemos que muitas ocorrências poderiam ter sido evitadas se os homens se dispusessem a seguir as leis divinas. Acompanhariam as mudanças necessárias sem tantos estragos. Onde há amor entre as criaturas, haverá também socorro, amparo, respeito e caridade. Ou seja, os que possuem mais estarão sempre auxiliando os menos favorecidos. Então, os sofrimentos pelas mudanças naturais necessárias seriam minimizados pelo amor fraternal entre todos. Mas... o que esperarmos de um planeta onde grande parte de seus filhos ainda plantam a guerra, utilizam irmãos sem recursos como objetos descartáveis, destroem todas as reservas naturais do planeta que os abriga e sustenta, tal qual uma mãe abriga os filhos no ventre, pela simples ganância? Que esperar de grande parte dos que aí habitam há milhares de anos, sendo que sequer respeitam o solo onde pisam? E mais: sobrecarregam as energias naturais do planeta com suas emanações mentais venenosas e doentias, que pesam demasiado no orbe. Trata-se de seres sem a mínima noção do valor da palavra amor! Com essas reflexões pode o irmão entender que, seja o que for que venha a ocorrer, será necessário, e aqueles que forem pegos no cipoal das tragédias não serão seres simples, humildes ou inocentes; ao contrário, vêm há milênios utilizando os benefícios do planeta sem se preocupar nem procurar dar algo de si em troca de tudo o que receberam. Contudo, Deus é misericordioso, e sequer o mais odiento, cujas obras nefastas só causaram dor e sofrimentos ao próximo, estará relegado ao abandono da própria sorte; para todos, Deus terá uma morada ideal, cabendo ao Cristo, como Governador planetário, conduzir cada qual ao local que fez por merecer durante esta longa estadia no nosso amado planeta Terra!

Não pude conter uma ligeira comoção ao ouvir o que o irmão falava. Entendi que a saída de alguns de nós da Terra já era um fato! Tive que fazer um grande esforço para não me deixar envolver por uma onda de temor em analisando o meu passado, quando me foi dada a imensa oportunidade de ser útil à causa do bem e a deixei passar. E mais: comprometi-me com o mal! Olhei para cima, de onde surgia uma diminuta nesga do céu, único local onde isso foi possível desde que adentráramos aquela cidade sombria, e roguei a Deus que me desse uma nova oportunidade neste abençoado planeta, para que eu pudesse reparar o mal que havia plantado nesta minha última encarnação, como Fábio! Sei que em qualquer lugar em que fosse viver sempre receberia o amparo do Alto, mas sequer conseguia pensar na possibilidade de ser um degredado daqui para outro local qualquer. Lembrei-me imediatamente de Cérbero, criatura soturna e seca que veio para cá sendo expulso de seu planeta de origem, e, pelo que eu sabia, sequer teve o beneplácito de vir acompanhado de algum ente amado. Pelos seus imensos débitos, teve que vir sozinho e sofreu imensa solidão por mil anos! Terrível pensar num ser vivendo dessa forma. Cérbero era realmente um ser muito estranho. Mas até ele teve amparo; no momento crucial, foi arrebatado por seres de imensa luz, que o amavam. Ao me lembrar disso, serenei o íntimo! Ninguém está só, principalmente quem distribui o bem em torno de sua caminhada. Amigos: sempre podemos conquistar méritos, não importando onde vivamos. Se fizermos o bem, será o que receberemos em troca; tudo se resume a isso. Então, é necessário fazer o bem se quisermos viver bem!

Assim maravilhados, seguíamos atentos os trabalhadores do Cristo em sua dedicação de melhorar e harmonizar as condições da nossa morada. Pensava nesse assunto complexo e me perguntava se era justo "outros" virem arrumar o que nós estragamos. O irmão que estava mais próximo se acercou de mim sorrindo e disse:

— Fábio, essas "impressões" não são reais, pois todos nós somos responsáveis; quanto mais nos graduamos na escola moral, maiores nossas responsabilidades diante do servir! Depois, nós também já estivemos por aqui, e quem lhe garante que não nos locupletamos lá atrás com o mal, fazendo parte desses desajustes que hoje a lei divina nos convoca a consertar, crendo sempre estar fazendo por dedicação e amor o que não passa de obrigação?

— Realmente! Analisando dessa forma... — falei eu sem muita convicção, pois não me atrevia a crer que aqueles irmãos sublimes pudessem ter tido quaisquer responsabilidades no que víamos ali e por toda a Terra. Ele, entendendo o meu raciocínio, mais uma vez, se dispôs a me esclarecer:

— Veja bem, nas palavras do Mestre Jesus, "Na casa do Pai há muitas moradas". Ele não está englobando aí todos os orbes em condições habitáveis?

— Sim!

— Então, Fábio! Se nós fizemos ou tivemos percalços aqui ou alhures, por conta de nossos desajustes, que importa o lugar onde teremos a oportunidade de reconstruir? Não somos todos filhos de Deus, provindos da mesma fonte? Então? Sirva sem questionar, eis o lema dos trabalhadores de Jesus. Ser útil, eis a questão! Essa oportunidade única de poder utilizar o que já somos para o bem não deve ser menosprezada por falta de confiança ou preconceitos. Vamos, sim, aceitar o chamamento para servir não importa onde, ou para quem, pois é sabido que tudo o que fazemos se reverte em proveito de nós mesmos! Assim, não vejo por que só os responsáveis pelos danos deste planeta sejam chamados a restaurá-lo. Busquemos fazer a parte que nos cabe aqui, ou onde for, tendo certeza de que o Pai só está nos favorecendo em nos convocando ao trabalho.

Bem... Depois de palavras tão justas, recheadas de bom senso, que dizer mais, não é? Sorri com timidez, concordando com o irmão. Certamente ele estava com a razão; o problema não está em escolher tarefas, pois a lei de ação e reação se aplicará naturalmente a todos nós durante o transcurso da caminhada, tanto que muitos pagam dívidas enormes em suaves prestações, quase sem sentir, e ao final já possuem um verdadeiro tesouro, somando os juros dessa conquista que só nos pede, além de dedicação, o esforço no aprendizado. É esse aprendizado posto em prática que nos levará às culminâncias espirituais se o aliarmos ao amor desprendido e puro!

O maior problema que enfrentamos são os nossos apegos exacerbados!

Despedimo-nos dos agentes, preparando-nos para seguir em frente.

Sugeri seguirmos paralelamente esses trabalhadores do Cristo, o que seria mais seguro, porém, o irmão com mais clareza me respondeu:

— Pense um pouco, Fábio! Como o agente já nos disse, o trabalho segue por todo o derredor da cidade; se optarmos por ir seguindo-o, vamos ficar circulando e perdendo um tempo do qual não dispomos.

— Tem razão, irmão Arnaldo. Mas sinto muita dificuldade para respirar quando nos aprofundamos na cidade!

— Eu sei, meu irmão. Crê que eu também não sinto? Mas, se conseguirmos manter a mente lúcida, será mais fácil nos equilibrarmos. Lembre-se de que a atmosfera asfixiante nada mais é que pensamentos destrambelhados; rechace-os com energia. Vamos andar e parar para o exercício mental quando for necessário, está bem?

— Sim — respondi um tanto envergonhado por estar atrasando a nossa tarefa.

— Não se sinta assim, Fábio. Crê que eu estaria melhor sozinho? Uma companhia sempre é mais agradável que o trabalho solitário. Não se preocupe, pois irmã Adelaide está em sintonia conosco, e, em qualquer eventualidade, sempre poderemos "correr" para os limites, onde os obreiros do Cristo estão trabalhando.

Ao ouvir o irmão falar em correr eu até sorri, e ele também. Entendi que brincava comigo.

Capítulo 10

SEMELHANTE ATRAI SEMELHANTE

A Terra fornece, pois, um dos tipos de mundos expiatórios, cujas variedades são infinitas, mas que têm por caráter comum servir de lugar de exílio aos Espíritos rebeldes à Lei de Deus!
(*O Evangelho segundo o Espiritismo*, capítulo 3, "Mundos de expiações e de provas", item 15)

Vagarosamente iniciamos o retorno para o centro. Como já disse anteriormente, o ar era terrível, sentia-me pesado, parecendo chumbado ao chão em que pisávamos. Para mim era muito duro manter a lucidez e ao mesmo tempo não prestar atenção à minha volta. Eram tantos absurdos e situações aterradoras. Em dado momento, o meu companheiro se aproximou de um casal estranhíssimo, totalmente aparelhados como se fossem para uma guerra utópica: uma roupa negra toda decorada com pinos pontiagudos e correntes, e armas, muitas armas; pinturas diabólicas em toda a "pele" visível, o que não nos permitia ver como eles eram realmente. Meu companheiro, naquela sua forma avantajada e dominadora que já descrevi anteriormente, aproximou-se com segurança, perguntando aos dois:

— Digam aí, meus amigos, onde a gente se diverte por aqui?

Os dois seres o encararam friamente, e o homem perguntou com rispidez:

— Quem são vocês?
— Simples viajantes!
— Vieram de onde?
— Do Sul!
— Sul de onde, camarada?
— Sul! Brasil! Conhece?
— Ah, Brasil! Ainda não tive o prazer! Terra boa, não é? Carnaval, cerveja, cachaça e drogas à vontade; gente ávida por diversão, onde ninguém se preocupa com responsabilidades, moral ou deveres, e mulheres, mulheres maravilhosas, permissivas; quanta delícia! Muito bom...

A dignidade não me permite descrever tudo o que o ser falou em se reportando ao Brasil! Devo dizer que fiquei revoltado com o que ouvia; não podia, entretanto, negar que havia uma parte de verdade naquilo tudo, mas o jeito debochado e imoral como se expressava me enojava.

Irmão Arnaldo, sentindo os meus pensamentos, percebeu o perigo e me conteve com o olhar. Tratei logo de me manter neutro. Vejam vocês, se orasse, eu me denunciaria; se me deixasse envolver pela revolta, criaria problemas piores. O jeito foi me anular e não pensar em nada, deixando a ação nas mãos do irmão.

Ele sorriu para os dois como se concordasse com aquela disparatada toda, até que o homem cansou de falar, quando ele aproveitou e interveio:

— Sim! O Brasil é uma terra maravilhosa; e aqui, quais são os divertimentos de vocês?

O objetivo da pergunta atingiu o alvo. O homem, sentindo necessidade de se engrandecer, foi exclamando:

— Embora vocês possam se gabar do que têm por lá, nada pode se comparar ao que temos aqui!

"Graças a Deus!", deixei escapar em pensamento. E o ser continuou:

— Nossa principal avenida é só diversão! Já a conheceram?

— Ainda não! Talvez o caro amigo possa nos mostrar?

— Não sou cicerone, não; vão se afundando por aí, que uma hora vocês chegam lá. Não existe um ditado que diz que todos os caminhos levam a Roma? Pois é, por aqui temos um semelhante: "Todos os caminhos levam à Rua dos Prazeres". Vão até lá; não se arrependerão! — E os dois seres trevosos se puseram a gargalhar.

Irmão Arnaldo fez um sinal de continência, ou algo assim, e fomos em frente, literalmente "afundando", como sugeriu o outro. Quanto mais adentrávamos, mais difícil ia ficando. Além da falta de oxigênio, agora a névoa escura ia aderindo à nossa pele, deixando-nos cada vez mais pesados. Não fossem as discretas paradas para nos recompormos, creio que eu não teria aguentado muito tempo. Atestando que os bons espíritos estavam nos auxiliando, nestes momentos, fluidos novos nos envolviam e nos limpavam por algum tempo, quando caminhávamos mais resolutos. Assim fomos, até que começamos a ouvir ao longe um grande alarido; gritos alucinantes, risadas escabrosas e uivos selvagens demonstravam que enfim estávamos chegando à tal Rua dos Prazeres!

Além da penumbra escura que envolvia tudo, ali havia algo diferente: uma luz vermelha demarcava toda a extensão da rua, que era muito, muito longa! Ela fervilhava de pessoas. Gente e mais gente de todo tipo que se possa imaginar, e até de tipos nunca imaginados pela maioria de nós. Um imenso baile de Carnaval seria pálida ideia do que víamos ali. As pessoas não paravam de chegar e, para o meu espanto, havia muitos encarnados, muitos mesmo!

Dos dois lados da rua havia o que pareciam ser bares, casas de espetáculos, "shows de rua", os mais discrepantes que se possam conceber, inclusive com "animais": espíritos transmutados em estranhas criaturas. Em alguns, percebia-se serem eles mesmos os próprios cultivadores das formas bizarras com as quais se apresentavam; outros, entretanto, não passavam de escravos, transformados em seres animalescos por meio de hipnose. Olhando para aqueles seres, eu entendia onde certos escritores iam buscar inspiração para as suas obras: filmes de terror, ficção e, vejam vocês, até criaturas saídas de contos infantis, mas que assombrariam qualquer adulto. Eis aí a chave para pesadelos e tantos transtornos terríveis pelos quais passam os encarnados, necessitando de tratamentos os mais variados — mas jamais nos esquecendo da atração pela afinidade! Apesar das aberrações vistas ali, a maioria eram pessoas como nós mesmos, entretanto trazendo em todo o seu eu as marcas dos vícios que as acometiam. Chamou-me a atenção a imensa quantidade de adolescentes que ali aportavam sem parar! Boa parte entrava em um local escuro, e a curiosidade me fez caminhar para o tal "recinto". Desta feita, foi irmão Arnaldo quem me acompanhou, sabendo com certeza que ali haveria material para as minhas pesquisas. Sou um eterno preocupado com a situação dos jovens, pois sei a que estão expostos, devido ao despreparo da maioria.

Espantados, vimos dois guardas truculentos na porta e, assim que os jovens chegaram, foram imediatamente segurados e se acoplou à cabeça deles um estranho aparelho, e depois os guardas os empurraram para dentro. Ocupados com a "perniciosa" tarefa — pois nada de bom adviria daquilo —, eles não nos perceberam e nos esgueiramos para dentro. Outros "trabalhadores" recebiam esses jovens e os conduziam selvagemente a pequenos cubículos, onde eram ligados a máquinas de jogos.

Os irmãozinhos, perdidos de si mesmos, ali permaneciam jogando, em estado hipnótico, até acordarem em suas camas. Tentei me aproximar de um deles, mas acabei sendo percebido por aquele que dirigia tudo, vindo ele ameaçadoramente em nossa direção.

Irmão Arnaldo interveio de imediato:

— Só entramos para ver o funcionamento das máquinas. Gostaríamos de entender mais, pois elas nos interessam!

— Como entraram aqui? — perguntou o outro, a ponto de nos atacar.

— É proibida a entrada? Desculpe, não sabíamos!

— O que querem? — berrou ele.

— Já disse. Entender o funcionamento das máquinas!

— Vocês são de onde? — inquiriu-nos, já mais calmo.

— De muito longe, meu amigo, e tudo isso aqui nos interessa muito.

Eu percebia que irmão Arnaldo, assim como nossa irmã Adelaide, possuía certos conhecimentos com os quais "amansava" criaturas selvagens, pois aquele ser foi se acalmando aos poucos.

— Por que o interesse?

— Como se chama o amigo?

— Laerte — respondeu-nos o interpelado, continuando: — Nosso dirigente está convocando aliados para nossas frentes de combate. Isso interessa a vocês?

— Como não, Laerte! Também sirvo a um dirigente. Os propósitos do "meu dirigente" são os melhores. "Ele" entende ser importante dilatarmos nossos conhecimentos a fim de libertar os seres da ignorância. Também anseia ver suas forças se expandirem sobre toda a Terra, e toda aliança nesse sentido será bem-vinda.

— Sendo assim, creio que teremos problemas, pois Demostes jamais aceitará um concorrente. Dizem que ele já esmagou muitos poderosos que ousaram desafiá-lo.

— Quanto a isso, fique tranquilo; o "meu dirigente" sempre se submeterá ao "poder maior"!

Eu entendia que meu companheiro falava de Jesus, mas o outro, sem alcançar aquele pensamento, sorria numa carranca horrível, crendo ter em irmão Arnaldo um seu igual. Falava sem parar, demonstrando enorme desequilíbrio íntimo:

— Vê este empreendimento? — disse, referindo-se àquele enorme e escuro galpão onde estávamos. — Eu sou um dos responsáveis em mantê-lo em pleno funcionamento. Estes jovens que aqui chegam, depois de um tempo, nem necessitam mais ser buscados, vêm espontaneamente.

— Qual o objetivo disto? — questionou irmão Arnaldo.

— Aumentar nossas forças!

— Mas... são tão jovens! Alguns não passam de crianças! Em que poderiam auxiliar seu dirigente?

— Aí é que o amigo se engana! Não se deixe levar pelas aparências frágeis; alguns já nos serviram em outras eras, hoje necessitam apenas ser despertados para nós.

— Mas... eles me parecem robotizados, no que poderiam ser úteis?

— Ora, são úteis enquanto propagam os nossos interesses: os vícios!

— Seu dirigente se utiliza então dos vícios para manter o poder?

— Há outro meio? Você não sabe que há uma luta se travando neste instante? Necessitamos alicerçar nossos objetivos para nos mantermos na Terra, e a forma mais eficaz é aumentar o número dos celerados, daqueles que, a qualquer momento, nos servirão; que não recuarão ante nada ao ouvirem a voz de comando do nosso dirigente, ditando-lhes o que fazer!

— O que pediria o seu dirigente a este bando de jovens que pudesse ser útil à causa de vocês?

O ser franzia a testa, num esforço enorme para pensar, como se a pergunta de irmão Arnaldo fosse extremamente difícil.

— Você já não perguntou isso, não está se repetindo?

— Entendi que o objetivo de vocês é aumentar o número dos hipnotizados nos vícios, como uma força a se contrapor a alguma outra que os quer, talvez, retirar da Terra! É isso?

— Exatamente isso!

— O seu dirigente tem conhecimento dessa outra força que atua na Terra, e do porquê de querer retirá-los daqui?

— Ele sabe tudo! É um ser milenar, de imenso poder, e ninguém conseguirá expulsá-lo do palácio onde vive há milhares de anos.

Ele disse isso extremamente exaltado, como se só isso explicasse tudo! Percebíamos que sua mente não o ajudava a discernir com bom senso. Mas... creio que seria demais querer exigir bom senso de um ser daquele naipe, a serviço das forças do mal.

Irmão Arnaldo esperou que o pobre homem se acalmasse e voltou a perguntar "inocentemente":

— Seu dirigente, ou até você mesmo, já tentou entender essa outra força? Quem está por trás dela e o que pretende?

— Saber, saber, eu não sei, mas ele sabe; disso eu tenho certeza!

— O que você ganha trabalhando para esse dirigente?

— Não está vendo? Já não lhe disse que tenho um serviço aqui de grande importância? — respondeu o homem com ríspida e orgulhosa ironia.

Mas irmão Arnaldo não se deu por vencido e continuou:

— Sabe, eu pergunto por perguntar. Gosto de saber onde piso, se o que faço vale a pena, se estou sendo bem recompensado, afinal, tudo tem o seu preço. Tendo liberdade de escolher para qual lado vou, certamente eu sempre vou escolher o lado que me for melhor!

— Você está me confundindo! — disse o homem, bastante preocupado, olhando para todos os lados.

— Não é minha intenção confundi-lo, somente quero dizer que pode haver forma melhor de viver! Saiba você que aquele a quem eu sirvo é imensamente preocupado com os seus servidores, tudo fazendo para que a nossa situação seja a melhor possível! E o mais importante: ele nos dá liberdade de escolher qual caminho queremos seguir.

— Aqui não tem disso, não! E, se vocês já viram o que queriam, é melhor ir andando, pois se alguém o ouvir vão me acusar de traição!

— Certamente, meu amigo. Se resolver conhecer o "meu dirigente", me procure, eu estarei por perto.

— Tá, tá! Mas vão embora logo! Não quero problemas aqui — disse o homem, praticamente nos empurrando para fora.

Saímos e eu, mais que depressa, puxei irmão Arnaldo para um canto e fui perguntando:

— O que significa tudo isto, meu irmão?

— Basicamente, é o mesmo que o "nosso Red" fazia, lembra-se? Aliciava os desavisados através dos próprios vícios.

— Realmente! Mas aqui não te parece que este ser tem um plano amplo de combate às forças do bem?

— Sim, Fábio! Entretanto, sabemos que nenhuma ação está isenta da vigilância dos nossos irmãos maiores.

— Irmão Arnaldo, o senhor, que tem muito mais experiência que eu, crê realmente que tudo neste planeta, seja em nível físico ou espiritual, está sempre sendo analisado pelo Plano Maior?

— Como não, Fábio! Nada ocorre aqui se não for pela vontade do Pai!

— Sempre ouvi isso e busco crer, mas, quando percebo locais como este, com um ser dos mais trevosos dirigindo tudo há milhares de anos e fazendo tanto mal... Como aceitar isso pela análise da "vontade de Deus"?

— Primeiramente, Fábio, ao analisarmos a vida espiritual, que é eterna, centenas e até alguns milhares de anos podem ser bem pouco em vista dos bilhões de anos que levamos nesta caminhada em busca da perfeição! Então, o que nos parece tempo longo, aos olhos espirituais, pode ser um curto tempo. E o principal: estes que aqui estão agrupados, aos nossos olhos sofrendo o mal, são em sua maioria partícipes, pois a lei do semelhante que atrai semelhante também aqui se opera! E mais: aqui também acaba sendo uma das muitas moradas da casa do Pai, que não foi propriamente criada por Ele, mas sim uma criação daqueles que aqui vivem! Contudo, é a misericórdia do Pai permitindo que eles possam "permanecer" no lugar que eles mesmos elaboraram e, acredite você ou não, lar que eles amam, sem almejar outro melhor, por total desconhecimento do que seria esse algo melhor!

— Nossa! Vendo por esse ângulo, parece que tudo está certo.

— E não está? Entretanto, Deus não nos quer estacionados na ignorância e de tempos em tempos somos chamados a nos defrontar com nossas próprias criações, para que percebamos as causas dos nossos sofrimentos. Nestes momentos, quando somos obrigados a uma análise profunda, auxiliados pelos nossos anjos guardiões, podemos ter um vislumbre do que estamos perdendo ao preferirmos viver na escuridão, fugindo da Luz! Assim, alguns de nós, finalmente tocados na consciência, iniciamos o despertar espiritual. Outros levarão um tempo maior. O Criador sabiamente proporciona às criaturas um local que lhes é próprio e o tempo necessário, mas não as isentará das responsabilidades sobre os seus atos, pois está justamente nessa ação a oportunidade para que a criatura desperte, enfim.

— Responda-me, irmão Arnaldo: esse ser que dirige tudo isso aqui está sendo responsabilizado por todos os seus atos, ao longo desse tempo enorme disseminando o mal sobre a Terra?

— Como está lá no Evangelho do Mestre, quando fala do mau credor? Será julgado, condenado e levado à prisão, e não sairá de lá até pagar tudo o que deve, ceitil por ceitil, ou seja, moeda por moeda. Só que devemos entender esses ensinamentos como construções da própria criatura. É ela mesma que, após o ato equivocado, se julga, se condena e se aprisiona em situações semelhantes, até sentir que quitou os débitos, libertando-se. Deus não a constrange a isso, mas sim ela mesma.

— Como pode alguém pagar o que deve estando na prisão? Nunca entendi isso!

— Entendemos aqui "pagar o que deve" como se modificar, deixar de fazer o mal e passar a contribuir para o bem! Na verdade, as prisões foram criadas para contenção daqueles que não podem viver em sociedade, ou seja, não podem viver no meio dos bons, pois irão lhes fazer o mal, que eles, por certo, não merecem; e, mesmo que merecerem, não devemos nunca pagar o mal com o mal. Fábio, não é justo para os cordeiros viverem com um lobo entre eles, não concorda?

— Certamente. Mas veja bem o estado de nosso planeta: quantos não estão presos por pequenas faltas, enquanto grandes culpados estão soltos vivendo no meio do povo?

— Preste bem atenção, meu amigo. Você está se referindo neste caso à justiça da Terra; eu falo das leis divinas. Lembre-se: cada encarnação é uma benevolência do Pai Maior, nos concedendo a oportunidade de nos reajustarmos, de nos desfazermos dos erros e de aumentarmos os acertos! Cada ação nossa, no transcurso de nossa vida, está sendo devidamente registrada, e vamos ter que responder por elas cedo ou tarde! Na verdade, é um imenso alívio nos libertarmos dos sentimentos de remorso, e alguns de nós preferem até passar pelo mesmo que fizeram outros passar, para se sentirem livres da culpa!

"Além de vermos a Terra em seus vários departamentos segundo as necessidades humanas, tais como lar, hospital, escola ou prisão, vamos pensar nela como um dos departamentos do universo, onde há mundos com estas particularidades: mundos que poderíamos chamar de hospitais ou estâncias de repouso, onde os que ali estão passam por "tratamentos" especiais, para determinadas reencarnações que terão pela frente. É o caso de espíritos altamente evoluídos que necessitam se preparar para reencarnar em mundos extremamente densos. Mundos de repouso ou oásis de descanso, para aqueles que chegam de tarefas extenuantes e necessitam se recompor para seguir adiante. Mundos regeneradores, onde os que ali encarnam vêm de muitas vidas em provações dolorosas. Ali iniciarão novos aprendizados, até passarem para os mundos felizes. Mundos-escola, onde vão morar aqueles seres já a caminho de evoluções maiores, a fim de aprimorarem suas habilidades nas ciências, nas artes em geral, no campo da história e assim por diante! Seres já tocados na sensibilidade maior que empregam todo o tempo e esforço para se aprofundarem em conhecimentos que lhes proporcionarão futuras encarnações como tarefeiros do bem, trabalhando para levar às criaturas recursos científico-intelectuais e refinamento artístico-moral, visando à evolução maior. E, além destes, há ainda os planetas-prisão, para onde são enviados irmãos em grandes e tormentosos equívocos, que optam pelo mal e pelas sombras na total inconsciência de que são luzes! Vivem nestes mundos porque foram causa de perturbações onde moravam; ali estão, por assim dizer, encarcerados, para que o mal que produzem não se propague além do próprio planeta em que estão! Todavia, mesmo nesses casos, não lhes falta amparo, e Deus os socorre com a bênção do tempo, quando assimilarão as próprias produções

— experiência que os despertará para a verdadeira realidade! Ou seja: passam pelas mesmas coisas que fizeram os outros passarem, para que aprendam à própria custa que sofrimento gera sofrimento!

"Se você quer saber, meu amigo, até alguns milhões de anos atrás, pouco tempo pela contagem espiritual, a Terra foi considerada um planeta-prisão!"

Ante o meu espanto, irmão Arnaldo continuou:

— É isso mesmo! Um planeta-prisão para onde vieram criaturas expulsas de outro orbe! Esses irmãos muito auxiliaram na evolução de nosso planeta, então num estado primitivo, elevando-o ao grau de expiação e provas. Expiatório era o estado deles, que para cá foram enviados a fim de expiarem um passado delituoso em seu planeta de origem; passaram para o estado de provação, pois muitos deles buscaram, pelo trabalho árduo, alcançar condições para voltar. Em se redimindo, a maioria deles retornou, deixando aqui um planeta melhorado. Entretanto, hoje a Terra ascende um grau a mais em sua evolução, e tais criaturas como as que vemos por aqui, que teimam em permanecer do mesmo jeito, presas ao comodismo, a interesses mesquinhos e egoístas, ao autoritarismo e à maldade, não terão mais condições de permanecer neste planeta. A vibração da Terra está se modificando, se sutilizando, e aqueles que estão ainda nestas camadas mais densas e não conseguem subir um milímetro a mais em suas vibrações, ou seja, não conseguem a reforma íntima, primando por permanecer exatamente como estão, terão suas escolhas respeitadas, contudo não poderão mais continuar por aqui! É a lei da atração, ou dos semelhantes, como o irmão já estudou em nossos Institutos, lembra-se?

Continuamos a nossa caminhada, decididos a conhecer melhor a cidade, e dessa forma buscando também encontrar respostas sobre o paradeiro de Celina dentro daqueles domínios.

Capítulo 11

O VALOR DAS APARÊNCIAS

[...] Quantos tormentos, ao contrário, consegue evitar aquele que sabe contentar-se com o que tem, que vê sem inveja o que não possui, que não procura parecer mais do que é!
(*O Evangelho segundo o Espiritismo,* capítulo V, "Os tormentos voluntários", item 23)

Tudo o que víamos ali denotava a grande inferioridade moral na qual aquelas criaturas estavam imersas — os habitantes e os circulantes da cidade, entre os quais muitos encarnados, que, aproveitando o repouso físico, permaneciam por ali até acordarem. Uma clara demonstração de que somos o que somos, dentro ou fora de um corpo carnal, e se este consegue filtrar de certa forma a verdadeira índole das criaturas, podendo esta até mascarar o íntimo, isso já não ocorre no meio espiritual, onde o perispírito transmite claramente como o ser é; o que sente e o que pensa ficam claramente expostos. Os leitores podem então imaginar o teor do que víamos. Era lastimável a condição daqueles que nos rodeavam.

Em reportando isso a irmão Arnaldo, este me respondeu assim:
— O que mais nos impressiona, Fábio, é que essas pessoas não têm a mínima noção de seu verdadeiro estado; creem-se belas, elegantes, circulando por locais glamorosos e finos! Mas...

vamos adiante! Estou captando um movimento interessante que ilustrará bem o que estou lhe dizendo. Ali você poderá colher um bom material para sua narrativa.

Seguimos até uma construção enorme, na qual fomos entrando, e ele arrematou:

— Veja! Todos os que aqui estão creem-se num badalado *shopping center!*

— Mas, embora seja amplo, é lúgubre e tenebroso! Essa semiobscuridade faz muito mal!

— Para nós, Fábio. Eu e você vemos e sentimos assim, já eles...

O irmão silenciou enquanto nos aprofundávamos no ambiente. Havia muitas divisões, compartimentos onde as pessoas ali faziam de tudo, imitando toscamente os grandes *shoppings* da Terra.

— Vamos por aqui, Fábio.

Acompanhando o irmão, chegamos a um local onde muitas pessoas "pareciam" se exercitar. Perguntei:

— O que estarão fazendo aqueles ali? Exercícios?

— Como já deu para perceber, é isso mesmo. Isto aqui é uma "suposta" academia, e os irmãos estão "modelando" o corpo, como fazem no plano físico, sem se darem conta de que, para o perispírito, isto tudo é vão.

— A maioria é encarnada, não é?

— Praticamente todos, excetuando os "instrutores", que não passam de obsessores ou galhofeiros, levando os nossos irmãos ao ridículo! Veja os laços fluídicos. Estes repetem aqui com exatidão o que fazem exaustivamente no plano físico. É o culto ao corpo, levado aos extremos! Filosofia amplamente divulgada pelos irmãos das sombras a fim de desviar as criaturas de seu divino propósito, que é a melhoria íntima! Os irmãos perdem um tempo enorme nessas academias de "saúde", onde ironicamente a maioria, em vez de se dedicar a uma alimentação pura e natural, está ingerindo líquidos estimulantes, cápsulas e agentes químicos de toda ordem, nocivos à saúde. Enquanto os homens buscam a definição dos músculos, as mulheres correm atrás da magreza extrema, eleita atualmente como o modelo máximo da beleza feminina. Perseverando nisso, ambos, homens e mulheres, encontram no fim desse túnel a saúde depauperada, o estresse, o desengano e a amargura! Por não terem conseguido conquistar seus "sonhos de felicidade", efêmeros, passageiros, ao final se tornam vítimas potenciais de drogas mais pesadas, quando passaram largo tempo ingerindo aquilo que as sugestões infelizes decretaram ser benéfico para a saúde. Daí para a degeneração física, dos sentidos e das faculdades morais, é um passo. Tudo isso porque os irmãos se esqueceram de que são espíritos num templo temporário que é o corpo, e não o contrário. Vemos hoje, em plena Era do Espírito, as forças tenebrosas lutando para programarem nas consciências o esquecimento de sua herança divina! Mas... sigamos adiante.

Eu, perplexo, observava o crescente número de encarnados que ali chegavam; homens e mulheres, muitos ainda em idade escolar, cujas preocupações deveriam ser bem diferentes daquelas que lhes atormentavam o íntimo: a excessiva preocupação com o corpo! Muitas mulheres se enfileiravam nos supostos salões de beleza que havia ali. O que mais me impressionava eram as suas condições; muitas, portando enfermidades a lhes deformarem o aspecto do perispírito, ali lutavam para ocultá-las com preparados, pesadas maquilagens, tratamentos capilares e inúmeros outros. Irmão Arnaldo aproveitou o momento para esclarecer-me:

— Estas irmãs, por elegerem a beleza física como única meta, aqui, com a consciência das dificuldades morais a lhes transbordar para o perispírito, como verdadeiras chagas, lutam por camuflá-las, quando na verdade deveriam lutar pela transformação íntima que as libertariam plenamente!

— Irmão Arnaldo, qual o valor com os cuidados do corpo, para que as criaturas não caiam nestes extremos?

— Isto está claramente definido nos ensinamentos de Jesus, quando nos diz: devemos cuidar tanto do corpo quanto do espírito, visto a importância de ambos, porque o desequilíbrio de um inevitavelmente afetará o outro. Entendemos então que tudo que o homem cria para melhorar a sua saúde ou seu aspecto físico será bom e benéfico, e deve ser aproveitado; entretanto, ele jamais deve se esquecer de que é um espírito habitando um corpo temporário, o qual deve ser bem tratado, mas não supervalorizado, como estão fazendo atualmente. Isso é uma inversão de valores. Enchem-se as academias, os salões de beleza, e esvaziam-se os templos espirituais!

— Por que tal coisa ocorre justamente agora, quando a humanidade deveria estar mais preocupada com o seu lado espiritual, visto a modificação do planeta?

— Ninguém pode ser de hora para outra diferente do que foi até então. Não adianta esperar da criatura uma postura diferente de como ela ainda é! Podemos, sim, os mais esclarecidos de nós, buscar educá-la por meio de exemplos mais corretos, quando naturalmente ela acabará por perceber os erros que vem repetindo. A evolução não dá saltos, meu amigo! Portanto, não podemos exigir de nossos irmãos aquilo que ainda não sabem ou não são.

"Mas... nesse sentido, não se iluda, Fábio, pois, quando algo passa a ser altamente difundido, como esse culto ao corpo, ao qual a mídia popular está dando tanta ênfase, até irmãos já com esclarecimentos, no caso de não se vigiarem, acabarão por se envolver. Vão na 'onda', como dizem, e nada é mais certo, pois toda ideia forma uma onda vibratória, e, quanto maior o número de mentes envolvidas nela, mais fortes serão as vibrações e mais poderosa a sua atração. Assim, podemos entender melhor o alerta do Mestre Jesus quando disse que até os escolhidos poderiam se perder. Entendendo melhor: poderão ser arrastados pela 'onda' se não orarem nem vigiarem. Devemos tomar cuidado em não copiar o que todo mundo está fazendo, pois nem sempre estarão certos! Passar pelo crivo da razão todas as ideias lançadas como boas, saudáveis, agradáveis, segundo os ditadores da matéria, mas nem sempre o que nos pedem os educadores do espírito! Assim, nosso Mestre Jesus, já prevendo de antemão essas ocorrências tão em voga atualmente, nos conclamou a orarmos e vigiarmos. O ser ainda não compreendeu que, quando estiver bem no todo espiritual, não desenvolverá doenças ou qualquer outro malefício.

"Ainda não conseguimos nos ver como criaturas do universo. Somos apegados ao que achamos que é nosso: nosso corpo, nossa família, nosso planeta... E sofremos por antecipação à simples ideia de 'perder' o que na realidade não nos pertence. Que fazer, não é? Somos assim; ainda necessitamos sentir que temos e pertencemos a algo, e, como não conhecemos nada melhor que o que temos, não queremos ficar sem. É a tal inferioridade ou ignorância. Se já pudéssemos possuir corpos sublimes, deixaríamos estes nossos pesados invólucros materiais quando encarnados sem nenhum sofrimento. Se já tivéssemos sentido o amor universal, entenderíamos que a família é todo ser criado, e, se já dispuséssemos de asas angélicas para voar a toda parte, entenderíamos que a nossa morada é o universo. Mas... por agora, ainda tememos o que desconhecemos.

"Vamos indo, Fábio, e busque se sintonizar com o nosso problema, mas pressinto que logo encontraremos mais auxílio nesta nossa investigação."

Ali mesmo tivemos oportunidade de observar a atuação dos irmãos da luz; com certeza da equipe de Gregório. Estávamos naquela luta por seguir adiante quando um grande alarido nos fez recostar rente a um muro e aguardar para ver o sucedido. Um grupo truculento de soldados sombrios chegou trazendo mais de uma dezena de pessoas, e pelo ar apalermado pareciam recém-desencarnados. Uma turba alvoroçada seguia os guardas de perto, tentando arrebanhar os prisioneiros, e, a despeito dos esforços dos soldados em resguardá-los, um pobre coitado foi arrastado pelo grupo ensandecido. O que narro aqui foi algo tenebroso, tão repugnante que custo a crer serem aqueles seres, humanos! Tinham tudo de animais selvagens, nada neles lembrando quaisquer sinais de humanidade, pois agarrando o pobre-diabo caíram sobre ele, sugando-o e mordendo-o, e, quando o soltaram, ele já não era mais gente, e sim um trapo. Ali ficou inerte, não sei dizer se tinha consciência. Os ditos soldados passaram a chicotear a turba sem piedade. Dos chicotes saíam raios que queimavam os agressores.

Os subordinados de Demostes rugiam entre palavrões:

— Miseráveis! Estes aqui pertencem ao soberano! Vocês se verão com ele por este ato. Olhem o que restou deste miserável! É só uma carcaça imprestável. Isto não ficará assim!

Os culpados, depois do ato de selvageria, fugiram espavoridos, sempre perseguidos por alguns daqueles "soldados". E o chefão ficou a berrar:

— Idiotas! Estão marcados! Uma guarda irá atrás de vocês, e todos serão apanhados. Fujam, idiotas. Escondam-se. Isto de nada lhes valerá. Eu os encontrarei aonde for!

Impossível descrever o estado de terror que tomou conta do grupo recém-aprisionado. Precisavam ser arrastados, pois lutavam desesperadamente para se livrarem das correntes que os aprisionavam.

O chefão, voltando-se para um daqueles seres medonhos, berrou:

— Carregue o que restou deste infeliz!

Depois de mirá-lo com ódio, murmurando desaforos, o outro tratou de obedecer. Com brutalidade, levantou aquele farrapo e o colocou nas costas.

O grupo foi adiante e agora ninguém mais o seguia por medo, a não ser nós dois. Eu e irmão Arnaldo íamos esgueirando-nos pelas sombras, observando bem o caminho, pois queríamos descobrir a entrada daquela fortaleza que eles chamavam de palácio.

Já expliquei para vocês que todo perímetro da cidade era protegido por altos muros — que, aliás, estavam pouco a pouco avançando para o centro, por obra dos Engenheiros Siderais, sem que seus moradores se dessem conta. Além desses, havia no centro uma muralha muito mais alta, onde supus ser o dito palácio do dirigente. A tal Rua dos Prazeres terminava bem defronte ao local. Entretanto, tudo isso que narro estava sendo visto a distância. Encontrávamo-nos bem longe do lugar, mas já dava para divisar a alta muralha negra. Era impressionante! Não se comparava com nada que eu já tivesse visto no astral inferior. Conforme avançávamos, o barulho estridente foi ficando para trás, só se ouvindo o andar truculento daqueles homens arrastando os prisioneiros, que gemiam sem parar pela selvageria com que eram conduzidos e pela angústia de seu futuro incerto. O guarda que carregava o fardo humano foi ficando para trás. Pensávamos que ele assim fazia por conta do ódio e da má vontade por ter que cumprir a ordem determinada, pois o fardo em si não pesava para um ser como ele, forte, rijo, gigantesco. Rivalizava com irmão Arnaldo naquela sua nova forma. Quando o restante do grupo se encontrava quase invisível pela densa e escura névoa — chamo de névoa o que mais parecia fumaça e fuligem, por não ter uma denominação melhor —, bem, neste momento, um grupo de seres encapuzados saiu da sombra e se acercou do guarda. Para nosso espanto, ele entregou o ser inerte enquanto dizia:

— Corram a auxiliá-lo, pois já não lhe sinto a vida a pulsar! Rápido!

Assim que os freis — pois eram eles — pegaram o fardo e sumiram com ele, o guarda se pôs a gritar e a dar porretadas no ar:

— Aqui! Ajudem-me! Tomaram-me de assalto e levaram a encomenda! Acudam, alguém!

O chefão, extremamente irritado pelo contratempo, veio pessoalmente ver o que acontecia, enquanto o restante do grupo permaneceu à frente aguardando.

— O que houve? Por que berra assim, seu inútil?

— Os encapuzados! Eles me tomaram de assalto e levaram a encomenda!

— Miseráveis! Eles já não respeitam nem a proximidade do palácio! Estão se tornando dia a dia mais audaciosos. E você, seu imprestável, por que não reagiu?

— Como? Nem os percebi chegando! Eram mais de meia dúzia. O que eu poderia ter feito?

— Vamos embora daqui. Em que enrascada me coloquei por me acercar de imbecis! A turba me arrebata o prisioneiro e, para completar, estes inimigos se escondem nas sombras e nos tomam de assalto. Não entendo como estes seres estão agindo por aqui assim tão livremente! Sei que nosso dirigente é ciente de tudo o que ocorre em seus domínios. Já me questionei sobre o porquê de ele ainda não ter destruído esses intrusos. Deve ter algum plano. Ele sempre tem! Seja como for, vamos ter de passar estas ocorrências a ele. Espero encontrá-lo num bom momento, caso contrário, pode sobrar para todos nós!

Eu e irmão Arnaldo, espreitando na escuridão, os ouvíamos. Em dado momento, percebemos um dos irmãos encapuzados discretamente nos fazendo sinais para segui-lo. Eu, pesaroso, olhei para o grupo; queria ir em frente e encontrar logo a entrada daquela fortaleza. Contudo, meu companheiro me pegou pelo braço e me puxou para o lado, de encontro ao irmão que nos chamava.

— Mas estamos tão perto! — balbuciei, e o recém-chegado me perguntou:

— É verdade! E... qual o seu plano assim que descobrir a entrada? Pretende entrar lá?

Pego de surpresa pela pergunta, fiquei sem saber o que responder. Ele continuou andando e falando:

— Irmão Gregório nos mandou encontrá-los e levá-los para o nosso refúgio, pois vocês já se expuseram demais para um primeiro dia.

— Estavam nos buscando, então? — perguntou Arnaldo.

— Exatamente.

— Quem era aquele guarda que entregou o prisioneiro?

— Um irmão infiltrado na fortaleza de Demostes.

— Este "assalto" de vocês não estava planejado, então?

— Não! Sempre que saímos o nosso propósito é auxiliar e se possível resgatar algum prisioneiro. Embora estivéssemos à procura de vocês, o nosso encontro com Lino foi providencial. Quando percebemos que ele foi se deixando ficar para trás, era porque já tinha nos pressentido.

— Mas... e se vocês não estivessem por perto, como faria ele para auxiliar este irmão? — questionei, apontando para o ser totalmente inconsciente, carregado por um dos samaritanos.

— Lino trabalha sob orientação de Gregório! Sua atuação junto de Demostes é fator de grande importância, pelas informações que nos passa sobre a atuação desse ser. O que ele faz é mais abrangente que auxiliar um ou outro desavisado que vem parar aqui. No entanto, como o caso visto hoje, quando a oportunidade se apresenta, ele assume os riscos para nos auxiliar no resgate de um que seja. Mas, quando isso é impossível, ele simplesmente cumpre as ordens do seu "superior sombrio".

Respondidas as minhas indagações, embora eu tivesse muitas outras, vi por bem silenciar e rapidamente retornamos ao refúgio. Durante o retorno, não consegui deixar de lembrar os tempos em que eu servia Red.

Esse Lino, que cumpria as ordens ali naquele império do mal, ou seja, fazia o que se esperava dele como um servidor de Demostes, sua situação era bem diversa da minha, quando me obrigava a cumprir as ordens mais escabrosas, manipulado por Red, que me dominava. Já este outro era um trabalhador do bem infiltrado nas fileiras do mal com objetivos de servir à Luz. Imagino o seu sofrimento íntimo quando, para continuar a sua tarefa, ele tivesse que agir contrariando a sua moral para não ser descoberto nem ficar impossibilitado de continuar o seu trabalho. Situação bem difícil a dele, com certeza!

Ao chegarmos, que alívio! Respirávamos, afinal! Como pode ser isso, não é? No meio de um ambiente extremamente hostil, aquele oásis de paz e conforto! Ali dentro sequer ouvíamos algo do que se passava lá fora. Eu me joguei em um sofá macio que havia ali na salinha da recepção e fiquei absorvido em meus pensamentos, num descanso preguiçoso. Repentinamente me dei conta de que ninguém parara para descansar. Todos, inclusive irmão Arnaldo, logo se puseram a socorrer a vítima da brutalidade daqueles seres perversos. Acanhado, levantei e me aproximei, disposto a fazer a minha parte, mas não me aguentava em pé. Irmão Arnaldo me olhou e sorriu dizendo:

— Calma, Fábio! Este cansaço todo é por conta dessa forma em que está. Nessa personalidade, você trazia o organismo comprometido por várias doenças, e seu inconsciente está trazendo isso para a sua percepção.

Ele se levantou, já que estava abaixado socorrendo o doente, mudou para o Arnaldo que conheço e, estendendo a destra sobre minha fronte, falou-me:

— Vou te auxiliar a voltar. Entretanto, procure se lembrar bem dessa forma e você mesmo poderá, da próxima vez, fazer as mudanças! Aprenda a firmar a mente na forma, mas não se deixe envolver pelos sintomas que ela traz, antes que emerjam para a mente!

— Vou tentar — respondi, com alívio por voltar a ser eu mesmo.

— Que bom poder esticar braços e pernas, sentir o corpo reto e forte como sempre! Naquela forma nanica, posso dizer que senti na pele o que é ser um deficiente!

— Melhor dizendo, Fábio: você relembrou o que é ser um deficiente!

— Realmente! Quanto devem sofrer estes irmãos que nascem com deformações, atrofias e limitações, não é?

— Sim! Sofrem muito, todavia, não se esqueça de que também aprendem muito, aprimoram a sensibilidade e robustecem a vontade quando se propõem a vencer estas mesmas dificuldades.

— É! Tudo é aprendizado!

— Sempre!

O ser que fora sugado até não restar uma única gota de energia vital jazia totalmente inconsciente. Logo foi levado para a enfermaria de casos graves, onde foi ligado a um aparelho, para receber fluido e oxigenação.

Sei que talvez os irmãos estranhem o que eu descrevo. A maioria dos espiritistas prefere acreditar que aqui, na espiritualidade, como dizem, tudo se processa como um passe de mágica. O "mentor" chega, impõe as mãos e pronto! A realidade, porém, não difere muita da vida terrena. Tudo aqui é palpável e, se me faço entender, concreto para nós, pois a densidade do plano acompanha a densidade de nosso perispírito, que, por sua vez, será mais ou menos denso de acordo com os nossos sentimentos. Bons sentimentos nos sutilizam! Ficamos mais leves, respiramos maravilhosamente e aprendemos a absorver o alimento de que necessitamos do próprio ambiente que nos rodeia. Já para aqueles que só abrigaram no íntimo sentimentos de ódio, revolta, mesquinharia e maldade, quando aqui chegam, embora também estejam no mundo espiritual, vão habitar lugares totalmente diversos das colônias; padecem de fome, sede e frio; sentem dores como qualquer encarnado. Como não conseguem subtrair o alimento de que precisam da fonte inesgotável de Deus, tornam-se verdadeiros vampiros, ou mortos-vivos, procurando retirar os resquícios dessas energias dos recém-desencarnados que se lhes assemelham em vibração. Semelhante atrai semelhante, lembram-se?

Então, esses esfomeados do plano espiritual caem ferozmente em cima dos recém-chegados, sugando as parcas energias vitais que trazem! Dá para perceber aí certa semelhança com os filmes de terror? Alguém, com certeza, já esteve por aqui registrando o que viu, e depois traduziu da forma como pôde e entendeu, transformando esses horrores em entretenimentos cinematográficos que muitos de vocês tanto "curtem"!

Enquanto eu meditava sobre esse tema, irmão Arnaldo se acercou de mim, e percebi que ele "sentiu" as minhas deduções. Sorrindo com aquela serenidade toda dele, disse-me então:

— Veja você, Fábio, como são as coisas: o ser terreno está sempre correndo atrás de algo. Quando encarnado, corre como um louco atrás das coisas materiais; do dinheiro; sempre insatisfeito e querendo mais e mais. Em chegando aqui, se não buscou um mínimo que seja aproveitar a bênção da vida para o seu crescimento moral, quando não construiu uma única afeição verdadeira que possa interceder em seu nome, provavelmente virá parar num local como este. Aqui, se for um fraco, será escravizado e não passará de alimento para os outros; se for um forte, buscará por todos os meios se manter e, para isso, correrá, ainda uma vez mais, em busca da única coisa valiosa que há por cá: fluido vital!

— Isto não terá fim, irmão Arnaldo?

— Logicamente que sim, Fábio. Quando a humanidade perceber quem ela é na realidade.

— E quem somos nós?

— Somos, Fábio, filhos de Deus! Mas não desse Deus personalista, convencional, que muitos vêm pregando há milhares de anos. Somos filhos do amor de Deus e vivemos todos imersos nessa onda amorosa, de onde temos tudo, mas tudo mesmo de que necessitamos. Somos ligados e vivemos todos, e tudo o que existe, não só na Terra, mas em todos os confins do universo, na onda amorosa do pensamento do Divino. Quando o ser entenderá finalmente que ele é pura energia, que seus sentimentos vibram e interferem no sentimento do próximo, que por sua vez os retorna ao seu criador? Ou seja, se eu desejo ou faço mal ao meu próximo, não importa o porquê, as razões etc., essa criação minha (minha cria — minha ação) pode ser lançada aonde for, mas retornará para mim, pois fui eu quem a criou, e repercutirá no outro e na energia que me envolve. Lembre-se: estamos todos imersos no amor divino! Então, se eu firo o meu irmão com pensamentos, palavras ou atos, posso causar, ou não, um dano na energia que me envolve, um dano a quem enviei energias nocivas, e ela, danificada, retornará para mim. Terei que dar conta da minha criação. Terei que suportá-la, viver com ela. Essa criação é uma energia densa, parda e maléfica, em meio à energia divina. Provavelmente a Providência me isolará do resto e serei obrigado a viver dentro de minha própria energia de desamor. O que resultará disso? Amargura, tristeza, insatisfação, ódio e, finalmente, a doença física, que nada mais é que a energia que eu envenenei com meus sentimentos contrários sendo filtrada através do corpo físico para retornar à fonte, limpa como sempre foi.

"Percebe, Fábio? O ódio contra o próximo poderá feri-lo estando aquele na mesma onda vibratória, mas com certeza causará dano à energia divina que me envolve e sustenta, enfim causando-me um dano maior, pela responsabilidade que me cabe em relação à minha ação odienta contra um irmão, fruto da mesma fonte que eu. Advém daí o hábito de pedir perdão a Deus. No fundo, nós todos sabemos o mal que podemos causar, por pensamentos, palavras e atos contra o próximo. No único mandamento que Jesus nos deixou — 'Amar a Deus acima de todas as coisas e ao próximo como a ti mesmo', está contida a chave para sermos felizes.

"Amar é viver em perene felicidade no amor de Deus. Só isso é que nos fará feliz. Tudo o que buscamos avidamente na matéria não passa de um engano de percepção, uma ilusão à qual estamos condicionados há milhares de anos. Vivendo há tanto tempo nessa procura, perdemos a facilidade de 'sentir' Deus, de perceber que fazemos parte do todo. Que todos compõem o todo.

"Como esperamos ser felizes em um planeta onde falta amor ao próximo? Isto é impossível. Só o sentimento verdadeiro nos conecta a Deus. E, para sentir esse amor verdadeiro, temos que amar o próximo, pois o Pai Maior também está nele. Não dá para amar mais ou menos, e tampouco pela metade. Quando entendermos isso, não existirão mais mistérios. Desfaz-se para nós o mistério da Santíssima Trindade segundo a teologia católica: Pai, filho e Espírito Santo — o mesmo que Deus, toda a humanidade existente e todos os espíritos que já alcançaram a perfeição! E, quando digo isto, não estou falando só da Terra. Feliz aquele que já entende a sua condição de cocriador, da qual Jesus é o exemplo maior a nós conhecido, pois, se podemos em nossa pequenez manipular os fluidos com nossos sentimentos inferiores, também podemos criar coisas boas quando os sentimentos forem bons.

"Quando buscamos Deus e O encontramos, percebemos que não necessitamos de mais nada. E, se continuamos querendo, com critério e bom senso, as coisas nos vêm de forma natural e espontânea, pois a fonte divina é inesgotável.

"Lembra-se de Jesus nos falando da fé do tamanho de um grão de mostarda? Sabe por que não conseguimos manter essa fé tão pequenina que seria capaz de remover altas montanhas? Porque nos falta entendimento quanto ao nosso propósito: Deus nos criou para sermos felizes; ampliar a consciência é entender que fazemos parte do todo, com capacidade de interagir nesse mesmo todo.

"Deus nos deu a consciência e o livre-arbítrio; o homem criou o ego, que gerou o egocentrismo, e dele se originou o egoísmo, desencadeando a ganância, e dela a usura e o orgulho, e destes a ilusão de que valíamos e merecíamos mais que o outro. Daí veio a avareza, seguida do rancor, da raiva e do ódio àqueles que presumíamos possuir mais que nós. Então nasceu o desamor e passamos a 'ver' o outro como opositor, competidor, inimigo! As almas nesse estado perderam a simplicidade de criança, dificultando o intercâmbio com o Pai. Como resultado desse engano, passamos a viver num mundo de expiações e provações dolorosas, criadas pelas nossas próprias ações danosas. E assim varamos eras, e acabamos por eleger outro Deus: poderoso, orgulhoso, maldoso, tal qual nós mesmos. Um Deus mesquinho por intermédio do qual compramos favores à custa do sacrifício dos mais fracos. Quantos animaizinhos, crianças e jovens foram dizimados em nossos altares da ignorância e do medo, quando mantínhamos ligações nefastas com seres trevosos por longas eras, cultuando-os como deuses! E, para justificar nossos erros, íamos criando explicações, que necessitavam de outras explicações, pois, pautados na nossa negação da irmandade divina, precisávamos explicar por que 'aquele outro' não era tão benquisto a Deus como nós. Então veio a preocupação em criar regras externas, já que não conseguíamos a mudança interna, a transformação íntima. Por isso Jesus alertou sobre as preocupações estéreis, como vigiar o que o 'outro' come; separar determinados animais como puros e impuros; escolher determinados dias e santificá-los. Assim, aqueles que não obedeciam a essas regras ditas vindas de Deus eram malvistos, e não necessitávamos nos preocupar com eles. Eles não eram como nós, que seguíamos a letra, então isso acalmava a consciência culpada, pois nos isentava da responsabilidade com o 'diferente'. Daí para passarmos a escravizar outras raças que não seguiam os 'nossos' mandamentos; a escravizar aqueles que não eram agradáveis a Deus como nós, foi só uma questão de tempo. E continuamos como dantes, escondendo nossas verdadeiras intenções atrás do Livro Sagrado, decorado e recitado por vidas e vidas afora, nos camuflando em posturas sérias e religiosas, que escondiam nossas verdadeiras ações.

"E o Pai? O nosso criador? Onde estaria? Ele está onde sempre esteve. Ele é tudo. Seu pensamento amoroso tem nos envolvido e sustentado por todo o sempre.

"Por que não o sentimos, então?

"Simples, não sentimos Deus em sua essência porque Ele é o mais puro amor. Para senti-Lo, nos libertarmos de todo o sofrimento que viemos construindo e tendo de dar conta dele, também há milênios, precisamos amar! Amar acima das conveniências humanas! Amar acima dos preconceitos de qualquer origem! Amar acima de qualquer religião e amar acima de tudo a Deus e ao próximo como a nós mesmos. Neste dia, todas as nossas misérias desaparecerão, todas as nossas necessidades serão preenchidas e estaremos de posse do maior tesouro que poderíamos almejar — aquele que nem o tempo ou a ferrugem consomem: a felicidade."

Eu sorria maravilhado ante a explanação do irmão. Vislumbrava, por meio de suas palavras, um mundo totalmente novo, onde seríamos todos felizes. Entendi ali que foi exatamente isso o que Jesus nos deixou. Como pude passar tanto tempo sem realmente entender as palavras do Cristo?

E o meu amigo continuou:

— Hoje, posso dizer que só não busca o esclarecimento quem não quer, ou ainda está sem condições de entendê-lo, pois as informações chegam de todas as partes, e para aquele que já está cansado de sofrer, e se dispõe a ir buscar a luz da verdade, o véu se abrirá, uma vez que Deus não quer os Seus filhos vivendo eternamente no engano. E também, pela lei da sintonia, atraímos exatamente o que estamos buscando. Se o que queremos é a verdade, as forças celestes a colocarão em nossas mãos.

Capítulo 12

O VALOR DO TEMPO

Porque nenhum de nós vive para si.
(Paulo 14:17)

A luz que acendes dareará o caminho não apenas para os teus pés, mas igualmente para os viajores que seguem ao teu lado.
(*Fonte viva,* Emmanuel/Francisco C. Xavier, item 154)

Estávamos nessa confabulação, eu e o irmão Arnaldo, quando chegou o dirigente daquele posto de socorro estrategicamente colocado bem no meio daquela cidade do astral inferior.

— Olá, meus amigos. E então, o que acharam desta pequena excursão aqui no Distrito?

— Pequena? Parece que andamos por horas! — exclamei.

— Estou ciente disso, Fábio. Entretanto, presumo que a demora não se deu tanto pela distância, e sim pela dificuldade em se locomover?

— Exatamente, Gregório. Percebi que o centro da cidade não é tão distante, mas as energias densas dificultam muito.

— E o que acharam?

— Ainda estou espantado com o que vi, irmão Gregório.

— E você ainda não viu nada, Fábio. Aliás, há ocorrências por aqui que é melhor nem serem vistas ou divulgadas.

Eu, inadvertidamente ao ouvir as palavras dele, já senti despertar em mim a curiosidade. Entretanto, o irmão amoroso e discreto me disse:

— Deixe como está, Fábio. Há situações em que a condição humana é ainda tão baixa, tal vil, que divulgá-las só serviria para causar desequilíbrios e perturbação nos mais sensíveis.

Mas, não me dando por vencido, ainda tentei argumentar:

— O senhor não acha, irmão Gregório, que tais fatos serviriam de alerta aos irmãos encarnados?

— Nem tudo é para todos! Existem neste planeta criaturas portando taras morais de tal baixeza, capazes de criar situações desregradas com nomes de seres da mais elevada magnitude, que, a par do desgosto que nos causam tais tentativas vãs de macularem o que é límpido e puro, acabamos por percebê-los como seres dementados, portanto merecedores de nossa compaixão, necessitados de serem resguardados a fim de que suas "doenças morais" não proliferem além do permitido por Deus. O silêncio e o não julgamento ante tais absurdos é a nossa linha de conduta humanitária, afinal, eles também são filhos de Deus, embora tudo façam para demonstrar o contrário. Um dia despertarão e se envergonharão de tais atos, e este será o momento de ampará-los. Mas vamos tomar um chá, pois aqui neste ermo isto é necessário para a reposição de nossas forças.

Aceitamos o convite prontamente, pois eu estava com uma fome de leão, mas depois daquela conversa com irmão Arnaldo, sobre a fome, fiquei com vergonha de me abrir. Irmão Arnaldo colocou a mão em meu ombro e disse em meio a um sorriso:

— Vamos, Fábio, eu também estou com fome!

Rimos os dois e fomos seguindo irmão Gregório.

Depois, reconfortados pelo chá quente, sentados, ouvíamos ainda irmão Gregório:

— Espero que entendam por que mandei interceptá-los nos portões de Demostes.

— Sim, Gregório, ainda não era o momento de entrarmos naquela fortaleza. Aliás, percebi que aquilo é muito bem guardado e senti ainda uma força nefasta muito grande pairando sobre todo o lugar.

— Exatamente. Essa força é o próprio Demostes, que rege seus escravizados com uma vontade de ferro, mantendo todos dominados.

— Irmão Gregório, quem são realmente todas essas pessoas que vimos por aqui? — perguntei.

— Todos tiveram alguma ligação com o irmão que nos preocupa.

— Mas... o senhor não disse que ele não reencarna há mais de dois mil anos?

— É fato. Essa ligação vem desse tempo, Fábio.

— Gregório, eu percebi nossa irmã Celina!

— Sim! Já sabemos que ela está encarcerada lá dentro, Arnaldo.

— Por que será que "ele" a arrastou para cá?

— Demostes sente que seu grande momento de se confrontar com o Cristo está chegando. Ele está arregimentando suas forças, buscando incessantemente todos aqueles que tiveram alguma ligação com ele no passado e até relações criadas nos anos porvindouros, quando criaturas aqui aportavam assim que deixavam o corpo físico, atraídas pelas leis das semelhanças. Essas ligações fortes vêm sendo sedimentadas ao longo das eras.

— Mas essas pessoas, como o caso de Celina, não melhoraram nada nestes dois mil anos, para serem assim arrastadas, manipuladas?

— Algumas melhoraram bastante, Fábio, outras um pouco, e ainda uma terceira parte nem tanto. Contudo, o caso de Celina, que está aqui contra a vontade, presa, já demonstra que ela melhorou; se assim não fosse, estaria aqui de boa vontade, como vemos muitos, não é?

— É verdade, o irmão tem razão! — disse eu.

Sabem? Às vezes nós ficamos com as ideias anuviadas e não conseguimos pensar no todo da questão com clareza. Irmão Gregório, com mais experiência que eu, já conseguia perceber cada situação no seu devido contexto.

Percebi que irmão Arnaldo estava absorto, meditando profundamente. Gregório e eu o encaramos e esperamos. Ele passou a mão na boca, gesto característico seu, e nos olhando profundamente disse:

— Talvez seja prematuro o que vou dizer, mas desconfio de que eu conheço, ou, melhor dizendo, conheci este ser. De alguma forma me senti transportado à época em que fui Julianus Septmus em Roma. E o mais interessante: senti que o próprio Mestre Jesus está intervindo neste caso. Estou certo, Gregório?

Este sorriu levemente e, afirmando com a cabeça, falou simplesmente:

— Vamos aguardar o desenrolar dos fatos, pois os irmãos bem sabem que as coisas sempre podem se resolver de um jeito ou de outro. Vamos aguardar.

Irmão Arnaldo balançou a cabeça em afirmação, mas continuou com aquela expressão de profunda concentração. Creio que ele buscava nas reminiscências do seu passado a sua resposta.

Eu sei que esta narrativa pode se tornar cansativa, pois é bem diferente do meu primeiro livro; entretanto, os tempos são outros. Nesse momento, os irmãos necessitam de estudo, abrir as comportas do entendimento, necessitam acordar do sono milenar em que estão, cuja preocupação tem sido só com o bem-estar do corpo. Estamos, irmãos, no nosso momento do despertar espiritual!

— Será bom que os irmãos permaneçam por aqui o resto da noite, a não ser que queiram voltar para o centro Maria de Nazareth.

— Não temos nenhum compromisso imediato por lá, Gregório, a não ser levarmos aos irmãos algumas notícias, a fim de que não se preocupem. O que nos trouxe à crosta foi justamente o pedido de interseção à jovem Celina; ficando por aqui me sinto um pouco mais próximo dela e da solução do caso. E quanto a você, Fábio? Quer retornar? — perguntou-me irmão Arnaldo.

— Eu vim acompanhá-lo e só voltarei quando o irmão tiver decidido tudo.

— Está certo. Então, ficaremos os dois!

— Jamais abrirei mão da oportunidade de conhecer aquela fortaleza por dentro.

— Receio, Fábio, que a experiência não será das mais agradáveis. — advertiu Gregório.

— Mesmo assim!

— Talvez eu possa mostrar aos dois alguns detalhes da cidade.

— Como, Gregório? — questionou irmão Arnaldo.

— Venham comigo.

E, assim falando, com passadas largas, pois irmão Gregório era um irmão alto e forte, ele atravessou alguns corredores, adentrando um local onde, espantado, vi várias pessoas sentadas defronte a uma máquina imensa, com uma tela enorme que tomava uma das paredes da sala; toda iluminada, mostrava várias ocorrências, como um filme.

— Nossos companheiros estão monitorando toda a cidade.

— Ah, foi assim que nos descobriram, então?

— Claro, Fábio! Como podem perceber, estamos bem equipados.

— Realmente, Gregório, vê-se toda a cidade!

— Infelizmente, não, Arnaldo. Ainda não conseguimos colocar nenhuma câmera dentro da fortaleza, mas existe uma colocada no alto, que dá para ver alguma coisa.

— Irmão Gregório, esta filmagem é em tempo real?

— Tudo o que se vê aí está ocorrendo neste exato momento.

— Olha, irmão Arnaldo, a tal Rua dos Prazeres está lotada de gente.

— Realmente, encheu mais depois que saímos dali. É sempre assim, Gregório?

— Sempre, infelizmente! Durante o dia, o tráfego é menor, pois, como os irmãos bem viram, grande parte dos frequentadores é de encarnados. Quando vai anoitecendo, aumentam os transeuntes que para cá acorrem assim que adormecem. O contingente vai se avolumando cada vez mais e só se dispersa quando o dia começa a clarear.

— Como ficam essas pessoas durante o dia, já que passaram a noite nessa farra desenfreada?

— Péssimas, como podem imaginar. Algumas só vão sair da cama lá pelo meio-dia. Levantam mal-humoradas, com raiva de tudo e de todos. Vivem cansadas, sem nenhum ânimo para o trabalho ou qualquer ocupação digna. Passam algumas horas conscientes, se é que se pode chamar de consciente tal tipo de existência, e, logo que anoitece, estarão em sua maioria de volta para este antro nocivo. Isto aqui é o ópio que vem lhes entorpecendo a alma, alienando-os e lhes tirando toda a vontade para uma conduta mais nobre. Vendo toda essa situação, lembremo-nos das palavras do evangelista Paulo: "Desperta ó tu que dorme, levanta-te dentre os mortos e o Cristo te esclarecerá"!

— Como passar para estes irmãos a realidade de que são criaturas eternas, destinadas à perfeição?

— É, Arnaldo, creio que só o tempo! Quando chegar o momento da colheita, quando estes perceberem que nada possuem, que estão vivendo da misericórdia do Alto, pois de si mesmos nada fazem para serem merecedores de uma situação melhor, o sofrimento virá como alavanca a obrigá-los a sair da posição de alienados em que se colocaram.

Observando aquela tela imensa a nos mostrar os fatos mais deprimentes da conduta humana, me perguntei se seria possível cair mais baixo. Lendo os meus pensamentos, Gregório respondeu-me:

— Creio, Fábio, que para esse momento da Terra isto que vemos à frente já é o bastante. A nossa amada Terra já suportou humanidade em condição bem pior. Toda essa decadência que observamos são os estertores da última hora, pois o chamado do Alto é para todos. Alguns querem aproveitar ao "máximo" enquanto podem, pois lá no íntimo são sabedores de que tudo isso está se acabando por cá. Vocês mesmos tiveram a oportunidade de ver parte deste astral inferior sendo limpo.

— A respeito disso, irmão Gregório, pergunto-me: como ficará a situação destes irmãos? Acabando seu espaço, eles não poderão criar outros, ali mais adiante?

— Aqui eles não criarão mais nada! Tiveram a oportunidade para isso durante milênios, agora ou se melhoram, ou saem.

— É assim, sem alternativa?

— Há duas alternativas! Para que mais? A paciência divina não tem limites, contudo, quando uma diretriz vem do Alto, como esta, sobre a transformação da Terra; quando os avisos foram dados sem cessar ao longo destes dois mil anos; quando todas as oportunidades foram oferecidas e menosprezadas, então a lei de causa e efeito coletiva é acionada. É o que ocorre neste momento. Estamos sob a lei de Deus e dentro dela temos que nos adequar da melhor forma possível. A lei é amor, então nos pede que amemos. Se, a despeito de todo o tempo tido e todos os recursos oferecidos, ainda assim não aceitarmos os alertas amorosos, tampouco procurarmos nos melhorar, chegado o momento de prova, o aluno relapso que não estudou, não procurou aprender, terá que ir para uma nova classe. Isto é válido em termos individuais, coletivos e planetários! Como a Terra está sendo abençoada, subindo na escala evolutiva, os filhos que dela usufruíram há milênios e não conseguiram acompanhá-la partirão rumo a um novo lar, onde terão novas oportunidades de crescer e evoluir; e, quem sabe, conseguirão, daqui a algum tempo, retornar a ela, se assim permitir a misericórdia divina!

— Isso será então possível, irmão Gregório? Quem tiver de partir daqui poderá voltar algum dia?

— Com certeza. Dedicando-se e conseguindo as melhoras necessárias, a Pátria mãe sempre estará de braços abertos aguardando essas pessoas.

Neste momento, uma estranha balbúrdia se passava nos domínios da criatura Demostes, pois grandes estrondos se faziam ouvir, oriundos de seu palácio, e raios vermelho-escuros dali partiam em todas as direções.

— Que se passa? — perguntou irmão Arnaldo.

— Creio que Demostes está tendo um de seus costumeiros ataques de ódio. Aproximem a câmera — pediu ele ao auxiliar que operava a máquina. A imagem chegou o mais perto possível e podíamos notar que todo aquele estrondo partia de dentro da fortaleza. — Vejam! Demostes se aloja ali, exatamente de onde parte o ataque de fúria.

— Não tem perigo de ele sair dali, Gregório?

— Dizem que antigamente ele ainda saía; agora não sai mais.

— Antigamente? Há quanto tempo?

— Coisa de uns oitocentos anos atrás.

— Há oitocentos anos ele vive ali? — exclamei estarrecido. — Mas por que não sai? Como ele aguenta viver assim?

— Entenda, Fábio, toda esta "cidade" que você vê é criação desse ser. Presumo, pelo que sei, que ele foi construindo este palácio aos poucos, uma pseudorréplica do palácio que ele possuía na Terra. Ele se alojou ali há pouco menos de mil anos. No início, ia e vinha quando bem entendia, mas, com o tempo e como resultado de sua atuação danosa sobre boa parte da humanidade, ele foi se tornando um ser pesado, perdendo a mobilidade e agindo somente através do pensamento. O que sabemos hoje é que ele não sai há muito tempo do salão onde se encontra. Não consegue mais.

— E sua forma, Gregório? — perguntou irmão Arnaldo. — Pela maneira como você o descreve, ele vive ali cristalizado; ainda conserva a característica da sua última encarnação?

— Demostes está cristalizado de tal maneira, que criou raízes profundas; mesmo que queira, ele não consegue mais sair dali. É um prisioneiro da própria criação. Quanto à forma em que vive, eu ainda não a vi, porém me informaram que é estarrecedora. Mas vamos desconectar a tela, pois nestes momentos de explosão desse irmão nada há de bom vindo dali, nada que se aproveite.

E, assim que Gregório disse isso, o auxiliar desligou a tela e o equipamento se apagou. Sentimos certo alívio, e, ao externar isso, Gregório respondeu:

— Até aqui, embora estejamos resguardados, acabamos recebendo as emissões nocivas desse ser. Por isso, neste momento, vimos por bem desligar o equipamento, pois tempos atrás tivemos uma pane aqui. Hoje agimos com mais prudência.

— Santo Deus! Como pode ser isso? Este ser, pelo que entendo, não vive! — exclamei.

— Na verdade, ele vive através de todos aqueles que circulam à sua volta. Para satisfazer a sua vontade, ele tem centenas de emissários que cumprem exatamente o que ele ordena. Para se prover do que necessita, ele atrai todo tipo de ser que se deixa escravizar. Assim, ele tem crescido, como uma planta parasita, sugando fluidos e energia doutros, e suas ramificações se arrastaram por toda esta cidade espiritual de baixa vibração. Assim, o nosso companheiro, em débito com a lei divina e consigo mesmo, tem vivido de certa forma da misericórdia do Alto, que tem permitido até aqui a sua atuação.

— Mas, irmão Gregório, que serventia tem para Deus um ser como este? E por que Ele permite essa intensa manipulação dele sobre outros seres?

— Fábio, compenetre-se de que toda criatura viva, em todos os reinos da existência, traz em si a essência divina. Este é um ser caminhando para a evolução como qualquer outro; equivocado em suas ações, mas não deixa de ser um ser divino. Quanto à extensão de suas ações, você pode perceber aí o potencial desse irmão. Já imaginou o tamanho do seu valor quando ele utilizar a sua vasta experiência para o bem? Sem dúvida, depois de ressarcir os seus débitos com a lei divina, teremos nele um ser destinado a muita grandeza, contudo, até que isso ocorra, as potências divinas se munem de paciência com suas ações do momento, sem, no entanto, minimizá-las. Todos nós teremos que dar conta a Deus de cada ato, moeda por moeda. Mas Deus aguarda o nosso aprendizado, o nosso fortalecimento para enfrentarmos a nossa tomada de consciência para o bem. Já em relação aos que se deixam manipular por ele, entenda, ele só se tornou assim poderoso porque os que o servem, de boa vontade ou não, permitiram, seja por medo, covardia, conivência, respeito ou o que for. A adesão às ideias do irmão, e mesmo o consentimento ao servilismo dos que a ele se entregaram quase passivamente, tudo isso poderia ser interrompido se houvesse fé, vontade firme e valorização em cada um na sua própria condição humana e divina. Mas o que vemos é um total despreparo destes irmãos que aqui acorrem buscando avidamente a satisfação ilusória da matéria. Ironicamente, até os desencarnados buscam a continuação da satisfação dos seus apetites carnais.

"Assim, percebemos que os vícios são atributos do espírito, não da carne. O corpo e sua gama de sensações nada mais são que um canal para estes irmãos se satisfazerem. Os desencarnados estão ainda extremamente ligados ao que buscaram na vida física, e os encarnados, viciados nas sensações mais baixas, não conseguem se afastar. Não despertaram ainda para o espírito, mas isso ocorrerá mais dia, menos dia. Muitos desses que hoje padecem nas mãos de Demostes sairão dessa situação, buscando a libertação desse sofrimento, quando então lhes mostraremos que precisam se transformar para sair dessa sintonia e assim atingir a libertação. Cansados de sofrer, eles aceitarão e rumarão para novos caminhos. Assim, o jugo de Demostes, por ser penoso, possibilitará àqueles que estão padecendo uma tomada de decisão para mudanças em suas vidas. Do mal, Deus tira o bem, sempre.

— Entendi, irmão Gregório. Todos terão a oportunidade de se redimir, vítima e verdugo.

— Isto mesmo, pois geralmente a vítima de hoje foi o verdugo de ontem, e, assim, ninguém é vítima na verdade. Então, se Deus fosse condenar um ser como Demostes, quem nos garante que em algum momento, aqui ou em outra parte, nós também não fomos tal qual ele? Quem de nós pode julgá-lo? Nenhum de nós! Só podemos lamentar a situação, ainda assim, na certeza de que é um irmão; embora no momento envolto em densas trevas, um dia se abrirá para a luz. Deus assim o quer.

Depois dessas palavras, demos por encerrada a conversação, e eu, morto — desculpe o trocadilho — de cansaço, fui me deitar por algumas horas.

Capítulo 13

NÓS E O OUTRO

> *Inquieta-se a maioria das criaturas com o destino dos outros, descuidadas de si mesmas. [...] entretanto, é necessário saiba a espécie de contas que prestará ao Supremo Senhor ao termo das obrigações que lhes foram cometidas.*
> *(Caminho, verdade e vida,* Emmanuel/Francisco C. Xavier, "Conta de si", item 50)

Logo que acordei, passei a colocar em ordem as minhas anotações. Ia analisando que elas quase nada tinham a ver com o meu primeiro livro. Quando fui notificado de que iria ao Maria de Nazareth, logo me propus a visitar o meu irmão, e levei os primeiros apontamentos, mais para mostrar a vó Maria. Não pensei que teria "assunto" para transcrever, pois até então andava tomando nota de várias ocorrências lá no Instituto Espiritual onde vivo, desde que passei para o lado de cá. Eram anotações singelas, líricas até, de amigos e suas experiências ao acordarem por cá. Lembro-me de dias antes de descer para o sítio. Relendo aquelas anotações, pensei comigo: "Isto aqui está muito simples! Não sei se dará para sair algum livro disso. São coisas bonitas, passagens humildes, mas distantes da realidade dos encarnados. Anotações bem diferentes do *Distante de Deus*. Creio que estou perdendo tempo".

Estava assim pensando quando irmão Arnaldo se aproximou de mim sorrindo, cumprimentou-me e disse:

— Fábio, não se questione tanto. Escreva o que você vê, percebe e, sobretudo, o que sente no coração. Não queira alcançar a força, o mesmo destaque do seu primeiro livro. Vá anotando tudo o que achar que deve e que tem valor. Sinto que em breve você participará de uma ocorrência, donde poderá encontrar fatos cujo alcance você nem imagina.

E assim, daí a poucos dias, fomos todos informados do pedido que formulara vó Maria lá no sítio em favor da jovem Celina. Fiquei imensamente feliz em poder acompanhar o grupo, mas ainda assim não esperava encontrar algo digno de ser transcrito para um livro, e agora aqui estamos, nesta situação bem peculiar, todos nós às voltas de uma imensa cidade subterrânea, governada por uma entidade demoníaca! No que será que isso vai dar?, pergunto-me, e a voz interior me aconselha a ter calma, serenidade e aguardar. Foi o que fiz, muito embora algo lá no íntimo me preocupasse.

Ali naquele núcleo de atendimento, além das vastas enfermarias, cada trabalhador podia descansar em pequenos e confortáveis quartos. Aqui, nós da espiritualidade não precisamos de muito. Aprendemos a não sentir frio, entretanto eu percebia que, fora da proteção do núcleo, esfriara intensamente de madrugada. Conversando depois com os trabalhadores, soube que, assim que se acalmou a crise no centro do palácio trevoso, irmão Gregório mandou ligar novamente o telão, perto do qual um responsável ficava o tempo todo vigiando a cidade. Eu me acerquei dele e, curioso, perguntei-lhe:

— Você não se sente mal vendo todas essas situações escabrosas passarem diante de seus olhos?

— Não! Procuro ver cada situação e cada irmão sem julgar, mesmo porque eu fui resgatado daqui mesmo, há muitos anos, por Gregório.

— Você viveu aqui? Por quê?

Ante a pergunta inoportuna, o rapaz — pois ele demonstrava ser bem jovem — me olhou profundamente. Senti-me mal pela minha curiosidade e balbuciei:

— Desculpe-me, não consigo imaginá-lo nesse meio.

— No entanto, eu aí estive por muito tempo.

— Quando foi isso?

— Bem... É melhor começar do começo, então: muito tempo atrás, eu era um noviço que vivia num seminário de Santo Antônio, em terras espanholas. Seguia a minha vida ali dentro daqueles muros sem nenhuma vocação. Colocado ali pela família, já que entre quatro irmãos fui escolhido para servir a Deus, fato comum naqueles tempos, vivia revoltado. Fazia tudo de má vontade e odiava aqueles que ali se encontravam por vocação; o jeito piedoso, a mansidão, tudo naqueles seres me enojava. Não cria em nada daquilo. Para mim eram todos mentirosos, fingidos e com segundas intenções. Nessa época remota, grassava pelo nosso país a famigerada Inquisição. Tudo era motivo para levar pobres criaturas às torturas e às fogueiras. Vivendo ali dentro contrariado, ansiava pela liberdade, quando poderia usufruir o que a vida tivesse a me oferecer. Por este tempo, adentrou o nosso convento um cardeal inquisidor de nome Ruan de l'Avigon, que a despeito da minha má fama se interessou por mim. Tomando-me sob sua proteção, carregava-me aonde fosse, e eu acostumei-me a servir àquela criatura terrível. Fazia-lhe pequenos serviços burocráticos, assistia às torturas pelas quais passavam os infelizes que ele investigava, anotando tudo na íntegra, e me satisfazia enormemente com o sofrimento daqueles pobres seres. Com o tempo, tornei-me inseparável do inquisidor-mor De l'Avigon, crescendo dentro do ministério e chegando ao bispado. Mas pobre de mim... Quanto mais eu pensava estar subindo, mais eu me afundava diante das iniquidades praticadas. Teoricamente, servíamos a poderosa Igreja do Cristo; a realidade, porém, era negra, como negros foram chamados aqueles tempos. Eu e De l'Avigon comungávamos e participávamos de todos os vícios possíveis e imagináveis. Explorávamos sexualmente pobres mulheres e, se porventura viessem a engravidar de qualquer um de nós, eram obrigadas a dar um fim imediato ao fruto dos nossos atos mecânicos. Se por descuido isso não ocorresse, dávamos então um jeito de matá-las, para que, no futuro, não deixassem nossos erros virem à tona. Assim, errávamos da pior forma e com plena consciência do que fazíamos; a seguir, "limpávamos" o nosso caminho. Para a Igreja, éramos fiéis devotados, de moral ilibada e intocada, seguindo ao pé da letra a Bíblia dos inquisidores. Desnecessário dizer quanto éramos temidos e odiados. Os anos foram passando, meu companheiro de desatinos, por ser um velho decadente, veio a falecer. Eu, sozinho, não tinha a sua força e comecei a ser perseguido pelos inimigos encarnados e desencarnados. Em pouco tempo desenvolvi uma paranoica esquizofrenia; dado a delírios, falava sozinho para quem me visse, no entanto, sabemos hoje quanto padece aquele que sofre de obsessão e subjugação, pois esse era meu caso. Totalmente subjugado pelo meu antigo companheiro, já não conseguia esconder dos terceiros o meu lamentável estado de loucura. Nessa condição, fui acusado de ter pacto com o diabo. Veja você o que é a justiça divina; tanto mal eu fiz aos outros, e vim a passar, ainda naquela vida, pelas mesmas situações. Fui preso, torturado e condenado à fogueira, como fiz a tantos. Não cheguei ao desfecho final, morri antes, nas torturas terríveis daqueles processos tenebrosos da Idade Média.

"Passei para o mundo espiritual completamente dementado. Renasci naquelas condições, em alguns anos fui abandonado pelos familiares; pequeno e doente mental, eu era maltratado e hostilizado aonde quer que chegasse. Morri pouco tempo depois. Quando em espírito, era arrastado para este local, pois aqui vivia o inquisidor Ruan de l'Avigon, servindo Demostes. Totalmente desvairado, eu de nada dava conta. Somente sentia um terrível pavor a me acompanhar por muitos, muitos anos. Numa nova existência, renasci ainda portando diversas anomalias físicas e mentais. Minha família vendeu-me para um circo de horrores e assim, enquanto eu vivi, minha casa foi uma jaula, e ali eu gritava, berrava as minhas amarguras, para o povo curioso que pagava para olhar-me e aos demais companheiros de desventura que compunham aquele grupo circense. De nada valia o meu desespero, pois minha carantonha, ao invés de assustá-los ou compadecê-los, só os fazia gargalharem.

"Assim vivi ali até meus dezenove anos, quando vim a falecer por uma febre tifoide, a qual assolou a região, matando de roldão todo aquele grupo, o que muito entristeceu o dono do circo que nos explorava, sem ao menos nos alimentar como deveria, já que éramos o seu sustento. Com a queda do circo, ele ficou na miséria, tendo que mendigar para sobreviver, e eu... bem, novamente vim parar aqui e permaneci desta vez por muito tempo. Mais lúcido, comecei a compreender onde estava e constatei que o meu antigo companheiro era aqui mais terrível ainda do que fora na vida encarnada. Ele forçava-me a seguir-lhe os passos e a fazer tudo o que queria.

"Contudo, eu já não tinha ânimo. O sofrimento demasiado daqueles seres que me rodeavam lembrava-me sempre as velhas torturas que eu infligira aos outros e as minhas próprias, quando muito padeci. Entendi que eu próprio fora o autor de meus sofrimentos. Passei pelo que fiz os outros passarem. Entendendo isso, já não conseguia mais cumprir nenhuma ordem. Uma prostração tomou conta de meu ser e passei a ser utilizado por outros seres sombrios como objeto. Sofri terrivelmente aqui, até que fui resgatado por Gregório."

— E você não reencarnou mais depois disso?

— Sim. Tive mais duas encarnações, só que amparado agora pela espiritualidade. Tudo isso que te conto levou em torno de uns quatrocentos anos.

— Mas... você tem alguma ligação com o ser que domina este local?

— Talvez. Até agora não sei ao certo, e, para dizer a verdade, nem quero saber, por enquanto. Mas tive essa ligação desastrosa com o inquisidor De l'Avigon, que por sua vez traz ligação profunda com Demostes.

— E onde anda esse inquisidor agora? Está por aqui?

— Não. Foi retirado há pouco tempo e levado para reencarnação compulsória.

— Você o visita?

— Não! Se Deus permitir, quero cortar essa ligação com ele, que só me faz mal. Ainda não me sinto forte o suficiente para enfrentar tudo o que fiz no passado. Entende por que não posso julgar nenhum destes que para cá são atraídos? Os motivos variam infinitamente, mas sempre terão por base a decadência moral.

Perplexo com a história daquele rapaz, quase um menino aos meus olhos, eu me calei pensativo. Quem nesta terra não terá as suas culpas do passado clamando por reparação?

A experiência dele me deixou penalizado e ao mesmo tempo cheio de esperança, pois à minha vista estava a prova de quanto Deus nos ama. Ele não nos abandona em momento algum. Não podemos julgar quem quer que seja, pois cada um tem as suas experiências, a sua trajetória passada, a qual só Deus conhece.

Amanheceu. Digo isso pelo controle sobre as horas, que o pessoal tinha, porquanto lá fora tudo continuava penumbroso como sempre. Estávamos nos aprontando para sair novamente;

irmão Arnaldo se preparava para me auxiliar na transformação física quando Gregório, com ar preocupado, se aproximou dizendo:
— Arnaldo! Acho que vocês precisam aguardar um pouco!
— Algum problema, Gregório?
— Não sei ainda, contudo sinto uma preocupação rondando. Esperem algumas horas, pois posso estar enganado.

Irmão Arnaldo concordou e aproveitou o momento para auxiliar nas enfermarias. Sempre há doentes necessitando de auxílio médico, e ele aproveita as oportunidades buscando ser útil. Eu, por minha vez, me dispus a conhecer mais o local e as pessoas que ali trabalhavam. Observava o ambiente interno: enquanto lá fora tudo era turvo, cheio de podridão, ali, em todas as dependências, a limpeza imperava; a luz iluminava todos os cantinhos e onde quer que entrássemos sentíamos o carinho, a boa vontade e o amor daqueles trabalhadores abnegados que serviam a Jesus, rodeados por uma periferia infecta, e nem por isso esmoreciam. A maioria se sentia feliz pelo trabalho que realizava, com a noção exata das responsabilidades diante da melindrosa situação daquela "cidade". Deus não dá fardos pesados a ombros frágeis, isto me fazia perceber que, ali, cada um daqueles trabalhadores era um ser forte. É extremamente fácil viver em uma colônia onde imperam o amor e a boa vontade. Agora, fazer de um local tenebroso como aquele um pequeno oásis de paz e trabalho não era para qualquer um. Senti um enorme respeito por Gregório e sua equipe de boa vontade.

Passado algum tempo, o rapaz que monitorava a cidade disse a Gregório:
— Lino vem aí, e pelo jeito está apressado e se escondendo.

Eu corri a olhar para o monitor e pude constatar uma figura encapuzada; vinha se esgueirando para não ser vista.

Como eles o reconheceram, não sei dizer, pois para mim poderia ser qualquer um.

Imediatamente Gregório chamou irmão Arnaldo e os dois foram para a entrada, aquela que precedia a cabana por onde entramos.

Eu também os acompanhei, é lógico. Só depois me coloquei a pensar que sequer tinha sido convidado. Fiquei constrangido, mas a curiosidade em saber o que ocorria foi maior e ali fiquei, já que nenhum dos dois irmãos me censurou a conduta.

Passaram-se poucos minutos e Lino, aquele homem que encontramos antes, ali adentrou, bastante preocupado e dizendo:

— Gregório, creio que fui descoberto. Ouvi uma conversa no corredor em que Haran, o maior servidor de Demostes, falava a meia voz com alguns de seus asseclas que hoje iria me entregar ao dirigente; já não tinha mais dúvidas de que eu servia aos infiltrados, que estavam causando todo tipo de problemas neste município. Sendo ele o responsável por todas as organizações da cidade, tinha urgência em resolver essa intromissão. Na conversação, ele dizia ainda: "Demostes me deu um prazo para entregar os infiltrados aqui, ao menos um que seja, e este prazo está se findando. Apesar da minha forte ligação com nosso superior, sei que ele não titubeará em cumprir o prometido, ou seja, irá me castigar. Eu não vou sofrer qualquer penalidade por conta de uns miseráveis, que aqui se colocaram com o único propósito de tentar fazer frente ao nosso dirigente. Pobres-diabos, nem imaginam com quem estão lidando. Este não tem pena nem misericórdia de ninguém. Que venha o próprio Cristo fazer-lhe frente, que ele o enfrentará, com certeza". E a conversa seguiu adiante, eu me escondi até quando pude e assim que foi possível escapei de lá.

— Você fez bem, Lino.

— Não quero parecer um covarde, mas o que poderia fazer?

— Nada, com certeza! Não se preocupe, você já fez o que devia.

— Sinto pelos pobres coitados que lá estão presos; eu os socorria no possível.

— Você tinha acesso aos presos, Lino? — perguntou irmão Arnaldo.

— A alguns, sim. Pobres coitados, vão sentir minha falta!

— O que fazia por eles? — perguntei-lhe.

— Quando era minha ronda, eu buscava auxiliá-los no possível, dava-lhes remédios que Gregório me entregava para esse fim, levava-lhes alimentos, enfim, procurava confortá-los. Mas fazia muito pouco, pois a guarda é intensa e eu tinha que ser muito cauteloso.

— Pelo visto, o irmão não fez pouco, já que suas ações o denunciaram. — disse irmão Arnaldo.

— Há tanto sofrimento dentro daquelas paredes, vocês nem imaginam. E, entre tantos, há alguém que amo que está presa lá, e eu ainda nem consegui me avistar com ela.

Eu, surpreso com a revelação de Lino, aguardei... Irmão Arnaldo perguntou-lhe:

— Como você sabe que essa pessoa que ama está ali, Lino?

— Sinto seus pensamentos, sua aflição e sua dor.

— Lino, vamos entrar, meu amigo. Lá dentro, se achar conveniente, poderá esclarecer Arnaldo e Fábio sobre suas experiências e apreensões.

Assim se deu. Depois, Lino, já mais calmo, se pôs a narrar seu drama pessoal:

— Eu e Sara já estamos caminhando juntos há algumas centenas de anos. Juntos, caímos inúmeras vezes e já sofremos muito; há alguns séculos estamos lutando para nos equilibrar no bem. A nossa tem sido uma árdua batalha entre as imperfeições ainda enraizadas em nosso íntimo contra o nosso anseio por luz e felicidade. Quanto sonhamos em viver uma vida simples, juntos construirmos uma pequena família, contudo, isto ainda não é de nosso merecimento! Nesta última jornada, ela seguiu sozinha para o mundo físico, e eu tive que ficar e, daqui, auxiliá-la em sua tarefa dentro da mediunidade. Apesar de distanciados pelas barreiras do mundo físico e espiritual, sempre nos encontramos quando lhe era permitido afastar-se do corpo físico. Vivíamos felizes e tecíamos planos ditosos para o futuro. Então, a partir de determinada época, ela, ainda adolescente no corpo físico, começou a se mostrar angustiada e temerosa. Quando juntos, ela me passava as impressões penosas que estava tendo, em que um ser medonho a chamava, ordenando-lhe imperiosamente segui-lo. Em vão eu tentava acalmá-la, mas ela, demonstrando o pavor que sentia, parecia se enfraquecer dia a dia. Desesperado, solicitei auxílio de nossos maiores. Eles então me enviaram a Gregório, que me elucidou sobre esta cidade e o ser que a domina. Bem antes de minha amada ser arrastada para cá pela força hipnótica dele, eu já estava por aqui trabalhando ativamente, pois sentia que só assim poderia auxiliá-la.

— Estranho, não é, irmão Arnaldo? Celina não é a única que foi arrastada para cá — disse eu em minha ingenuidade, sem entender a troca de olhares entre Gregório e irmão Arnaldo.

Lino olhou intensamente para Gregório, e este disse simplesmente:

— Meus irmãos, mostrando-nos que nada se dá ao acaso, temos aqui a reunião de três pessoas preocupadas com o bem-estar de uma quarta. A mulher aludida por Lino é nossa querida irmã Celina.

— Como? A nossa Celina? Digo, a Celina que aqui viemos resgatar? Você já sabia disso, irmão Arnaldo?

— Não! Percebi agora, enquanto Lino se abria conosco. Realmente, Gregório, Deus sempre une os corações que batem num mesmo compasso, na construção de um mesmo objetivo.

— Então, os irmãos estão aqui também no intuito de auxiliar minha querida Celina? Sou grato, imensamente grato a Deus por ter ouvido as minhas preces em favor de minha amada.

— De fato, só temos a agradecer! Contudo, nós podemos muito pouco, caros irmãos, mas sei que na hora certa não faltará o auxílio maior para resgatarmos Celina e, talvez, alguns outros irmãos que ali também estejam sofrendo e queiram ser resgatados — disse comovido irmão Arnaldo.

— Vamos ter fé. Neste momento, creio ser necessário nos reunirmos em prece, para uma tomada de decisão. Quem sabe Jesus nos auxilie, elucidando os caminhos que devamos seguir.

— Concordo, Gregório. Vamos nos unir aos demais, pois todos nós sabemos que, onde houver duas ou mais pessoas orando em nome do Cristo, como ele mesmo salientou, ele ali estará presente.

Capítulo 14

SEMPRE APRENDENDO

Mas, sobretudo, tendes ardente caridade uns para com os outros.

Quando pudermos distribuir o estímulo do nosso entendimento e de nossa colaboração com todos, respeitando a importância de nosso trabalho e a excelência do serviço dos outros, renovar-se-á a face da Terra no rumo da felicidade perfeita.
(*Fonte viva,* Emmanuel/Francisco C. Xavier, item 122)

Assim, tranquilamente, poucos minutos depois já estávamos todos na sala de monitoramento. Vários trabalhadores se juntaram a nós e irmão Gregório pôs-se a orar:

— Senhor Jesus, aqui estamos nós, embrenhados neste precipício de enganos e dores acerbas. Quantos gemidos e trincar de dentes nós ouvimos partindo destas furnas que nos rodeiam. Senhor amado, somente arregimentando todas as nossas forças íntimas conseguimos permanecer firmes nestes postos de dor, buscando desenvolver esta tarefa humilde de resgatar nossos irmãos sofredores. Entre tantos que aqui se encontram presos, pedimos a vossa interseção por nossa querida irmã Celina. Dá-nos, Senhor, uma direção a seguir. Irmão Arnaldo aqui está, também se colocando a seu serviço, Mestre Amado. Sabemos do passado deste ser que aqui permanece há milênios em tal miséria, que o seu sofrimento chega a ser maior do que o que ele produz ao seu redor. Senhor Jesus, como governador planetário o qual sabemos ser, e o respeitamos neste mandato divino, somos cientes de que pode colocar um fim neste martírio que se arrasta há mais de dois mil anos. Olha, Mestre Amado, para este precipício de lamentos e trevas, e estende tua misericórdia sobre todos nós, pois se aqui estamos, e apesar de nossas disposições hoje serem para o bem, tudo indica que em algum tempo perdido em nosso passado nós também tivemos alguma ligação com Demostes! Rogamos-te então, Senhor: sê misericordioso com todos nós e nos guie para a vitória e para a luz, pois bem sabemos que quem abre os caminhos à frente é o Senhor.

Assim que irmão Gregório terminou a prece, o telão principal se iluminou e apareceu um senhor de longas barbas brancas, intensamente iluminado! Embora eu não o conhecesse, percebi que se tratava de alguém com imenso potencial espiritual. Gregório se mostrou surpreso e encantado com a veneranda entidade. Aguardamos em silêncio até que este se pôs a nos falar:

— Queridos irmãos, vossas preces foram ouvidas, pois que fui enviado pelo Mestre para acalmá-los em suas apreensões. Todos sabem que os tempos são chegados! É em locais como este, onde a dor e o desencanto facilitam o surgimento dos desvios de comportamentos humanos fortalecendo o mal, alicerçado em comprometimentos passados terríveis, que a lei de causa e efeito está sendo acionada de maneira mais enérgica e rápida. A transformação do orbe segue de forma célere, e, para que o objetivo celeste se cumpra no prazo estipulado pela Divindade Suprema, o Cristo trabalha sem cessar. Neste momento, a retirada dos que serão repatriados segue o seu curso, e urge que as lideranças maléficas sejam desfeitas; que elos milenares sejam quebrados, para que muitos não sejam arrastados, apesar de já possuírem algum crédito, que mediante intercessões amorosas lhes facultariam a permanência na Terra. Assim, a fim de proteger essa imensa maioria que compõe a parte da humanidade que sempre se deixou levar por situações momentâneas, ora se exaltando na fé, ora caindo na descrença revoltada, é necessária a retirada urgente das mentes mais poderosas, eivadas no mal, pois são elas que têm colocado a perder uma boa parte desses irmãos sem firmeza, sem direcionamento e sem objetivos. Vivendo no hoje sem se preocuparem com o que são e para onde vão, quase nada fizeram em benefício de seu futuro espiritual, chegando à verdadeira pátria quais mendigos necessitando da caridade alheia para sobreviverem.

"Assim, obrigam os dirigentes espirituais a dilatarem o alcance de suas tarefas num esforço supremo, criando locais emergenciais para recebê-los, abrigá-los e protegê-los das emissões nefastas do ódio e do desespero, que partem daqueles que sentem que o tempo de sua permanência nesta terra está a se expirar.

"Vemos nestes tempos a concretização das palavras do Messias, quando nos alertava quanto à separação do joio e do trigo.

"Sim, amados irmãos. O momento é dos mais conturbados psiquicamente falando e não há como evitarmos que isso se manifeste na parte física do planeta. Então é urgente o esclarecimento aos encarnados para que lutem pela permanência nas faixas vibratórias mais elevadas, assim estarão fortalecidos e não se deixarão arrastar pelas ondas de desespero e perturbações coletivas que estamos vendo ocorrer em todos os pontos do globo terreno. É o momento para os irmãos colocarem a fé à prova, pois aquele que não confiar em Deus se sentirá perdido em um mundo em ebulição. Contudo, os que conseguirem manter a serenidade e o bom senso perceberão, acima de tudo, reinando o Deus bom, o Deus grande, que criou tudo o que existe e a nós todos igualmente. Toda ocorrência terrena é só uma experiência a mais na vasta trajetória da humanidade, e nenhuma ovelha se perderá do redil do Cristo. Como na casa do Pai há muitas moradas, em qualquer uma delas onde tivermos que viver, ali se encontrará um lar abençoado que nos dará ensejo ao crescimento rumo à perfeição.

"Aguardem na prece, pois o Mestre vos enviará no momento aprazível as instruções quanto ao nosso irmão Demostes. O amparo é certo e o amor é o caminho. Fiquem com Deus."

Ao término do vigoroso alerta, o ancião espiritual foi sumindo suavemente, deixando o telão numa cor azulada.

Todos nós que o ouvimos permanecemos um tempo mais em silêncio, ponderando intimamente as informações recebidas do Alto.

Gregório bateu discretamente as palmas das mãos enquanto nos dizia:

— É isso! Os avisos nos chegam de todos os lados e formas! Não há mais como protelarmos e negarmos a realidade. Estamos todos nós, encarnados e desencarnados, vivendo neste momento a tão esperada revolução planetária. Não é momento para pessimismos ou inquietações; guardemo-nos na confiança em nossos dirigentes e busquemos entregar nas mãos do Cristo o que não podemos mudar. Quanto a nós, vamos fazer o que a situação do momento nos pede: socorrer, amparar e resgatar a quantos pudermos na certeza absoluta de que não estamos sós.

Depois das sábias palavras do nosso irmão, novo ânimo me encheu o coração, dando-me vontade de sair para aquelas ruelas escuras e visguentas, socorrendo aqueles outros que, invigilantes, vinham parar naquele local ou pela porta da morte, ou pela janela do sono físico.

Na verdade, estes últimos eram os que mais me preocupavam. Jamais supus encontrar em um local daquela condição tantos encarnados em busca das chamadas sensações novas, mas que eram na realidade a satisfação dos velhos vícios não extirpados. Muitos daqueles jovens ali davam vazão a sensações e ações que no mundo físico reprimiam.

Num raro momento, encontrando-me a sós com Gregório, aproveitei para lhe perguntar o que me inquietava:

— Irmão Gregório, sei que o senhor me conhece e sabe de minha queda na criminalidade... No entanto, sou sincero em dizer que, mesmo quando estive preso no Carandiru, ou depois da passagem para o plano espiritual, servindo a Red e sua imensa falange, jamais vi tanta miséria humana como aqui neste local. Há práticas insanas que me horrorizam! Por que isto tudo atrai tantos jovens e adolescentes, como temos constatado por aqui?

— Fábio, não se deixe enganar pela forma com que os irmãos se apresentam. Estes jovens e adolescentes, como diz, são seres envelhecidos no mal. O que eles vêm buscar aqui não é algo novo, muito pelo contrário; estagiando na carne, estão de certa forma sendo contidos em seus instintos mais grosseiros, mas, quando o espírito toma posse, seja pela morte ou ainda pelo sono físico, eles se revelam como são realmente. Fica difícil conter o chamamento inferior para aquele que, durante a vigília, não buscou se melhorar. Não percebem estes queridos irmãos que estão tendo uma oportunidade preciosa de resgatarem a si mesmos deste caminho de erros por onde campeiam há séculos. Jesus os chama amorosamente... Mas eles, surdos, preferem dar ouvidos a outros dirigentes, como Demostes, por exemplo, tão mais perdido no erro que eles: um cego guiando outros cegos... Isso porque esse chamado infeliz é uníssono e harmônico com o íntimo deles.

"A tarefa de nos reeducarmos, Fábio, não é fácil; ela exige percepção lógica de que há algo melhor para nós, vontade forte e soberana para ir à busca dessa melhoria; para sentir na vitória e na bênção desse novo caminho a conquista de uma nova postura perante a vida, aprendendo a ser gratos a Deus, pois finalmente entendemos que jamais estivemos sozinhos; mesmo quando vivíamos imersos na lama da inferioridade, o amparo sempre esteve conosco.

"Estes companheiros, embora encarnados, ainda não perceberam a preciosa oportunidade que Jesus lhes oferece como meio de se melhorarem. Mas... como disse o querido irmão espiritual em sua lúcida mensagem, não vamos nos inquietar, pois cada qual está recebendo de acordo com as próprias escolhas. E sempre haverá tempo de os irmãos despertarem para a nova realidade. Portanto, meu amigo, confiemos em Jesus."

Eu sorri, agradecido ao irmão pelas palavras, e me retirei a fim de anotar tudo que lhes passo neste trecho de minha narrativa. Por longas horas não vi irmão Arnaldo, que com toda certeza devia estar trabalhando nas enfermarias. Quando nos avistamos novamente, ele me informou que tinha aproveitado e dera um pulo rápido lá no Núcleo Maria de Nazareth. Percebendo a minha decepção por não tê-lo acompanhado, ele me disse:

— Desculpe-me, Fábio. Não pude levá-lo comigo, pois tinha muita pressa.

— Tudo bem, irmão. Mas... diga-me: como estão todos por lá?

— Inquietos e ansiosos por notícias nossas. Nosso pequeno grupo continua a postos por lá e sua avó Maria ficou com imensa vontade de vir comigo, porém, em vista da dificuldade que há por aqui, principalmente para entrar e sair, eu preferi não trazê-la. Enviei recado para irmã Adelaide, que está atenta ao nosso trabalho. Quando ela vier, se for proveitoso, poderá trazer a sua avó consigo.

Não sei se me sentiria bem andando por aqueles locais, vendo tantas cenas grotescas em companhia de minha avó. Percebendo meus profundos pensamentos, irmão Arnaldo sorriu e disse-me:

— Nossa irmã Maria é dona de vasta experiência em nosso plano, Fábio. Não há por que se constranger com sua presença.

— Sei de tudo isso, irmão Arnaldo! Mas não consigo vê-la de outra forma, senão como minha boa e frágil velhinha. Às vezes ainda a vejo lá no sítio de minha infância, arqueada pelo peso dos anos, a catar ervas no prado para os seus chás, seus benzimentos...

— "Coisas" que ela fazia justamente por já ser uma alma forte e lúcida, dona de grande caridade! — falou-me o irmão.

— Concordo!

— Então? Vamos parar de nos preocupar se ela virá ou não? Só digo que, se for possível contar com a presença dela, certamente será um auxílio a mais.

Eu sorri concordando, pois, diante do que foi dito, nada mais tinha a objetar.

Passadas algumas horas, Gregório nos avisou que poderíamos sair logo mais e que, por instrução dos irmãos maiores, iria conosco. Dizia-nos então:

— Será bom eu sair um pouco, pois, à exceção daquele dia quando fui ao encontro de vocês, na maioria das vezes eu prefiro ficar aqui. Às vezes, pode até parecer cômodo, pois enquanto outros vão lá fora, de encontro a situações ásperas, eu fico aqui resguardado das vibrações mais densas. Entretanto, a verdade é que me envolvo tanto com os doentes e as horas passam, os dias correm e quase não dou conta. O bom de tudo isso é que a nossa equipe é das melhores; sei que posso contar com todos e que cada um vai saber agir da forma mais acertada perante qualquer situação.

— Nós compreendemos perfeitamente, Gregório, e até lhe pedimos que fique, se for o caso, pois sei quanto você é necessário nas enfermarias.

— Por essa vez, quero realmente acompanhá-los, Arnaldo. Talvez vocês necessitem de ajuda.

— Se é assim, estamos gratos pela sua companhia.

E, quando já nos preparávamos para sair, eu inclusive já tinha voltado à minha forma nanica, assim como irmão Arnaldo se transformara no gigante arbóreo, Gregório simplesmente colocou o capuz. Engraçado! Ele mudou por completo; já não se via seu rosto, havia dois brilhos assustadores onde eram os olhos, e sua forma toda se tornou turva, escurecida — ficou realmente apavorante.

Ele, vendo o meu espanto, disse simplesmente numa voz gutural:

— Lembrança de um passado remoto, graças a Deus.

Atravessávamos o corredor para sair quando fomos interpelados por Lino.

— Gregório, vocês vão para a cidade?
— Sim.
— Gostaria de acompanhá-los.
— Acha prudente, Lino? Se for como você falou, que eles já o descobriram como espião... devem estar a sua procura por todo canto.

Ele ficou cabisbaixo; notava-se sua tristeza.

— Lino, não se preocupe. Veja que todos aqui estão empenhados em auxiliar Celina. Mas temos que ser prudentes. Não podemos pôr tudo a perder por precipitação. Não concorda?

— Sim, Gregório. Entretanto, não me sinto bem vendo-os sair e ficando aqui, inútil.

— Então... faça algo de útil. Quantos irmãos estão lá dentro necessitando de auxílio? Você sabe que nunca devemos pensar só em nós... Muitas das vezes a solução que buscamos chega quando estamos concentrados em algo nobre, em uma tarefa em prol do próximo. Ocorre que, ao nos colocarmos à disposição para servir ao Cristo, cortamos as ligações com o fato preocupante, e a espiritualidade superior pode então fazer algo em favor da solução do nosso caso particular, o que antes não conseguiam, já que, em nossa ânsia pela solução, acabamos alimentando o problema com a nossa preocupação.

— Perdoe-me, Gregório, você está certo, como sempre.

— Não há por que pedir perdão. Depois, não quero ser dono da verdade; entendo o seu sofrimento, meu irmão. Confiemos em Jesus, pois sinto que o caso de nossa irmã está em vias de ser solucionado. Ao que me parece, porém, a demora se dá porque existem muitas situações para serem solucionadas, ligadas ao mesmo problema. Creio que o reinado de Demostes está para terminar, e todos relacionados a ele terão igualmente suas situações definidas, segundo as diretrizes de Jesus.

Eu ouvia essas palavras de Gregório e me perguntava por que estava ali. Já no nosso Instituto nada se fazia sem antes nos ligarmos ao Mestre Jesus. Seus ensinamentos eram largamente difundidos e lições preciosas a serem estudadas diligentemente. Contudo, sempre havia um distanciamento entre alguém como eu e alguém como Jesus. Mas ali ouvia Gregório falar do Mestre de uma forma tão familiar; parecia-me sentir às vezes uma forte e amorosa presença. No meu íntimo, algo me dizia que Jesus estava ligado àquele local; observava, e sua vontade amorosa parecia aguardar o despertar de suas ovelhas desgarradas. Embora estivéssemos num local dos mais nefandos, ainda assim sentíamos o imenso amparo.

Eu me guardava nesses pensamentos enquanto caminhávamos os três. Podia perceber à minha passagem que as criaturas com as quais trombávamos se mostravam semienlouquecidas. Gritavam, blasfemavam palavras do mais baixo calibre, sorviam bebidas intoxicantes, e um odor nauseante tomava conta de tudo. Muitos dançavam freneticamente ao som de músicas revoltantes. Isto se dava em cada esquina onde virássemos.

Seguíamos Gregório, que ia à frente como uma forma vaga e indefinida; às vezes, parecia se confundir com a sombra densa que cobria tudo, só havendo aquelas lâmpadas vermelhas como sangue. Tudo se me mostrava como imagens de um terrível pesadelo. Estava assim e não percebi que aos poucos fui saindo da nossa faixa vibratória e entrando naquele turbilhão de sentimentos conflituosos, agressivos, aterrorizadores, maléficos, viciosos, e acima deles um sentimento terrível e sufocante sobressaía — era como um chamado para que eu deixasse os instintos mais vis virem à tona. Minha visão se turvava e em dado momento me perdi. Vagamente, me senti carregado por irmão Arnaldo, sem me dar conta, e Gregório rapidamente nos guiou a um reduto, batendo levemente a uma porta, que foi aberta no mesmo instante. Os dois entraram, e irmão Arnaldo me colocou em uma cama tosca.

— Fábio, volte! Reaja! — dizia-me ele. Eu me sentia perdido, rolando num turbilhão de pensamentos e sentimentos trevosos sem nenhum controle. Irmão Gregório colocou as mãos sobre minha cabeça e se pôs a orar:

— Mestre Jesus, socorre-nos aqui, Senhor. Auxilie nosso irmão Fábio a retornar à consciência. Não deixe que Demostes o subjugue, pois sabemos que é sua mente poderosa que já nos percebeu, tentando arrastar-nos, atingindo os mais frágeis entre nós. Tenha misericórdia, Mestre Amado, e auxilia-nos aqui, Senhor!

— Vamos, Fábio, pense em Jesus.

Eu me debatia mentalmente, tentando manter a sanidade e escapar daquela opressão que ameaçava me envolver tenazmente, mal conseguindo ouvir a voz de irmão Arnaldo.

Neste exato momento, o pequeno cômodo se iluminou com a presença de irmã Adelaide, minha avó Maria e, para minha alegria, Lúcila. Ela correu e se ajoelhou ao lado da cama, chamando-me.

Irmã Adelaide disse a todos:

— Façamos um círculo em volta de Fábio.

Imediatamente todos se deram as mãos e se puseram a orar. Um halo de luz azulada foi se formando até inundar todo o ambiente. Lúcila se manteve ali, me abraçando, e as poucos fui saindo daquele torpor alucinante e retornando à consciência plena.

O silêncio era profundo. Pude perceber que um facho de luz descia do alto sobre todos nós. Irmão Gregório se aproximou e perguntou:

— Fábio, como está?

— Melhor. Já consigo raciocinar.

— Consegue levantar?

— Sim.

— Então, vamos. Precisamos sair daqui rapidamente, pois o local logo será vasculhado pelos servidores de Demostes.

Nisso, uma velha de aparência grotesca se aproximou e perguntou:

— E quanto a mim, irmão Gregório? O que faço?

— Venha conosco, Felícia.

— Não acha melhor eu ficar? Poderei me esconder em outro local.
— Não, minha irmã. A intensa luz que desceu sobre sua choupana denunciou-a como servidora do Cristo. Tenho certeza de que Demostes vasculhará a cidade à sua procura. Vamos. Apressem-se todos, pois não temos mais tempo!

Sequer pude abraçar Lúcila ou minha avó; saímos dali tão rapidamente quanto entramos.

Bem a tempo, nos escondemos e já ouvimos um grande tropel de gente vindo naquela direção. O casebre foi aberto a pontapés, enquanto a imensa falange do mal vociferava a plenos pulmões:

— Cadê vocês, miseráveis? Como ousam trazer esta luz maléfica para este domínio? Apareçam, malditos servidores do Cordeiro! Venham nos enfrentar se puderem, seus covardes que se escondem nas sombras. Para isso as sombras servem, não é?

Depois trocaram impressões entre si:

— Estes miseráveis vão e vêm como se não temessem nada. Estão colocando nosso dirigente louco, e somos nós quem pagamos pela ousadia deles. Vasculhem tudo, procurem aquela bruxa que vivia aqui, vamos esmagá-la até que nos conte quem são os encapuzados e onde se escondem.

Aquela balbúrdia se alastrou por todo canto, como predito por Gregório; contudo, estranhamente, eles passavam rente ao nosso grupo e não nos viam.

Ficamos ali algum tempo sem nos mover, e Gregório nos enviava sinais para o silêncio absoluto. Aos poucos, as impressões e o barulho foram se distanciando, mas guardas foram colocados estrategicamente para que nada lhes passasse despercebido.

Dois destes pararam justamente onde estávamos. Eles procuravam conversar a meia voz, mas o som gutural vinha até nós e ouvíamos perfeitamente a estranha conversação:

— Não sei. Algo estranho está a ocorrer por aqui — dizia um deles.

— Concordo. Antes só nos divertíamos, agora, vivemos nessa correria à caça de um aqui, outro acolá. Afinal, quem são estes que aqui entram e saem a torto e a direito? Nunca os vi. Como nosso dirigente fica sabendo deles?

— Eu é que sei? Também nunca vi estes espiões do Alto, como são chamados. Só sei que Demostes anda cada dia mais furioso.

— Ainda bem que não sirvo no palácio, pois ouvi dizer que lá, agora, é tudo no chicote!

— Você já ouviu algo sobre esta tal reunião geral que ele está planejando?

— Como não? Pois então não fui intimado a ir levar vários avisos sobre isso?

— Verdade? Diga-me então: o que vem a ser esta reunião?

— Parece que Demostes está sabendo de alguma invasão grande por parte dos seguidores do Crucificado e quer se antecipar.

— Como assim?

— Pelo que sei, ele está convocando todos os seus generais, servidores e até escravos, e quer fazer uma invasão em massa na superfície.

— Mas... qual o objetivo disso?

— Bem... Já imaginou milhares de encarnados e desencarnados seguindo as ordens deles lá no meio dos homens? No mínimo podem estourar grandes atritos e até guerras. Já viu, não é? Com isso, a atenção do Alto será desviada para os conflitos, com mortos chegando aos milhares; quem virá nos atacar, então?

— É. Se é que existe Jesus, ele terá muito trabalho para fazer. Quem se preocupará com Demostes, então? Ninguém terá tempo para isso!

— Exatamente. Com certeza nos deixarão sossegados por aqui.

Capítulo 15

OS INIMIGOS DESENCARNADOS

> [...] O Espiritismo veio provar que esses demônios não são outros senão as almas de homens perversos, que não se despojaram ainda dos instintos materiais; que não se pode apaziguá-los senão pelo sacrifício de seu ódio, quer dizer, pela caridade [...].
> (O Evangelho segundo o Espiritismo, capítulo XII, item 6)

Depois dessa estranha conversação, Gregório fez sinal para que o seguíssemos. Andando calmamente, chegamos a nossa localidade sem nenhuma interrupção, entretanto podíamos ouvir a correria dos "soldados" a esmo, nos buscando sem sucesso. Ao adentrarmos as enfermarias, irmão Arnaldo foi cumprimentar irmã Adelaide, vó Maria e Lcila; a seguir, enquanto eu também as abraçava, ele então com um sorriso se dirigiu a Gregório:

— Então... conseguiu o que foi buscar lá fora, Gregório?

— Certamente! Sabia que Demostes estava planejando algo, e me dispus a acompanhá-los para ver se descobria o que era. Como pôde ver, a informação desejada veio até nós.

— Você acredita realmente no que foi dito por aqueles dois seres?

— Sim. Assim como eu sinto que toda essa "cidade" está com seus dias contados, Demostes também deve sentir "algo" rondando-o.

— Mas com certeza ele não sabe o que é realmente, não é?

— Tem somente uma vaga ideia de que uma força contrária e maior está se aproximando. Isto basta para que ele tente se precaver. Convenhamos que, para ele, isto aqui é sua própria vida. Já imaginaram o terror que ele deve sentir ao pensar que tudo isso pode acabar? O que será dele? Mal consegue se mover dentro do seu grande "domínio". Depois de tanto fazer o mal, seus sentimentos se cristalizaram a sua volta de tal modo que acabaram por emparedá-lo. Para Demostes, só o que existe é a sua mente clamando por vida. Não há nenhum outro sentimento além do ódio imenso e a necessidade de continuar vivendo. "Perder" tudo isso soa como uma segunda morte. Para ele, não há outra fonte para vitalizá-lo. Ele se sustenta através das energias dos seres escravizados.

Gregório caminhava para lá e para cá com a mão no queixo, buscando inspiração para melhor nos explicar.

— Não sei se posso fazê-los entender: para Demostes, não há nada mais a não ser uma lembrança amarga que o persegue dia e noite e que ele tenta apagar com um ódio intenso... Um morro, uma cruz e um homem preso a ela! Reconhecem isso?

Gregório perguntou mais metaforicamente que esperando respostas, pois todos nós entendemos que falava do Cristo crucificado.

Eu ensaiei uma pergunta:

— Ao caminhar lá fora, fui aos poucos me deixando absorver pela gama dos sentimentos terríveis e conflitantes que envolvem a todos, mas, acima do conjunto de todas as mentes perturbadoras de nossos irmãos encarnados e desencarnados, pude sentir uma força imperiosa tentando me dominar. Essa força é "ele"?

— Na verdade, Fábio, houve mesmo o domínio sobre você, e, se não o socorrêssemos logo, teríamos trabalho para resgatá-lo. — disse Gregório. — É assim que está a maioria dos internos na nossa enfermaria. Você sentiu exatamente como eles vivem. Estão ali deitados, sendo tratados, contudo a mente jaz à mercê dessa força. Percebe por que ainda há tantos na Terra que creem em demônios? Esquecem esses nossos irmãos que o domínio ocorre porque há antes uma sintonia de ideias, de sentimentos etc. Como Demostes tem a mente mais forte, acaba por subjugar as outras mais frágeis, embora semelhantes.

"Somente que Demostes não é nenhum demônio como subentendem as religiões tradicionais, quando estes, todos nós sabemos, não existem. Em contrapartida, há os espíritos, que por serem muito velhos, possuidores de grandes conhecimentos e, ainda assim, optando pelo lado perverso do ser, acabam sendo confundidos com o ser mitológico, utilizando-se desse subterfúgio para melhor dominarem. Entretanto, ainda são e sempre serão tão somente espíritos sujeitos à lei de ação e reação, à qual deverão prestar contas de todos os seus atos, ainda que tardiamente para os nossos padrões temporais, mas não para os de Deus, que opera na eternidade."

Depois, sozinho, eu tentava anotar tudo o que vira e sentira em nossa pequena excursão pela "cidade subterrânea".

Lembrava-me de pormenores, como alguns telões colocados em locais estratégicos nos quais o tempo todo passavam muitos filmes evidenciando todo tipo de vício. O sexo desregrado e desenfreado era largamente utilizado para manter os que assistiam numa espécie de êxtase doentio. Via-se em toda a cidade a tecnologia utilizada para os fins mais vis. Isso tudo fazia da cidade de Demostes uma espécie de escola do mal, da qual os que ali adentravam saíam piores que antes. Dir-se-ia viverem todos em um mundo totalmente louco, se não soubéssemos que, acima de tudo aquilo, imperavam a benevolência do Pai e a assistência do Cristo.

Espécies de veículos circulavam por túneis na entranha da Terra imaterial, levando e trazendo todo tipo de informações solicitadas pelo dirigente. Assim, percebíamos que o reinado de Demostes seguia além dos limites de qualquer país. Eu, por minha vez, não conseguia atinar com o que lidávamos; somente que era algo muito além de minha parca percepção.

Não fosse todo o amparo que tínhamos, não sei se conseguiria permanecer firme ao lado de irmão Arnaldo.

Sim, meus amigos, tudo o que narro, por mais estranho pareça, ocorreu neste "outro mundo" — um mundo subterrâneo na dimensão do espírito em toda a sua negatividade, onde imperavam Demostes e seus prepostos, atuando em contrário às diretrizes divinas. Contudo, sentia em meu íntimo que tudo aquilo estava chegando ao fim, com as bênçãos de Deus e o amparo de Nosso Senhor Jesus.

Após aqueles minutos a sós, os quais me dei a fim de colocar em ordem a narrativa, fui me encontrar com o nosso grupo e, muito feliz, me confraternizei com minha querida avó e Lúcila. Minha gentil velhinha me disse:

— Então, meu querido, como têm sido os seus dias por aqui?

— Um pesadelo, vovó! Para começar, nunca se sabe se é dia ou noite, nada muda, é sempre essa névoa escura envolvendo tudo. E as situações vistas são deprimentes.

— Nesse caso, você tem um vasto material para escrever, não é?

— Verdade. Entretanto, me pergunto quantos acreditarão naquilo que escrevo. Às vezes, nem eu mesmo creio no que estou vendo!

— Não se preocupe com isso, Fábio. Com certeza este material servirá de alerta a alguém. Depois, pelo que sabemos, tantas coisas estão ocorrendo e ocorrerão, que as pessoas não terão mais por que duvidar. Já é tempo de todos compreenderem que vivem em um mundo onde várias realidades interagem, além da esfera física. Há ele mesmo, o mundo físico material, e, na dimensão espiritual, há ainda muitas outras realidades, de acordo com a vibração dos grupos que as compõem. Este espaço, se é que posso me referir a ele dessa forma, está numa vibração extremamente pesada, por isso fica localizado nas profundezas da Terra. Entretanto, observe! Já a enfermaria onde nos encontramos está numa faixa vibratória mais elevada, portanto, somente o casebre, que é a porta de entrada para cá, se encontra na "faixa" da cidade. Por isso ninguém consegue ir além dele, ou "achar", embora procurem, a enfermaria. Ela se encontra em outra vibração ou dimensão, e só se mantém em meio tão hostil porque foi muito bem "ancorada" pelos agentes siderais que a construíram. Se a "soltarem", ela automaticamente tenderá a "subir" para além da superfície.

— Que interessante, vó Maria! Como a senhora sabe de tudo isso?

— Irmã Adelaide explicou alguma coisa ao nosso grupo do Centro Maria de Nazareth, e eu também, deduzindo, acabei por entender a situação.

Lembrando-se do que acabara de me ocorrer lá fora, silenciei pensativo.

— Que se passa, Fábio? — perguntou minha querida Lúcila.

Eu a olhei sem coragem de falar e vó Maria interferiu:

— Ficou preocupado por ter sido envolvido pela mente de Demostes, não é?

— Só a senhora, vovó, para entender o que se passa em meu íntimo. Realmente estou preocupado. A senhora é testemunha de quanto tenho lutado por me melhorar, quanto tenho trabalhado para desfazer-me dos meus atos passados. Hoje uma nova compreensão me direciona para caminhos mais dignos e, veja, às vezes até já consigo me iluminar. Como pude ter deixado esse ser me dominar daquela forma?

Vó Maria então riu de modo sereno e falou-me:

— Fábio, não se apoquente. Você já conseguiu somar quantas pessoas há perambulando por esta cidade?

— São muitas, com certeza.

— Alguns milhares, Fábio! Milhares! Entendeu? Entre os que escolheram o caminho dos erros, dos enganos ou do mal, há os imprevidentes e até os de corações bondosos, mas que no passado remoto tiveram ligação com Demostes. Eles sentem a atração dele não porque querem ou são de todo maus, mas porque Demostes consegue reavivar a ligação passada. Portanto, não se preocupe, pois o ocorrido não agrava de modo algum o que você já é hoje. Somos o que somos! Não podemos nos atormentar por não termos, ainda, atingido a perfeição. Estamos todos sujeitos a erros e enganos nessa estrada evolutiva em que nos encontramos. Não sofra se sentindo fraco, pois você não é. Demostes é que é dono de uma vontade poderosa e tem a habilidade de atrair, comandar e até subjugar milhares. Qualquer um de nós poderia cair em suas malhas. Imagine este ser um dia voltado para o bem? Quanto poderá fazer? Já pensou nisso?

Não! Confesso que eu não havia pensado naquilo. Continuei meditando, e vó Maria me abraçou apertado:

— Vamos. Vamos, Fábio. Quero vê-lo alegre e confiante, como sempre. Não deixe essas impressões negativas perturbarem sua mente, caso contrário, serei obrigada a pedir a irmão Arnaldo que o leve para o nosso Instituto.

— Não! Isso vai passar, vó Maria. Eu quero ver o desfecho de toda essa situação! Depois, prometi ao Lino auxiliar no resgate de Celina. Nem pense em falar algo a irmão Arnaldo.

Nesse momento, como que atraído por falarmos dele, ele entrou sorrindo e nos observou por um momento, após o qual foi dizendo:

— Estou interrompendo algo? É assunto de família?

— Não, não, irmão Arnaldo.

— Algum problema?

— Não, está tudo bem! — respondi convicto. Ele então, me olhando no fundo dos olhos, falou:

— Que bom, Fábio! Posso continuar contando então com meu companheiro de excursão?

Eu sorri acanhado, pois percebi que ele havia entendido os meus receios.

— Como sempre, irmão Arnaldo! Estou feliz por essa oportunidade de trabalho e aprendizado, e não a interromperia por nada.

— Então, vamos para a sala, pois Gregório e irmã Adelaide querem nos falar.

Assim, nos reunimos ao grande grupo de Gregório e esperamos que o respeitável irmão iniciasse a sua explanação.

— Meus irmãos! Há tempos me localizo nesta zona umbralina pesada, e muitos de vocês têm me acompanhado ao longo dessas dezenas de anos, enquanto outros, que iniciaram a tarefa comigo, até auxiliando na fundação de nossa enfermaria, já não se encontram mais por aqui, ou por necessidade de reencarnar, ou ainda por estarem desenvolvendo outra tarefa. Fato é que faz muito tempo que as forças do bem atuam nesta localidade, procurando neutralizar ou amenizar as ações de Demostes. Este irmão, pela sua formidável condição de força vibratória, embora direcionada para o mal, tem levado muitos companheiros a quedas morais. Contudo, a espiritualidade superior, respeitando a regra evolutiva do livre-arbítrio, tem evitado confrontar frente a frente este irmão, visto que tem alguém maior que todos nós a velar por ele. Muitas vezes, medidas enérgicas foram tomadas com vista a cercear a atuação de Demostes, entretanto as criaturas, viciadas no comando mental dele, os atrofiados da moral e pusilânimes da vontade superior, acabavam sempre retornando ao convívio do mesmo. Assim vemos novamente antigos vínculos recém-cortados pela misericórdia do Alto serem reativados. Essa luta vem se travando há quase dois mil anos, pois, assim que esse irmão desencarnou, sua condição de culpa e comprometimento de grande gravidade o envolveu de forma atroz. Para fugir do intenso sofrimento que sobre ele desabou, o irmão lutou por manter seu antigo reinado na Terra. Só que, na época aprazada, na condição de espírito, não conseguia mais comandar seus ministros, seus soldados, familiares, servos e escravos como dantes. Seu ódio aumentou e com isso sua situação foi se tornando cada dia mais pesada. Assim que as pessoas que antes o serviam desencarnavam, ele conseguia arrastá-las novamente para junto de si. Nessa luta insana, Demostes utilizava toda a sua força para reaver novamente o seu antigo poder temporal. Mas... sua atual condição, somada à dos semelhantes que o serviam, aos poucos, não mais lhe permitia permanecer jungido ao antigo reino. Ele e seus comparsas no crime foram pouco a pouco perdendo o controle da situação no plano físico, sem conseguir manter os antigos domínios como eram e tampouco acompanhar as mudanças e o progresso. Para que possam entender, essas ocorrências levaram em torno de quinhentos anos. Aumentando o número daquele grupo, cujas impressões vibratórias eram das mais pesadas, eles começaram a afundar terra adentro. Com o tempo, Demostes já não conseguia mais subir à superfície, já não tinha mais a compreensão do que se passava no "alto", e já não lhe interessavam mais as questões do seu "antigo" povo. Somente a necessidade de se estabelecer, continuar no domínio e manter-se informado com o que se passava na superfície o interessava. Assim, ele, que jamais voltou a reencarnar, passou a se utilizar de seus comparsas para ter acesso ao mundo da superfície.

"Iniciou então a construção disso que hoje é esta cidade, chamada Distrito Central, e, por intermédio de seus comandados, que reencarnam e para cá retornam, ele conseguiu, de certa forma, informações para acompanhar o que se passava na superfície. Não são poucos aqueles que, encarnados nos vários campos da sociedade, em países diversos, o servem, colocando ao dispor dele os últimos avanços da ciência, tecnologia, religião e até medicina. Podem imaginar alguém com a força vibracional desse ser, possuindo conhecimentos, na devassa que faz nas mentes dos que o servem ou que estão sob o seu jugo? Seres totalmente dominados. Imaginem quão catastrófico seria para o mundo físico se não houvesse algo além, uma força maior para contê-lo! Só o poder em última instância conta para Demostes, e quantos não estão dispostos a segui-lo por almejarem o mesmo? Podemos afirmar que são muitos os que o seguem de boa vontade: seres de índole refratária ao bem e à pureza moral. Na Terra, se infiltram nos postos mais elevados, seja na política, na economia ou na religião — três forças que comandam todos os setores do planeta. Na política e economia, eles fomentam todo tipo de arbitrariedades; alimentam a ignorância, a fome, a doença e as guerras, como meio de contenção e manipulação dos povos. São eles que movem governos ao bel-prazer, sem se importarem com a sorte das massas populares.

"Nas religiões, nutrem o medo como forma de manter o domínio, eliminar as desconfianças e fomentar a cegueira do fanatismo, pelos quais tantas pessoas se deixam arrastar. Não é de admirar que tal atuação faça parecer aos que querem o bem que tudo anda sem controle e está perdido, que o mal tem prevalecido...

"Entretanto, não nos esqueçamos de que essa erosão de dificuldades que assola o planeta, em que os valores morais e a dignidade edificante nos parecem ter perdido a causa e a essência, nada mais é que os estertores da última hora.

"Hoje, percebemos claramente o que Jesus quis nos transmitir com seus ensinamentos, suas parábolas. Tudo o que ele disse pode ser traduzido para nossa atual realidade e se encaixa como uma luva às nossas necessidades.

"Vejamos a Parábola dos Trabalhadores da Última Hora: aqueles não terão mais dois mil anos para se doarem ao bem; restam-lhes somente alguns anos, dias, horas... Mas não trabalharão pouco, ao contrário, terão direito ao salário integral porque a tarefa é maciça, lhes exigindo bom senso, toda a força de vontade, discernimento, disciplina, amor e caridade. A todas essas qualidades o trabalhador atual do bem teve acesso para desenvolver, desde a vinda do Messias até a atualidade. Agora é hora de utilizar tudo o que conquistou em valores morais, na luta titânica em prol do bem maior. Mas... não estará sozinho! Milhares de anjos descerão dos esplendores celestiais, muitos assumindo tenros corpos carnais; outros, reforçando nos céus do Brasil o mastro da bandeira espiritual do Cristo: "Deus, amor e caridade" bem alto, para que todos possam vê-la; e incontáveis guerreiros da paz e do amor maior já se colocam de prontidão para o tão esperado momento de emancipação do orbe terreno. Todos a postos já trabalham ativamente para os ajustes finais, quando muitos se despedirão da mãe Terra em demanda a outras moradas, esperando somente o sinal do Cristo de Deus para que tudo quanto está por vir se encadeie de forma mais harmônica possível; para tanto, urge que esses governos espirituais nefastos, que têm manipulado a tantos, sejam desfeitos. Assim, esperamos para breves dias que muitos líderes negativos, quais Demostes, sejam retirados do planeta, já que por aqui não terão mais nenhuma condição de permanecerem ou se manterem nessa vibração tão pesada, enquanto a abençoada Terra estará se expandindo, diluindo as energias densas e subindo um degrau em sua escala evolutiva.

"É natural ao planeta, nessa nova condição conquistada, rejeitar de si o que não mais lhe é semelhante?, podem muitos se perguntar. Lembrem-se: semelhante atrai semelhante ou polaridades diferentes tendem a se repelir. Entenda-se que tudo é energia, tanto o planeta quanto o que sobrevive dele. Se quisermos permanecer junto à mãe Terra, temos que mudar nossa vibração, ou, segundo as orientações dos espíritos elevados, fazermos a reforma íntima! Reformando-nos, mudaremos a nossa condição e a nossa vibração, nos capacitando a permanecer neste novo mundo.

"Irmãos, é momento de se regozijarem por poderem fazer parte dessa fase tão importante na história da humanidade terrena. Sabemos que não é fácil fugir ao contágio das energias destrambelhadas de grande parte dos irmãos, mesmo porque elas nos envolvem sutilmente; é uma palavrinha mal dita aqui, uma perfidiazinha assoprada ali, um noticiário dramático/trágico ventilado maldosamente pelos meios de comunicação, levando grande parte dos ouvintes à indignação e à revolta — sentimentos estes que não conduzem a nada produtivo, mas sim nivelam malfeitores e testemunhas num mesmo desequilíbrio, possibilitando que o segundo grupo acabe fazendo o mesmo, levado pela falta de compreensão e misericórdia com o erro do outro.

"Assim, as forças do mal se disfarçam de drama, indignação, revolta, levando a críticas, julgamentos e condenações às ações de irmãos nossos que deveriam ser vistas e analisadas somente através da misericórdia e do amor. Estamos esquecidos do alerta do Mestre: "Aquele que estiver sem pecado que atire a primeira pedra"!

"Como muitos não se lembram de seu negro passado, acastelam-se na ilusão do hoje, pensando que nada praticaram em contrário às leis divinas, e não titubeiam em colocar a toga de juiz, condenando o irmão já tão miserável pela própria situação em que se encontra. Há ainda os mais extremados que, sem cerimônia, assumem a feição do carrasco a fazer justiça com as próprias mãos, pagando aos transgressores com a mesma moeda o mal feito. Assim, estes irmãos críticos, juízes e cobradores da conduta alheia, acabam por cometer o mesmo erro que criticaram, julgaram e condenaram no outro."

Todos nos quedávamos num silêncio absoluto, pois quem poderia dizer já não ter feito o que ali estava sendo mostrado?

Irmão Gregório também acabou por silenciar, pensativo. Depois de aguardar alguns minutos na meditação, irmã Adelaide se adiantou, falando com simplicidade:

— Grande parte dos irmãos espirituais que atuam nas diversas áreas deste planeta, visando auxiliar de todas as formas na sua emancipação, foi recentemente convocada por nossa amada tutora espiritual Maria de Nazaré, que alertou-nos sobre a questão de nosso pouco tempo diante do muito que há para ser feito. A principal preocupação de nossa mãe querida, dentre tantas, é com a infância e a juventude atuais. Em vista de grande parte dos adolescentes não estarem encontrando um suporte moral, seja em família, nos educandários ou em meio à sociedade, que possa lhes dar ensejo a novos comportamentos, possibilitando-lhes uma renovação ao que foram até então, muitos estão padecendo todo tipo de assédio. Isso os tem levado a conflitos, agressões de comportamento e vícios de toda ordem, degenerando para patologias incuráveis, por sua causa estar no espírito. Então, instala-se na sociedade o futuro que está sendo plantado hoje nestes corações invigilantes e até ingênuos, por não estarem encontrando, por parte daqueles que se comprometeram, o auxílio que esperavam ao reencarnar. Como então aguardarmos um amanhã melhor quando o hoje já está comprometido pelas condutas psicossociais degeneradas em grande parte desses jovenzinhos, que sofrem os abalos destes momentos extremamente materialistas da sociedade onde estão inseridos? Há que se voltar então para os mais novos com esforço redobrado em relação à sua educação moral, visando proteger a erva tenra, que desponta na terra empobrecida dos valores mais dignos, sem contudo nos esquecermos daqueles outros, que, por já estarem nos descaminhos morais, necessitam do amparo não só dos familiares, mas também de todos os que já trazem a consciência desperta e possam se colocar como educadores desses nossos irmãos, os jovens adolescentes.

"Surge então o grande dilema: conscientizar a família, a qual pouco fez até agora para si mesma como célula inserida no todo coletivo; e que também praticamente nada fez em favor daqueles hoje em plena juventude, em se tratando de evolução espiritual.

"Esse coletivo já deveria estar desperto para sua realidade como espíritos reencarnacionistas que são, e do qual dependerá o futuro dessas criancinhas que caminham hoje, com seus passinhos vacilantes, mas cujos coraçõezinhos batem cheios de esperança em um amanhã melhor.

"Não podemos, como sociedade que somos, simplesmente abandoná-los à própria sorte, como temos visto ocorrer com os jovens, com o risco de recebermos amanhã exatamente o que estamos fazendo por eles no nosso hoje.

"É urgente que se criem medidas para despertar a família diante de sua responsabilidade perante a si mesma, os familiares dependentes e a própria sociedade, reflexo do coletivo de todas as famílias."

— Realmente, é uma tarefa gigantesca! — exclamou irmão Gregório.

— De fato! Mas jamais duvidemos da capacidade do ser humano em se melhorar.

— Irmã Adelaide, a senhora crê, com as ocorrências que estão por vir, que esta humanidade conseguirá perceber sua situação delicada?

— Na verdade, Arnaldo, como você bem sabe, essas ocorrências já estão acontecendo, e, sim, muitos dos irmãos já percebem "algo" acontecendo. Outros ainda se deixam fantasiar, aguardando acontecimentos miraculosos e arrebatamentos coletivos por parte de seres das esferas sublimes que aqui se manifestarão num passe de mágica. Como tal, são inúmeras as teorias e novidades que muitos despejam sem pensar nos meios de comunicação.

"Não se apercebem esses irmãos que os instrutores espirituais sempre estiveram no meio deles. Sempre alertaram, avisaram, orientaram. Em vez de se deixarem afetar pelo medo, precisam entender que neste universo do Pai tudo é vibração, nós igualmente, e, se estamos em sintonia com o bem maior, seja o que for que venha a ocorrer, sempre será para o melhor. Ainda que à primeira vista pareça o caos, nenhuma ovelha se perderá do redil abençoado do Cristo."

Transmitindo ainda as palavras de Maria, nossa amada mãe espiritual, Adelaide continuou, especialmente para Gregório:

— Querido e estimado irmão, bem sei da sua preocupação nestes longos anos em que se dispôs a este trabalho que lhe exige toda a força da boa vontade e do amor sublimado que traz no coração. Mas, se o amado Cristo lhe outorgou tal tarefa, e você viu por bem aceitá-la, era porque sabia quanto isso seria útil a você mesmo como bom trabalhador que é, e ao próprio Mestre, que conta com a atuação de seus abnegados colaboradores.

"O Mestre tem ouvido suas súplicas em favor de Demostes; é chegada então a hora de este ser ter sua situação solucionada. Entretanto, o Mestre lhe pede um pouco mais de paciência e perseverança, pois este momento é crucial para a tarefa ingente. É necessário aguardarmos que Demostes possa ter condições de ser retirado do planeta com consciência desperta para a realidade. Jesus assim o quer, pois tem para com este irmão o zelo de um pai para com o filho bem-amado. Fácil seria retirá-lo inconsciente, mas de que isso adiantaria para Demostes? Ele bem poderia renascer alhures sem ter a chance de entrar em contato com aquele a quem perseguiu como um impostor, um falsário, um herege, não titubeando em manipular todo o povo de então para levar o Messias à morte. Fácil seria para Demostes reiniciar a sua jornada esquecendo-se de tudo. Entretanto, meu amado Jesus crê que ele necessita ser confrontado com a realidade. Sofrerá forte abalo, com certeza, mas desse embate espera o Mestre que ele saia a caminho da sua redenção, pois, se é dado às criaturas o livre-arbítrio, para que com consciência plena vá à busca de sua evolução, também é verdadeiro que Deus, quando se faz necessário, coloca um ponto-final ao desatino do irmão equivocado, cerceando assim a sua liberdade de escolha, já que ele se nega a assumir as responsabilidades de seus atos. Ninguém foge à lei de causa e efeito. Ela é inerente à criação divina. Assim, busquemos aguardar alguns dias mais, pois é o Mestre quem está agora à frente desse caso. Entretanto, de minha parte, quero também prestar meu auxílio e amparo aos queridos irmãos; faço então de meu abnegado servidor, o gentilíssimo Bezerra de Menezes, vosso auxiliar em meu nome. Ele aí estará contigo, meu filho, auxiliando-o, e a essa equipe de valorosos servidores da nobre causa do Messias! Desejando a paz e o amor sobre a Terra, a serva do Cristo e amorosa mãe da humanidade, Maria.

"Assim eu, Adelaide, com imensa alegria, recebi das servidoras de nossa mãe essa singela e profunda mensagem que lhes trago."

Já eu, Fábio, de canto, percebi que irmão Gregório, emocionado, não conseguia conter as lágrimas e chorava discretamente. Irmão Arnaldo se apressou em dar um abraço em irmã Adelaide:

— Minha querida irmã, grato pela sua presença e mais ainda pela preciosa mensagem de Maria. Jamais estamos abandonados, não é mesmo, Gregório?

Já recomposto de sua emoção, aquele respondeu:

— Sim, Arnaldo, confesso que aguardava algumas palavras de orientação do Alto; contudo, jamais supus receber tal mensagem de nossa abençoada protetora. Sempre achei que nosso irmão receberia assistência, como todos recebem, mas ouvi que o próprio Mestre Jesus é ciente do que se passa com ele, e mais, está pessoalmente à frente da extradição desse irmão, atestando que a imensa misericórdia dele para com nossas falhas a nós é ofertada na mesma proporção das quedas em nossos enganos. Sinto-me agradecido e emocionado pela bênção recebida neste momento. De acordo com as orientações a nós passadas, aguardemos a presença do amigo querido, Bezerra de Menezes, e a atuação da espiritualidade superior para o desfecho desse drama, que já se arrasta há mais de dois milênios, trazendo consigo para este precipício de ilusões danosas e aterradoras boa parte da humanidade.

Capítulo 16

CONTA DE SI

> [...] A quem pertencerão, de fato, os acervos patrimoniais do mundo? A resposta é clara, porque os senhores mais poderosos desprender-se-ão da economia planetária, entregando-a a novos operários de Deus para o serviço da evolução infinita.
> (*Caminho, verdade e vida,* Emmanuel/Francisco C. Xavier, item 50)

Por um bom tempo nós ficamos naquela expectativa, mas enquanto esperávamos o trabalho se avolumava, porquanto eram muitos os irmãos que estavam sendo resgatados. Deste grupo todo resgatado; alguns saíam dali em estado totalmente inconsciente; se fosse possível, diria estarem numa segunda morte. Equipes especiais recebiam estes irmãos, que eram imediatamente conduzidos àquele grande hospital já mencionado, onde permaneciam cataléptticos. Eu, intrigado, questionei irmão Arnaldo:

— Explique-me, irmão Arnaldo, estes irmãos que estão num estado inconsciente não acordarão mais?

— Seja mais claro, Fábio.

— Desculpe-me a má colocação, sei que ninguém vai ficar estacionado eternamente. O que quero saber de fato é se eles vão ficar por aqui ou irão embora, e se terão consciência disso.

— Bem, Fábio, creio que só Jesus está apto a separar quem sai ou quem fica; entrementes, sabemos que a espiritualidade superior trabalha seguindo as diretrizes dele! De minha parte, se me permite dar uma opinião pessoal, creio que cada caso é único. O que os irmãos fazem é agrupá-los por sintomas, afinidades, seguindo a lei "semelhante atrai semelhante". Continuando, inicia-se uma primeira triagem, depois uma segunda, ou quantas forem necessárias; desse modo, consegue-se pouco a pouco ir percebendo quem tem condição de despertar ou não. A consciência sempre será de suma importância, pois, mesmo para os que deixarão a Terra, melhor será para estes saberem da verdade. Se houver aceitação, resignação, melhor ainda. A inconsciência se dará somente para aqueles realmente refratários a qualquer réstia do bem, da Luz. Lembre-se da mensagem da Mãe da Humanidade: Jesus espera que Demostes esteja consciente de seu destino.

— Mas isso não aumentará o ódio dele? Ser obrigado a deixar o planeta contra a vontade?

— Na verdade, Jesus espera que nosso irmão perceba que é o único responsável pelos seus desatinos. Despontando essa "consciência", haverá mais chance para a aceitação, e isso determinará a futura condição do irmão em sua nova morada. Assim será para todos.

"Por meio da velha alegoria da expulsão de Adão e Eva do Paraíso, que nós conhecemos — não foram somente os dois seres, mas sim uma humanidade que, carente de uma moral mais elevada, já não possuía condições de se manter no luminoso planeta em que habitava —, dá para entendermos o que está ocorrendo aqui. Foram aqueles seres ali causa de grandes males, contudo, o predomínio já era para o bem, assim os revoltados transgressores das leis divinas foram obrigados a deixar o planeta natal e rumar para outras moradas, mais de acordo com suas aptidões e valores morais. Dentre estes que partiram, logicamente nem todos concordaram e aceitaram seus erros; faltava-lhes a consciência das responsabilidades de seus atos. É certo supor que suas novas posições foram diferenciadas das outras, que com humildade admitiram para si mesmos os erros cometidos."

Durante esse tempo em que ali aguardávamos a decisão do mais Alto para seguirmos adiante, Lino era um dos mais inquietos, pois sofria imensamente por saber que a mulher amada se encontrava encarcerada e nenhum de nós conseguira sequer se aproximar do palácio de Demostes. Eu timidamente procurava me acercar dele para consolá-lo.

— Lino, procure ter confiança! Você não imagina do que é capaz a irmã Adelaide, e além dela ainda temos Gregório, irmão Arnaldo e, como se não bastasse, ainda teremos o auxílio de doutor Bezerra. Já pensou na força desse grupo reunido?

— Sei exatamente o valor de cada um deles, e mais: sei o valor dos companheiros que trabalham comigo aqui há muito tempo; entretanto, sei também do poder de Demostes, e isso me preocupa, e muito.

— Pois bem, então vamos nos ater ao Mestre Jesus, pois não é ele quem está à frente? Não foi esse o recado que irmã Adelaide trouxe de Maria Santíssima?

— É, Fábio, realmente você tem razão. Eu me deixei levar pelo desespero.

— Você sabe que não pode, Lino. Este é um momento crucial, então todo cuidado é pouco.

— Sim. Geralmente sou um homem controlado, disciplinado, mas quando se trata de Celina eu me perco todo.

— Ah, o amor! Eu bem sei o que ele fez conosco, pois também não me compliquei todo por tanto amar?

— É! Só que, no meu caso, não aguento ver Celina sofrendo, e sei que ela sofre, posso sentir seu desespero. Às vezes, ouço seus gritos em meu íntimo. Você não imagina quão terrível é isso, Fábio.

— Posso entender, sim, Lino. Você tem em mim um amigo e ficarei nesta tarefa até vê-lo junto à Celina, ambos felizes.

Ele, sem dizer palavra, apenas me abraçou profundamente. Eu pensava ali comigo mesmo: "Quem quer ver alguém sofrendo? Ainda mais alguém a quem amamos?"

Somente os espíritos endurecidos não se comovem com o sofrimento alheio, isso porque eles, de certa forma, se endureceram justamente para fugirem de intensos sofrimentos que os afligiam em alguma época.

Percebi claramente a minha pequenez diante de fatos de tanta magnitude quanto aquele, pois sabia que a atuação daquele ser abrangia boa parte do nosso planeta.

Ao me lembrar de Red, de quantos males aquela criatura foi autora em seus quatrocentos anos sem encarnar, atuando sobre falanges enormes de espíritos comprometidos com o mal, que diria eu desse outro? Demostes já há dois mil anos vivendo num precipício infernal como aquele e dono de tal domínio! Com toda a certeza eu estava diante de um dos mencionados demônios dos quais os cristãos equivocados têm tanto pavor, crendo se tratar de uma criatura voltada eternamente ao mal. Que teria feito tal ser para se encontrar naquela situação? E qual seria a causa de tanto ódio para tentar aniquilar a humanidade sem se preocupar com o sofrimento que causava? Sentia em meu íntimo que Demostes tinha uma forte ligação com o próprio Mestre Jesus! Talvez fosse alguém daquele tempo, quando ele aqui esteve encarnado. Que responsabilidade terrível teria esse ser para ter se tornado prisioneiro de si mesmo, vivendo daquela forma tão pavorosa?

Eram perguntas que me vinham à mente, e eu grafava-as para dar uma organizada nas minhas inquietações, e na época nem saberia dizer de que me serviriam tais anotações e se me seria permitido passá-las aos encarnados pela psicografia. Mas, seguindo as orientações de irmão Arnaldo, eu anotava tudo, e depois faria quantas revisões fossem necessárias, até que o conteúdo final fosse passado pela psicografia, se permitido pelo Alto, mas principalmente se fosse de alguma utilidade aos irmãos encarnados, uma das condições que eu próprio me coloque, pois de que adiantaria mais um livro sem nenhum conteúdo significativo ou educacional aos irmãos? Ciente de minhas grandes limitações, não tive ou tenho nenhuma pretensão literária; só o que desejo é ser útil ao meu semelhante, trazendo alertas e relatando essa grande movimentação que há por aqui, no chamado mundo dos mortos, onde muitas vezes a vida é mais palpitante que entre os encarnados.

Depois dessa providência em anotar tudo, fui para as enfermarias, onde o que não faltava era trabalho. Impressionava-me a quantidade de resgates que estavam sendo feitos diariamente. Muitas dezenas de irmãos eram levadas para as enfermarias nos estados mais lastimáveis, os piores sendo aqueles que não possuíam mais a forma humana. Deformações as mais variadas possíveis, animalizações, desproporções, enfim... Um dia resgatamos um ser agigantado e que nada possuía de humano; Gregório necessitou de toda a sua fibra moral para aquietá-lo e adormecê-lo. Vendo-o tratar tal criatura com tanta dedicação e amor, ousei me aproximar e perguntei:

— Irmão Gregório, por que encontramos neste sítio tantas deformidades, tantos padrões físicos que praticamente fogem à forma humana?

— Não lhe parece lógico, Fábio? Estes irmãos renegam essa forma, por ela se encontrar no Velho Livro, segundo o qual fomos feitos à imagem e semelhança de Deus. Eles se encontram em luta íntima contra o Criador. Execram tudo o que possa relembrar-lhes que são também humanos. Alguns deles se empederniram tanto no mal, se violentaram tanto e por tanto tempo, que acabaram fundindo os corpos sutis e mutilando-os grotescamente, crendo com isso cortarem suas ligações com o Pai Maior, com a Fonte Criadora.

"Se nos ativermos às palavras de Jesus quando diz: 'Vós sois deuses...', podemos alegar que aqui temos deuses falidos — ou anjos decaídos, se preferir! Não lhes passa pela consciência que Deus é um banco inesgotável de bênçãos, fonte na qual toda falência pode ser suprida! Nas suas ilusões orgulhosas, estes irmãos acham que podem viver à parte, separados da fonte que os sustenta. Então, lutam para destruírem a ligação divina, e nessa luta insana eles se agridem, se deterioram, criam monstruosidades em si e ao redor, por uma ação mental distorcida, sem se darem conta. Quantos tentam fugir das próprias criações danosas crendo estarem sendo castigados por Deus, sem se aperceberem de que o que os apavora é fruto deles mesmos. Fogem amedrontados, entretanto, como é de esperar, carregam suas obras para onde vão."

Como irmão Gregório silenciasse, eu perguntei:

— Este ser, você não poderia auxiliá-lo a retomar sua forma normal?

— Neste momento isto não seria possível ou proveitoso. Aqui, novamente nos deparamos com a questão da consciência! Para qualquer mudança é necessária a vontade de mudar! Vejamos o caso desse irmão; não sabemos há quanto tempo está assim, nem o porquê, tampouco se ele se lembra de algo anterior a isso. Logicamente, eu poderia fazer uma análise mental, o que será feito eventualmente, mas neste momento o mais importante é dar-lhe assistência.

— Mas... ele agora está inconsciente!

— Sim! Pela minha atuação, e isso foi necessário para acalmá-lo.

— Crê que ele acordará logo?

— Esperamos que sim, e somente após isso é que teremos condições de fazermos uma avaliação do seu caso, e se está em nossas mãos ajudá-lo.

— Se não estiver...?

— Entregaremos o caso a quem compete.

Assim é aqui na espiritualidade, meus amigos. Podemos fazer algo por qualquer assunto com o qual estamos envolvidos? Imediatamente colocamos a mão na massa e trabalhamos! Não podemos fazer? Aceitamos, pois sabemos que acima de nós outros farão o que, por ora, nos é impossível. Mas sempre, em qualquer ação, é colocada em vigor a lei divina, a lei de causa e efeito. Dentro dessa lei, e sem derrogá-la, auxiliamos com o máximo de nossa competência; o restante cabe a Jesus com Deus.

Enquanto conversávamos, Gregório não parou um segundo sequer de trabalhar; limpava aquele homem como se limpa um bebê. Retirava incrustações que ele trazia sob a pele, pedras e metais, não sei se colocados ali por sua vontade ou à revelia dele, mas a impressão daquilo era que doía terrivelmente. Quando Gregório conseguia tirar uma daquelas peças, o homem, apesar de dormindo, gemia dolorosamente.

Sentíamo-nos à frente de grandes mudanças. Confesso que minha estadia naquele local me envolveu quase inteiramente, estava ansioso por ir adiante, confrontar-me com o tal dirigente daquela cidade, do qual tanto se falava, mas com quem poucos conseguiam se avistar.

Coloquei essa minha estranheza para irmão Arnaldo, que me respondeu o seguinte:

— Fábio, se você se reportar ao que se passa na Terra física, perceberá que aqui tudo segue o mesmo padrão. Veja estas megaempresas que existem atualmente por aí, algumas tendo milhares de funcionários, e a maioria sequer chega a conhecer o grande patrão. Assim é o mundo capitalista, e aqui na espiritualidade sombria se dá o mesmo; ouso afirmar até que esse "modelo" de dominação política disfarçada segue daqui para o mundo físico. Quantos políticos tenazes, grandes empresários e afamados religiosos não se "formam" aqui, para atuarem lá no mundo material?

— Mas... qual o objetivo final disso tudo, irmão Arnaldo?

— O de sempre. O que tem movido essa humanidade há milhões de anos: a luta pelo poder, que ela pretende lhe trazer a felicidade.

— Entretanto, não sabe essa gente que, tenha o poder que tiver, vai ter de deixar tudo assim que morrer? — exclamei aflito.

— Vai? Crê realmente que essas pessoas "deixam" tudo lá quando partem para cá? Se for assim, o que estamos vendo aqui?

— A mesma luta pelo divertimento, pela satisfação...

— Que é utilizada sempre pelos mais fortes como uma arma de poder sobre os mais fracos. É claro, Fábio, que quem "morre" não trará para este plano o "seu" dinheiro, as "suas" posses, mas poderá atuar intensamente sobre os herdeiros para continuar mandando, continuar no domínio da situação.

— Isso até que desperte?

— Logicamente. Quando há transformação, o homem parte para a busca de outros valores. Mas, até que essa compreensão aconteça, ele ainda continuará correndo atrás do que lhe dá segurança e satisfação ao ego. Infelizmente, por aqui, até agora o que temos visto são milhares de irmãos encarnados vivendo escravizados às sensações mais baixas, servindo de instrumentos para essa legião enorme de seres bestializados, sendo utilizados das formas mais vis, quase passivamente, sem se aperceberem dessa outra realidade, embora lhes pese demasiadamente nas energias vitais, que são aspiradas enquanto eles aqui se encontram na busca pela satisfação. Percebe que é uma troca? Os encarnados vêm para cá como autômatos, buscando entretenimentos que os satisfaçam; os daqui se regalam com as energias desses irmãos, que acordam mais cansados do que quando foram dormir.

"Lógico que isso não é uma regra, pois muitos dos irmãos, por já se manterem num padrão de equilíbrio, dedicados ao trabalho, às ocupações diárias, quando dormem, bem podem se cansar por continuar as tarefas iniciadas na vigília.

"Para reconhecer quem é atraído para locais como este é só observar como vivem os irmãos: a que ocupações se entregam durante o dia? Quais suas fontes de lazer? Quais questões abrigam no íntimo? É tudo uma questão de sintonia. Tudo me é permitido, dirão os inconsequentes, porém nem tudo me convém, dirão os vigilantes."

Eu gosto muito de ouvir irmão Arnaldo. É um espírito austero, um homem à antiga, como ele gosta de se definir, mas está sempre atualizado. Sorridente, nos olha com profundidade, assim como passa o que sente, o que pensa com simplicidade. Paramos para ouvi-lo e, quando percebemo-lo, já nos cativou. Sinto-me encantado com este amigo que encontrei aqui e que está sempre em companhia da nossa irmã médium. Sou grato pela amizade de ambos.

Passaram-se alguns dias e finalmente chegou nosso irmão Bezerra de Menezes. Foi recebido com muita alegria por todos os que já o conheciam anteriormente. Com muita humildade, o irmão se colocou à disposição para conhecer as dependências da enfermaria. Nosso grupo seguia junto a Gregório, que ia explicando os procedimentos em relação aos enfermos. Bezerra, dando mostras do imenso amor de que era portador, parava alguns minutos em cada leito, dirigia palavras amorosas aos doentes enquanto lhes acariciava a cabeça, e junto aos estáticos ele empunhava a mão sobre a fronte e orava fervorosamente. Como eram muitos os assistidos, levamos algumas horas nessa faina. Contudo, o exercício prestativo do amoroso médico deu-nos vasto campo de observação e trabalho.

Gregório e irmão Arnaldo, que, aliás, integravam a grande equipe de médicos que atuavam com o luminoso ser, auxiliavam prontamente o irmão, e não foram poucas as melhoras ocorridas naquela tarde, bem como muitos despertamentos daqueles irmãos hipnotizados no mal. Estes, assim que acordavam daquelas estranhas condições em que se encontravam, eram entregues aos enfermeiros para os socorros secundários; irmã

Adelaide dirigia essa tarefa. Já eu... Pouco conhecedor de medicina, procurava auxiliar no que fosse possível. Às vezes me constrangia por seguir junto ao grupo de médicos espirituais, e tencionava ficar para trás, auxiliando os enfermeiros, mas irmão Arnaldo me convidava com o olhar a segui-los. Eu percebia nesta iniciativa dele que deveria tentar observar tudo e anotar. Assim, timidamente, meio à parte, eu ia fazendo o que me competia: observava, anotava o que desse, mas principalmente buscava auxiliar dentro da minha inexperiência naquele setor. É quase impossível para quem chega ao plano espiritual buscando melhoras não se envolver na área médica, pois doentes é o que não falta por cá.

Quem leu meu primeiro livro bem sabe em que condições eu cheguei aqui, e quanto necessitei de auxílio para me restabelecer. Então, prestando o meu concurso aos que necessitam, nada mais faço que minha obrigação — bendita obrigação que nos impulsiona para a nossa cura e o nosso progresso. Quem chega aqui e fica esperando estar "totalmente" bem para ajudar vai cansar de esperar e perder um tempo enorme, que poderia estar sendo bem aproveitado em ser útil. É trabalhando durante o desenvolvimento do "nosso" tratamento que encontramos a cura. Então, já anoitecia quando os irmãos terminaram a visitação aos doentes. Momentos preciosos aqueles em que compartilhei daquela companhia e aprendi muito, principalmente que nada se consegue se não houver amor.

A seguir, o querido médico se dispôs à conversação sobre o problema que nos trouxera ali. Irmão Arnaldo lhe expôs então o caso de Celina, e Bezerra adiantou:

— Pobrezinha dessa irmã! De fato se encontra totalmente alienada, numa completa subjugação por este ser, que preocupa tanto nossa abnegada Mãe Maria. E, infelizmente, não é só aquela irmã que passa por isso. Vejo ali, através daquelas grossas paredes, muitos irmãos presos e atados mentalmente a

Demostes. Pobre irmão! Sem essas energias que ele retira dos subjugados, ele próprio é quem sucumbiria na alienação, pois em sua situação já não consegue se ligar à fonte divina, que nos revitaliza constantemente, assim como todo ser vivo na carne tem uma ligação fluídica, formando um laço que liga corpo, perispírito e o próprio espírito. Os espíritos também se ligam ao Criador por um fio de forma inimaginável, e estas criaturas, como nosso irmão Demostes, que renegam a criação, secam esse laço divino pelo qual recebemos as energias para viver. Esse fio, ou laço, se multiplica em milhares de fios que se esparramam por todo o nosso ser, órgão a órgão, célula a célula; e, na luta pela vida, aspiram aos fluidos necessários à sua manutenção. Entretanto, quando essa ligação resseca, a criatura não consegue assimilar o que precisa da forma correta, não lhe restando outra medida senão a vampirização de quem possui essa energia.

— Triste condição desses seres, que para sobreviverem necessitam sugar o outro — comentou irmão Arnaldo, ao que Bezerra respondeu:

— Entretanto, se não nos escandalizarmos com o fato, veremos simplesmente a luta pela sobrevivência. Porém, o fator triste é que, quando já somos conscientes, como ocorre conosco, humanos, embora entendamos as variáveis de acordo com cada um, essa situação não deveria mais ser necessária, pois o universo é uma fonte de alimentos, ressalvando-se, porém, que cada um assimila de acordo com o que ainda é. Então, procuremos entender estes nossos irmãos, que, embora portadores de corpos humanoides aperfeiçoados, muitos ainda estão presos ao primitivismo tribal, quais selvagens antropófagos, sendo-lhes natural agir dessa forma, embora causando repugnância aos seres mais sensíveis e espiritualizados. Não os julguemos, pois são crianças espirituais que ainda não se educaram, entretanto caminham para a frente, como todos nós. Se já somos mais adiantados, nada mais justo que lhes sirvamos de pais, irmãos, educadores; esta é a nossa obrigação.

"Analisando a face de nosso planeta há apenas dois milênios atrás, creio que a maioria de nós não passava de bestas-feras, pois não titubeamos em sacrificar o Cordeiro. Não, meus irmãos, não julguem esses nossos companheiros antes de fazer o que estiver ao alcance para amenizar os seus pesares e desconforto. Creio ser isto o que o Mestre espera que façamos, pois é exatamente o que tem feito por nós."

Essa conversação seguiu por algum tempo, até que Gregório expôs sua preocupação quanto a Demostes, e irmão Bezerra se adiantou, perguntando:

— O que exatamente preocupa você, meu irmão?

— Demostes tem muitos servidores e não vejo como conseguiremos adentrar o local onde ele mantém tantos prisioneiros!

— Pois não há motivos para se preocupar. No tempo certo, o socorro virá. Por ora, é melhor nós todos descansarmos um pouco. Vamos precisar estar bem-dispostos para a tarefa.

Seguindo o conselho da amorável entidade, a maioria foi descansar, pois sentíamos que ao raiar do dia — mesmo em densas trevas como era aquele local — ter-se-iam novidades.

E assim, como eu havia previsto, antes mesmo do amanhecer, irmão Bezerra nos organizou para seguirmos na expedição pela cidade umbralina, dizendo-nos simplesmente:

— Vamos, pois a abnegada Maria Santíssima está dando seu aval para nossa tarefa.

Nosso grupo, composto de poucas pessoas, Gregório mais dois trabalhadores das enfermarias, irmã Adelaide, irmão Arnaldo, eu, Lino e o próprio Bezerra, preparou-se para sair. Antes, porém, Bezerra nos exortou à prece, dando o seu início:

— Amados irmãos, esta tarefa é das mais delicadas, pois estaremos lidando com gente destituída de quaisquer laivos de sentimentos mais nobres. Muito embora as respeitemos pelos seres humanos que são, não há como nos deixarmos enganar quanto às condições de cada um deles, portanto, se necessário for, invocaremos as vastas legiões dos soldados do Cristo, para que nos auxiliem a entrar na fortaleza de Demostes e, lá, fazer o que nos for determinado.

Depois dessas palavras do emérito benfeitor, irmão Arnaldo se transfigurou num oficial romano e se adiantou, dizendo:

— Eu me coloco à disposição com os fiéis companheiros que me seguem ao longo dos milênios.

— Sim, Arnaldo, conto com a sua colaboração e a de seus companheiros de ideal. Agora, vamos nos entregar à oração, pois necessitamos fortalecer nossa ligação com Deus e nossos benfeitores.

Todos nos colocamos em prece, enquanto irmão Bezerra nos ia guiando com suas doces e sábias palavras:

— Amado Criador da terra, do céu e de tudo o que existe, envolve-nos com teu hálito divino, que a todos vitaliza e regenera! Permita, Pai amoroso, que possamos nos contatar com teu filho querido, nosso Mestre Jesus.

"A ti, Mestre, nos dirigimos agora, nos colocando à disposição para servir-te! Somos cientes de nossa pequenez diante do grande mandato que temos pela frente. Oh, digníssimo Benfeitor da Humanidade, auxilia-nos, pois só queremos ser útil a vossa causa. Sabemos quão distante ainda nos encontramos de ti, Senhor, porém nem por isso deixa de ouvir os nossos lamentos, as nossas rogativas. Não ousamos rogar pela tua presença, mesmo porque, como outrora o Centurião Cornelius, nós também sabemos que há muitos servidores prontos a fazer o que lhes ordenar. Em teu nome, Senhor Jesus, nós rogamos pelos teus combatentes nas forças do bem. E, se não for exigir demasiado de tua bondade, Senhor, permite-nos ainda recebermos o amparo daquela que é para todo o sempre da história deste planeta tua mãe querida.

Cubra-nos, Bendita Benfeitora, com teu manto de Luz e de Amor, para que consigamos desempenhar esta tarefa com o zelo de um pai em favor de todos os envolvidos."

E, alongando o olhar para todos nós, irmão Bezerra, juntando as mãos sobre o peito, terminou:

— Que se faça a vontade do Pai. Vamos, meus irmãos, que o trabalho nos espera.

Assim, nosso pequeno grupo nimbado de luz saiu para a madrugada escura.

Sentíamos uma grande paz, e toda aquela ansiedade que me afligia até há pouco desfez-se como por encanto; e, para o meu espanto, me transformei também em um soldado romano. Sem entender, olhei para irmão Arnaldo, que sorrindo me saudou numa continência, dizendo:

— Bem-vindo, companheiro!

Se antes eu pensava naquele encontro com Demostes como sendo um encontro com o inimigo, alguém a ser combatido, agora a minha disposição íntima era outra. Seguíamos para uma tarefa de resgate como tantas outras. Que nos importava quem fora aquele ser, o que fizera e quais suas ligações com o Cristo? Tudo aquilo que me fustigara a mente durante dias se esvaiu, dando lugar a um sentimento de compaixão genuína por ele e por todos aqueles outros que viviam naquela cidade infecta, fossem encarnados ou desencarnados. Eram criaturas humanas tais quais eu e você, e, no entanto, viviam em total alienação ante qualquer realidade mais digna. Via ali situações que jamais vira antes, nem mesmo dentro dos muros do Carandiru, onde padeci por três longos anos. Entendi então que cada um de nós é um mundo particular, um centro de energia, e, quando um desequilibrado se junta a outro, e a mais outro, acabam formando estes núcleos onde há tantos sofrimentos. Já esta força equilibrada, burilada, quando forma um grupo, é capaz de criar estas belas cidades espirituais que há aos milhares à volta de todo o nosso planeta. É, meus irmãos, não é só nos céus de nosso Brasil que há colônias, não; há por todo canto. Onde quer que se unam várias pessoas com boa índole e objetivos nobres e harmônicos, elas têm essa capacidade de criar belas moradas para viverem.

Agora, como criar locais bonitos, salubres e saudáveis pessoas acostumadas a viver na sujeira, que fogem para a obscuridade, pois a luz lhes fere a sensibilidade embrutecida; pessoas que para onde vão carregam consigo a desordem, a desorganização, o barulho, a destruição, até do que não lhes pertence? Vemos no nosso país muitas medidas saneadoras, que se tornam vãs quando as pessoas optam por viver de forma miserável. Pois é esta a realidade que tenho aprendido aqui na espiritualidade. Não é Deus, e tampouco os governos, o responsável por nossa situação; somos todos responsáveis, são as nossas escolhas, pois somos o que pensamos e atraímos conforme desejamos.

Se desejarmos coisas boas, vamos fazer coisas boas, vamos ser bons! Está escuro? Acende a tua luz, pois, segundo o próprio Cristo nos disse: "Vós sois deuses, podeis fazer tudo que eu faço e muito mais"! Palavras dele, do Mestre Jesus, e não deste vosso amigo: o Fábio.

Bem... Vejamos. Tudo isso que escrevi foi bem depois de nossa excursão pelos domínios de Demostes, entendem?

Nosso grupo continuou a sua caminhada.

Formávamos uma pequena caravana de luz, mas eu podia sentir, mais que ver propriamente, que outros irmãos vindos do Alto iam se achegando a nós, silenciosamente. Admirado, olhava para os lados e já não estávamos sós; muitos soldados romanos iam se postando do nosso lado, e irmão Arnaldo, também naquela vestimenta de soldado, ia à frente, como a nos proteger. Irmão Bezerra mantinha-se sereno, intensamente iluminado.

Capítulo 17

HORA DE ACORDAR

Há muita gente que perambula nas sombras da morte sem morrer. Trânsfugas da evolução arrastam-se entre as paredes da própria mente, cristalizadas no egoísmo ou na vaidade, negando-se a partilhar a experiência comum.
(*Fonte viva,* Emmanuel/Francisco C. Xavier, "Acorda e ajuda", item 143)

Avançávamos e já éramos sentidos pela turba, que nos recebia com selvageria e gritos estridentes, embora eu creia que eles não nos vissem, pois se afastavam à nossa passagem, contudo eles também nos iam seguindo. Um séquito se formou atrás e além do grupo. Eu, muito tenso, caminhava tropegamente, preocupado com a gritaria de revolta desses irmãos. Sem eu perceber, irmã Adelaide, delicadamente, pegou em meu braço e disse:

— Nada há a temer, Fábio. Sigamos sem olhar para trás. Não se ligue nas faixas mais baixas dos nossos irmãos, pois do contrário você não conseguirá permanecer conosco.

— Sim, irmã Adelaide — disse temeroso.

— Olhe para o alto, Fábio.

Eu olhei e admirei-me ao ver um intenso facho de luz que descia sobre todos nós. Realmente, nada havia a temer. Jesus seguia junto, e isso era visível. Em vão os grotescos soldados de

Demostes tentavam formar barreiras para nos deter. Assim que o nosso grupo se aproximava, eles debandavam. Acostumados com as trevas, não suportavam a luz que avançava sobre eles. Podia distinguir também gemidos e seres suplicando auxílio. Nada via, mas presumi serem os aprisionados. Irmã Adelaide continuava me segurando pelo braço, pois, embora eu estivesse fardado, não me sentia tão corajoso como um soldado. Enfim, chegamos ao imenso portão do palácio de Demostes.

Conseguia perceber de forma mais clara alguns guardas trevosos gritando para não nos aproximarmos.

— Afastem-se. Estão nos domínios de Demostes. Aqui não podem entrar.

Em vão, pois atravessávamos todas as barreiras e aumentava sem cessar o contingente de soldados espirituais a engrossar a nossa equipe. Bezerra parou em frente do estranho e imenso portão todo configurado com formas monstruosas, lembrando aqueles antiquíssimos castelos medievais "embelezados" por gárgulas, grifos e anões grotescos.

Graças a Deus eu estava agora em minha forma normal e não como aquele anão deformado.

Saibam vocês que o triste de "recordarmos" antigas encarnações é que temos de estar muito bem equilibrados, pois as sensações, os sofrimentos da vida pregressa vêm junto, se deixarmos.

Continuando: parados ali, irmão Bezerra nos convidou mais uma vez a orarmos e, assim que o fizemos, como por encanto os portões se abriram.

Com certeza Demostes já sabia de nossa intrusão em seus domínios, pois, como os seus comandados não conseguiram nos deter, ele enviou uma horda de seres animalizados contra nós: cães enormes, cobras e lagartos gigantescos, e outras bestas indefinidas para mim. Contudo, mal se achegavam à luz, caíam em dormência e, presto, eram retirados por servidores do Cristo, que surgiam não sei de onde. Entretanto, à medida que avançávamos, um odor insuportável quase me fez perder a consciência, e percebi que não afetava só a mim, mas também alguns daqueles servidores do bem, mais inexperientes. Bezerra, tomando a frente, nos alertou:

— Irmãos, não se alarmem! Acalmem-se e se sentirão melhores. Não se atenham ao odor, que nada mais é que a essência de Demostes, agregada a ele e decorrente de toda a sua obra no mal. Vamos ter misericórdia, e todos vocês conseguirão suportar. Sintam que, acima desse odor nauseante, há um doce perfume a nos envolver. É o hálito de Maria Santíssima, que com seu imenso amor nos segue do Alto.

Depois das palavras do irmão Bezerra, uma calmaria tomou conta do nosso grupo, e eu, infelizmente, não consegui sentir o perfume de Maria, mas já era capaz de suportar o "cheiro" do irmão que ali Bezerra vinha resgatar em nome do Mestre Jesus.

Depois dos seres bestializados, começaram a surgir homens, mulheres e até "crianças", todos parecendo zumbis. Irmão Bezerra ia explicando e nos exortando a seguir à frente:

— Não se preocupem! São escravos de Demostes que, hipnotizados, sequer sabem o que estão fazendo; não se preocupem com eles, os auxiliares de Maria os recolherão.

E assim realmente ocorria: seres iluminados iam surgindo e resgatando aqueles filhos das trevas, das dores e dos enganos, que pela própria incúria tinham se colocado naquelas situações terríveis. Aqui na espiritualidade, sabemos que somos todos responsáveis pelas nossas condições, principalmente aquela que encontramos ao desencarnar. Nossa situação é apenas o resultado das próprias ações. A colheita do que plantamos, por assim dizer. É por isso que tantos temem a morte.

Dentro daquele local, bem ao centro, demos com grossas paredes e outra porta enorme; o som que vinha dali era de gelar o sangue do mais corajoso.

Nosso grupo se plantou em frente àquela porta, e irmão Bezerra nos disse, então:

— Vamos, irmãos, orar. Arnaldo, posicione os soldados em torno deste recinto para que nos auxiliem com suas vibrações e para que possamos entrar em segurança.

— Sim! Vocês ouviram, companheiros, vamos cercar este salão, e fortaleçam-se na prece para que possamos adentrar além das paredes. Atenhamo-nos a que, embora sejamos um grupo numeroso, nada poderemos em relação a Demostes se nos posicionarmos como inimigos dele! Já se conseguirmos visualizá-lo como um irmão que sofre, embora também faça muitos sofrerem, será possível alcançá-lo, isso porque estaremos dessa forma nos ligando ao Mestre Jesus, e é este quem esta à frente desta empreitada. Façamos a nossa parte para conter as emoções de Demostes. Firmeza, homens! Avante!

Depois dessas palavras do "comandante", os homens, silenciosamente, tomaram seus postos, conquanto um grupo numeroso tenha ficado conosco. Eu, embora naquela farda, não me sentia em condições de nenhum enfrentamento.

Percebi então que uma luz azulada foi se formando em torno daquele local, tornando-se cada vez mais forte, até que já não percebíamos mais o grosso portal.

Unindo as mãos ao peito, o bondoso emissário de Maria fez iluminada prece e, imediatamente após, deu um passo à frente, mais outro, e nós o seguimos.

Confesso que, apesar de me considerar preparado para ver o "ser" que ali era considerado um rei, os urros de ódio que ele lançava eram terríveis e não se pareciam em nada com qualquer som humano que eu já ouvira antes! Mas, pobre de mim, jamais supus dar de cara com tal criatura; nada comparado aos meus antigos conhecidos, Red ou Cérbero. Pelos meus cálculos, aquele ser tinha em torno de cinco metros de altura, nada nele lembrava a raça humana.

Era um réptil com braços e garras poderosos, uma cauda gigantesca e asas pontiagudas. Na verdade, meus irmãos, ali estava corporificado, na minha frente, um dragão, como aqueles da velha mitologia terrena.

Sua respiração era uma fumaça escura e fétida.

Estaquei; não conseguia dar um passo sequer, até que senti irmã Adelaide me segurando o braço, envolvendo-me com um suave calor. Foi isso que me fez reagir ao verdadeiro terror que ameaçou tomar conta de mim.

— Calma, Fábio! Lembre-se de que, por dentro "disso", ainda há um ser humano, embora enterrado aí por dois mil anos — disse-me minha boníssima amiga, sussurrando ao meu ouvido. Procurei desviar meus olhos dele, embora fosse difícil, e me concentrei em Bezerra de Menezes.

O augusto emissário de Maria se encontrava sereno, e nessa serenidade se manteve, enquanto o ser trovejava palavras ininteligíveis. Explicando-me melhor, eu, Fábio, não entendia o que ele falava. Mais uma vez minha protetora me socorreu, esclarecendo:

— Não tente entender a "fala", mesmo porque esse irmão jamais falou português em sua vida. Lembre-se de que sua última encarnação foi ao tempo de Jesus, naquelas mesmas paragens da Judeia onde o Mestre viveu! Atenha-se ao sentimento e entenderá o que ele pensa.

— Sim, irmã Adelaide! Já aprendi essa técnica, mas fiquei tão aturdido que cheguei a me esquecer.

— Concentre-se nele.

— Não consigo olhá-lo, pois tenho a impressão de que ele nos atacará a qualquer momento.

— Não tenha dúvida de que, se ele pudesse, já o teria feito.
— Ele não pode, então?
— Veja! Nossos irmãos em derredor, comandados por Arnaldo, formam uma barreira fluídica que o contém.

Embora eu constatasse isso, pois podia "ver" a luminosidade em que nos encontrávamos, ainda assim não me sentia seguro ali, mas buscava em meu íntimo tudo o que aprendera em nossos Institutos sobre o controle das emoções para me manter equilibrado.

Viria a constatar mais tarde que aquele foi um teste vigoroso e muito proveitoso para o meu aprendizado; entretanto, naquele momento, só pensava em como iríamos sair "vivos" dali.

Saibam vocês que mesmo aqui na espiritualidade, às vezes, nos assustamos e até tememos "morrer". Parece engraçado, não é, já que estamos mortos, para vocês que estão na carne. Lógico que isso só se passa com os novatos, assim como eu. Sabem o que é isso? São os medos que geramos quando encarnados e trazemos para cá, ou seja, somos o que somos. Só que aqui na espiritualidade necessitamos aprender o controle das emoções, a discernir e afastar os pensamentos destrutivos. Esse é um exercício constante. Mas, voltando ao nosso assunto: o ser medonho trovejava, e irmão Bezerra, com infinita paciência, ensaiou um início de conversação:

— Acalme-se, meu irmão! Nós não desejamos o seu mal!
— Quem é você, mísero inseto? Como ousou entrar aqui sem que o tivesse convocado?
— Irmão, sigo uma convocação do mais Alto e não lhe desejo o mal.
— Não há nenhuma convocação maior que a minha. Estes são os meus domínios, aqui eu mando e sou obedecido.
— Naturalmente. Mas... o irmão sabe que há um poder maior que este, pois não?

— Maior que este? Jamais! Sabe você há quanto tempo eu existo? Há quanto tempo eu reino neste lugar?

— O tempo é relativo, Demostes, pois eu também existo tanto quanto você, contudo, ao invés de reinar nas trevas, prefiro servir na luz!

Dando um rosnado horrível, ele respondeu:

— Não falo com um mero servidor! Já que teve a ousadia de adentrar aqui, que se apresente aquele a quem você serve, então, pois será um prazer eu destruí-lo! Embora deva admitir que "ele", seja quem for, tem potencial, já que conseguiu a proeza de colocá-lo em meus domínios.

— Com certeza você terá motivos maiores para admirá-lo, pois é ele quem governa este mundo onde você vive! — respondeu Bezerra.

Com um gesto violento, o ser se abaixou, encarando irmão Bezerra. Era de arrepiar ver sua face enorme, medonha, tão próxima de nós. Ensaiando o que seria um sorriso irônico, ele mostrou aquelas presas pontiagudas e grunhiu:

— Mísera criatura, como pode viver em tal engano? Não sabe você que eu domino esta Terra desde há muito tempo? Eu comando esse povo servil e covarde de acordo com meus desejos. Como ousa você dizer que outro governa aqui? Eu o destruirei, e a este pobre orgulhoso e pretensioso que assim se autoproclama, igualmente!

— Realmente, meu irmão, você pode dominar muitos infelizes, mas quem nos governa é o Mestre.

— Mestre? De que Mestre fala você?

Bezerra silenciou, percebendo que não devia ainda pronunciar o nome do Cristo; ainda não era o momento. Mas... enraivecido, Demostes praguejava:

— Responda quando eu perguntar... ó verme! Responda antes que eu te esmague!

E, assim falando, deu um passo à frente, enquanto a sua cauda imensa parecia que nos varreria daquele local. À simples menção desse ato, meu companheiro de viagem, Arnaldo — já posso tratá-lo com essa familiaridade, já que ele mesmo assim o permitiu —, creio que até num gesto inconsciente de quem já está acostumado à defesa, corajosamente se lançou em riste, colocando-se à frente de Bezerra — gesto que fez a fera ficar ainda mais agressiva. Somente então o ser gigantesco pareceu tê-lo notado. Encarando-o ferozmente, disse:

— Ah! Um combatente! Quer me enfrentar, soldadinho? Crê que pode comigo? Acha que essa lança pode me causar algum dano? — E ia desfilando perguntas recheadas de ironia e veneno, enquanto irmão Arnaldo corajosamente ali se mantinha firme.

Demostes se aproximava demasiadamente, encarando e perscrutando o opositor.

— Você não me é estranho... Já esteve preso em meus domínios? — vociferou ele.

— Jamais! — foi a única palavra de irmão Arnaldo.

— Mas eu te conheço! De onde, mísero ser?

— Irmão Demostes, que importa isso neste momento? Dois mil anos já se passaram, e a história agora é outra — disse irmão Bezerra se adiantando.

— Dois mil anos...? Por que se refere a esse passado, ancião?

— Pois não foi neste tempo remoto sua última encarnação? — questionou Bezerra.

— Encarnação? Já não me lembro mais desse tempo. Já não me diz respeito esse passado.

— Como não? Pois não somos todos responsáveis pelo que somos hoje, e o que somos não é o resultado do que fomos ontem?

— Quer embaralhar minha mente, velho miserável?

— Não é o meu objetivo, mas sim fazê-lo raciocinar para que se lembre.

— Quem disse que quero me lembrar de algo? Hoje eu sou o que sou e basta!

Firmando-se para o alto e abrindo aquelas asas, o que o fez se tornar mais apavorante, ele gritou:

— Hoje, eu sou Demostes! Aquele que reina nos confins da Terra! E, apesar disso, de estar atado a este reduto, minha mente segue tudo o que se passa lá em cima, naquele mundinho mesquinho dos homens. E pobres desgraçados: como me é fácil comandá-los. Como me é gratificante saber que tenho nestas garras o poder de decidir quem vive e quem morre. Quem me serve em espírito, ou na carne. Vede! — disse-nos ele, e, enquanto falava, alongou os braços e se descortinaram para nós profundos corredores repletos de seres presos às paredes. Câmeras escuras de onde provinham gritos de dor e terror de seres torturados.

— Estes são os meus domínios e estes, meus escravos!

Eram tantos seres, tantos, que parecia não ter fim aquele sofrimento. Bezerra, tomando novamente a palavra, falou:

— Meu irmão, já se encontra há tanto tempo nesta situação, que sua capacidade de sentir se atrofiou. Por isso desencadeia tanto sofrimento sem a mínima compaixão.

— Compaixão? Isto é para os fracos! Os servis! Mas não para o dirigente! E por que teria eu qualquer compaixão por estes vermes, já que fizeram por merecer tal tratamento?

— Quem somos nós para julgar a quem quer que seja, meu irmão?

— Você eu não sei; quanto a mim, estou exercendo o que é de meu direito! Estou prestando um favor a essa humanidade, ainda que ela não o mereça!

— Como pode dizer isso, meu irmão? Que favor pode advir do sofrimento causado ao próximo?

— Ora, estou simplesmente aplicando aqui a pena de Talião: "Olho por olho, dente por dente!"

— Meu irmão! Esse tempo já passou e essa lei já não tem mais sentido para o homem de hoje.

— Não vejo nenhuma diferença entre o homem de ontem e o de hoje: todos são e sempre serão as criaturas míseras, repulsivas, covardes, maldosas, indecorosas, gananciosas...

— Já entendemos, irmão Demostes. Entretanto, a humanidade mudou muito no transcurso desses milênios, evoluiu...

— Evoluiu? Pois então vejam. — E, alongando novamente o braço, não sei por que processo, se abriu à nossa frente uma tela, na qual começou a se desenrolar toda a miséria humana. Guerras, desde as tribais até as dos nossos dias, com armas cada vez mais sofisticadas, morticínio de todo tipo, roubos, decadência moral; infinitas formas de maldade, nas quais a humanidade esteve envolvida ao longo desse tempo.

— Sim! Esta tem sido a triste história desta humanidade! Mas, por isso mesmo, por ter sofrido tanto, ela tem buscado outros valores, agora numa direção mais espiritualizada! — disse humildemente irmão Bezerra.

A essas palavras, o ser soltou uma terrível gargalhada.

— Espiritualizada? O que vem a ser isto? Nós que aqui vivemos não conhecemos tal condição.

— Decerto que não, pois o irmão está imerso na maldade!

— Maldade? Não! O que você chama de maldade eu chamo de justiça.

— Mas quem nos outorgou o direito de sermos juízes uns dos outros, de cobrar indevidamente?

— Meus direitos são divinos! Presto inestimável favor ao Alto contendo estes pobres-diabos presos aqui. Vá! Busque um que seja inocente! Afirmo-lhe que não o encontrará. Nesta velha Sodoma e Gomorra, digo-lhe que são todos pecadores. Todos aqui, e muitos que se arrastam miseravelmente no solo, são devedores das leis divinas.

— E quanto a você, meu irmão? Já se questionou sobre quem é? O que fez no passado? Se tem créditos ou débitos com a Divindade Maior?

— Eu sou Demostes! Faço cumprir a lei!

— Hoje você pode ostentar este nome, entretanto, já tive outros... Quanto à lei: sinto dizer que o irmão só conhece um lado dela, a que lhe convém. Aliás, há dois mil anos, você também dizia a si mesmo estar fazendo isto, servindo a lei. Contudo, lá no íntimo, sabia que aquele jovem Profeta pregava a verdade. Mas "aquela" verdade poderia ser maléfica para os poderosos da época, não é mesmo?

— Profeta, Profeta... — balbuciava a criatura, que parecia estar se perdendo mentalmente, percorrendo as linhas da memória de um passado remoto.

— Sim, Demostes. Aquele jovem Profeta, lembra-se? Que pregava belas verdades às margens do Tiberíades. Que curava coxos, aleijados e chagados de toda ordem, e mais, fazia tudo isso sem se preocupar com a condição social do necessitado, sem se preocupar com diretrizes escritas pelos homens, ditas sagradas, mas que não passavam de letras mortas. Aquele jovem Profeta, que se guiava unicamente pelo seu coração puro, isento de qualquer maldade, mas repleto de amor! Que ensinava e exemplificava verdades que solapavam as frágeis estruturas nas quais as organizações daquele vosso tempo estavam assentadas, pois se valiam do poder para manter as pessoas na ignorância e no medo. Mantinham-se à custa do suor, das lágrimas e do sacrifício da maioria, que vivia na mais profunda miséria moral, física e espiritual. Era aquela classe mais abastada, menos ignorante, a vossa classe, que poderia ter feito mudanças benéficas para aquele povo, bastando para isto ser um pouco menos egoísta, orgulhosa e aferrada ao poder! Vocês negaram as sublimes verdades trazidas pelo jovem Profeta e, não contentes, ainda tomaram medidas mais drásticas: fizeram-no morrer, pensando com isso matar também as ideias do Cristo.

— Quem é você, velho maldito, para querer remexer em meu passado? Quem lhe deu autorização para isso?

— Já lho disse! Estou a serviço de um Mandato mais alto!

— Então... alguém fora desse planeta já tomou consciência do imenso trabalho que eu tenho feito por aqui? Talvez eu tenha me enganado a seu respeito, e você nada mais é que um enviado do Supremo! Enfim, vou poder me libertar, subir para a superfície e reinar entre os homens!

— Irmão, às vezes o que tanto queremos e teimamos em manter, tal como o poder, só tem nos comprometido. Por que almejar reinos se mal conseguimos manter a integridade física, mental e emocional? Nesta ânsia de poder, de domínio, perdemos o contato com nossa própria essência espiritual. É o que ocorreu com o irmão. Vede? Tem você consciência dessa forma grotesca em que sua essência está encerrada?

— Forma grotesca? Não, ao contrário, esta é a minha verdadeira essência, não há outra! Na verdade, sou um ser forte, e, se estou nessa forma, é por minha própria escolha. Jamais revestirei novamente este corpo frágil de vocês. Nunca mais rastejarei sobre o solo qual verme qualquer. Veja, hoje tenho asas e posso alçar voo!

— Sim, o irmão tem asas, contudo, tem voado muito?

Ante a pergunta direta, visto que o ser estava enclausurado naquele recinto por tempos infindáveis, ele, percebendo sua real condição, soltou um tremendo urro de ódio e vociferou:

— Isto será transitório. Breve, muito brevemente, eu estarei solto! Se me fixei aqui foi pelas imensas obrigações que carrego nos ombros.

— Então, meu irmão, chegou o momento de você se aliviar, libertar-se dessas obrigações que o mantêm cativo há tanto tempo. O irmão não gostaria de ser mais livre?

— Livre, sim, mas jamais abrirei mão do que já conquistei.

— Que conquistas são estas de tanto valor pelas quais o irmão prefere viver dessa forma, preso e sem jamais ver a luz do dia?

— Pois já não lhe mostrei o meu imenso trabalho? Esta cidade que eu mantenho pela força de minha mente.

— Irmão, tudo isso que você chama de conquistas não passa de misérias! Esta cidade é um antro de sofrimento e podridão, onde se acumulam todos os vícios da humanidade, e nestes corredores e calabouços só há sofrimento! Aqui, caro Demostes, não há criação, só destruição! E, onde não há criação não há vida, não há conquistas! Só há acúmulo de dificuldades e aniquilação. Veja por si mesmo: mal consegue se mover. Que acha que lhe ocorrerá se permanecer neste estado por mais mil anos? O irmão se encrustará dentro de um corpo petrificado. Aí permanecerá até que a misericórdia divina o liberte. Por que continuar assim, irmão? Liberte-se dessa condição. Liberte estes seres que você mantém sob seu jugo. Faça isso enquanto ainda consegue raciocinar com certa clareza, caso contrário, seu sofrimento será insuportável!

— Quem é você, que ousa vaticinar o meu futuro dessa forma? Quem o mandou aqui? Diga! Diga antes que eu o aniquile para sempre! Pensa realmente que esses soldados poderão me conter por muito tempo? Eles podem estar aqui, envolvendo este recinto com essa maldita luz, mas, lá fora, tenho milhares de servidores fiéis. O que pensa você que eles estão fazendo neste momento? Já que quer uma guerra, você a terá, ancião. Meus servidores já se postaram também ao redor destes malditos capachos da luz! Vamos ver por quanto tempo vocês aguentam contidos aqui.

— Irmão Demostes, nós não queremos guerra, pelo contrário, nossa missão é de paz.

— Não me fale de paz. Não conheço o significado dessa palavra e vocês não estão aqui por isso. Seu interesse é libertar os meus cativos. Vejo claramente o objetivo de vocês. Aviso que não deixarei um sequer sair daqui! Todos me pertencem! Todos têm graves compromissos comigo. Jamais libertarei qualquer um deles!

— Irmão, saiba que muitos já foram libertados, sim. Na verdade, você é que é o grande prisioneiro aqui. E a missão que nos trouxe para cá é a de libertá-lo, se o Mestre assim permitir.

— Mestre? Novamente fala-me desse Mestre! Quem é ele? — trovejava Demostes, já bastante transtornado com a nossa presença e com as palavras de Bezerra de Menezes.

O ser transpirava, e o cheiro que ele exalava piorava muito. Entretanto, os soldados do Alto permaneciam firmes em seus postos, embora já pudéssemos ouvir o alarido dos grotescos servidores de Demostes forçando a entrada para auxiliar o "seu senhor".

Eu dividia a minha atenção entre o que ocorria ali dentro e os rumores ameaçadores vindos de fora. Novamente, irmã Adelaide teve que se postar ao meu lado, me transmitindo serenidade e confiança.

— Acalme-se, Demostes, não é necessário se transtornar tanto — falava mansamente irmão Bezerra.

— Transtornar-me? Você ainda não viu nada, velho! Saiba que, com apenas um urro, eu posso afundar uma cidade da superfície.

— Talvez! Se o Pai Maior assim o permitir!

— Esse Pai de que você tanto fala não tem poder aqui, ou melhor, me deixou no poder, pois aqui eu faço o que quero. E daqui posso, sim, destruir o que quiser. Quer sentir isso? — E, assim falando, o ser se enrijeceu todo e tudo começou a tremer em derredor.

Irmão Bezerra bradou com autoridade, no objetivo de dar um fim ao ato temerário daquele ser irascível:

— Pare, Demostes! Sabemos bem da sua capacidade de destruição. Não é necessária nenhuma demonstração.

— Fale agora, velho. Quem é esse Mestre que ousou mandá-lo aqui?

— Você já sabe quem é ele, meu irmão!

— Não sei!

— Sabe! Só não quer admitir para si mesmo, por conta do seu comprometimento com ele.

— Diga logo o nome dele, pois eu não tenho tempo a perder com você e essa corja que o segue, velho miserável.

— Como queira! O nome do Mestre, que digo com toda humildade e amor sincero, é: Jesus!

— Não, não pode ser aquele blasfemador herege, falsário! Você não pode ter invadido os meus domínios para me falar daquele vil impostor!

— Percebeu, Demostes, como você sempre soube quem nos enviou? Sim! Estamos falando do mesmo homem, entretanto, os atributos dele são outros. Ele foi, é e sempre será o Messias! Aquele mesmo que você, como alto dignitário do poder no Sinédrio, acusou, fê-lo condenar e o levou à morte cruel.

— Não! — gritava o ser totalmente descontrolado e se debatendo. Quando fez menção de pegar irmão Bezerra de Menezes, Arnaldo pulou na frente e foi agarrado pela poderosa garra daquele ser.

Uma balbúrdia se formou no local; irmã Adelaide, preocupada comigo, puxou-me para um canto.

O ser apertava e fazia menção de esmagar irmão Arnaldo. Todos os soldados que estavam à volta começaram a volitar e girar em torno do ser, irradiando luz para fortalecer seu "comandante".

Eu não posso negar que estava amedrontadíssimo; parecia que Demostes iria despedaçar irmão Arnaldo a qualquer momento. Neste terror, minha sábia amiga sussurrou-me aos ouvidos:
— Não tema. Oremos a Jesus.
Eu estava eletrizado pela cena dantesca. Sou sincero em dizer que não conseguia desviar os olhos e tampouco orar.
— Solte-o, Demostes! — dizia Bezerra com energia. Mas Demostes, descontrolado, gritava cheio de fúria, sem largar Arnaldo.
— Malditos sejam todos vocês! Maldito seja esse Jesus! Já o aniquilei uma vez e o farei novamente. Por que ele não tenta voltar? Que faça isso e terá uma morte pior que a que teve na cruz.
Eu percebia que irmão Arnaldo sofria naquelas mãos, pois o ser de alguma forma lhe sugava as energias. Os soldados do bem vibravam cada vez mais.
Irmão Bezerra então bradou para seu pupilo nas tarefas do bem:
— Arnaldo, fique firme! Concentre sua força no amor e no perdão. Pense no Mestre.
Num esforço supremo, pois ele se encontrava exaurido, irmão Arnaldo conseguiu equilibrar-se e começou a brilhar lentamente. A carga magnética que ele recebia dos companheiros foi sendo absorvida, e ele se tornou uma imensa luz... De alguma forma, aquilo causou dor em Demostes, que o atirou longe.
Irmão Arnaldo, lançado com tal violência, bateu no teto do recinto e caiu ao chão.
O ser urrava de ódio e tentava agora nos atacar a todos. Girando sua enorme cauda, procurava acertar os soldados que levitavam à sua volta.
Bezerra se voltou preocupado para o amigo no chão, que se esforçava por se levantar, mas, não conseguindo de pronto, eu, irmã Adelaide e Gregório corremos a ampará-lo, enquanto ele fazia um gesto à Bezerra de que estava tudo bem.

Capítulo 18

PROVIDENCIAL AMPARO

[...] Todavia, não deduzais das minhas palavras que a Terra esteja destinada para sempre a ser uma penitenciária. Certamente que não!
(*O Evangelho segundo o Espiritismo*, capítulo V, "A felicidade não é deste mundo", item 20)

A situação estava ficando insustentável para o nosso lado, já que Demostes demonstrava toda a sua ira, e lá fora o cerco ia se fechando, pelo imenso barulho que ouvíamos.

Neste momento, Bezerra se recolheu e pôs-se a orar:

— Bendita sejas, oh, Mãe Santíssima! Cumprindo o vosso mandato, aqui estamos! No entanto, sentimo-nos incapazes de algo fazer pelo irmão Demostes, visto o seu estado de grande transtorno emocional e mental. Oh, Senhora! Em nome de vosso amado filho, te suplicamos socorro! Acalme este ser no que for possível, ou tire-nos daqui, para que possamos organizar uma nova estratégia e tentativa de tocar a mente do irmão.

No meio daquele pandemônio em que se tornou o local, ouvimos claramente uma doce voz que inundou o ambiente:

— Meu digníssimo Emissário! Não adiaremos mais o inevitável. É chegada a hora de nosso irmão adquirir sua liberdade e, em contrapartida, assumir as responsabilidades pelos seus atos. Olhem para o alto. É o socorro que chega. O seu momento chegou, Demostes, pois o Cristo o aguarda!

Assim que a voz maviosa e firme silenciou, pudemos sentir que algo estava ocorrendo. Uma luz se derramou sobre nós, e, acima, ela era muito mais intensa. Para nós, tudo o que nos constrangia àquele espaço desapareceu, paredes, teto, e podíamos ver a irradiação intensa descendo.

À altura de alguns metros sobre nós, a luz se dividiu em cinco partes, e percebemos que eram seres celestes. Enquanto um deles descia até nosso encontro, os outros quatros se posicionaram, formando um quadrante sobre o espaço que ocupávamos, e, para o meu espanto e admiração, eram quatro anjos, belíssimos! Para aqueles que não creem em tais seres, eu afirmo que eles possuíam asas enormes, de uma beleza esplendorosa! O ser que se achegou a nós parecia-me com a imagem que conhecemos de Jesus, somente se diferenciando em seus longos e lisos cabelos. Também de uma beleza radiosa, pairava sobre nós com um sorriso meigo e sereno! Fez um aceno ao meu amigo Arnaldo, ao qual este retribuiu; a seguir, também a Bezerra e aos demais que ali estavam. Presumi que ele e meu amigo já se conheciam. Com simplicidade, ele disse:

— Que a paz de Jesus esteja com todos! Sou Lázaro. Venho a vocês atendendo à rogativa de irmão Bezerra, bem como à determinação do Mestre Jesus.

Desnecessário dizer que Demostes urrava em desespero. No que o ser de luz, dirigindo-se a ele, falou-lhe:

— Irmão, chega de desvarios e desatinos! Seu tempo neste planeta acabou!

— Não, não! — ele urrava. — Vocês não têm o direito de me tirar daqui. Já possuem lugar melhor, que eu sei! Deixem-me!

— Quem possui é Deus, irmão! Nós todos apenas usufruímos de seus benefícios em acordo com sua misericórdia, que nos fez livres para que tomemos consciência de nossa perfeição. Para tanto, utilizamos as bênçãos universais que ele nos coloca à disposição! Mas... ninguém é dono exclusivo de nada.

— Não quero te ouvir! — gritava ele. — Você é aquele morto-vivo!

— Como pode ver, irmão, de morto eu não tenho nada, pois o espírito é indestrutível e imortal.

— Eu não sairei daqui! — esbravejava ele, já agora com certa contenção, pois a luz intensa o manietava. Os soldados já se encontravam relaxados, pois percebiam que apenas as quatro entidades angélicas já controlavam o gigantesco ser, com suas luzes intensas direcionadas àquele foco que era Demostes.

Lázaro, com a tranquilidade de quem possuía a moral e a condição necessárias, apenas respondeu:

— Sim, você sairá, porque esta é a vontade do Mestre Jesus!

— Chega! Chega de falar no crucificado! Não quero mais ouvir falar desse nome.

— Você não só ouvirá por muito e muito tempo, como o verá antes do seu desterro!

— Não! Não quero! Vocês não podem me obrigar!

— É preciso!

— Você está me torturando, maldito! Por que não ficou no sepulcro? O que quer comigo?

— Não é minha intenção torturá-lo. Nada quero contigo a não ser o seu bem e levá-lo até Jesus, como me foi ordenado!

Depois dessas palavras, Lázaro fez um sinal aos seres angelicais e apareceram em suas mãos laços fluídicos que caíram sobre Demostes. Quatro laços, prendendo-o pela cintura.

— Parem, parem! O que vão fazer comigo?

— Vamos retirá-lo daqui!

— Não podem! Não entendem que eu sou este local? Tudo será destruído!

— Esta é a intenção!

— Hipócritas! Mentirosos! Não se dizem trabalhadores do bem, da luz? Como podem destruir, então?

— Não somos nós quem destruirá isto aqui — disse Lázaro, alongando a mão para a cidade. — Tudo cairá com a sua retirada, pois, como você mesmo disse, você é o autor desse local. Você mantém essas energias presas aqui, estas que suga dos seus escravizados!

Erguendo-se para cima, Lázaro bradou aos anjos:

— Puxem.

De forma impressionante, os anjos começaram a puxá-lo para o alto, enquanto ele gritava desesperadamente:

— Soltem-me! Soltem-me! Não quero ir! Vocês não podem me tirar daqui!

— Puxem! — bradou Lázaro novamente. — Você irá, Demostes, pois o Cristo o aguarda!

Um barulho ensurdecedor ressoava e parecia que tudo estava se quebrando, despencando. Irmão Bezerra nos incitava à calma.

— Nada temam. Jesus esta à frente. Nada temam, pois nada aqui ocorrerá sem a vontade dele. É o término deste reinado de horror e sofrimento.

Os gritos de Demostes ressoavam, terríveis, e era de chocar ver aquela imensa criatura alada ser retirada aos poucos daquele abismo infernal.

Enquanto os anjos o puxavam, Lázaro dizia:

— Jesus o espera, Caifás! Ele não quer o seu mal. Embora você o tenha mandado para a cruz, ele jamais o culpou por isso! Vá, Caifás! Vá ter com o seu mestre, pois só ele poderá guiá-lo após dois mil anos de ódio e destruição! Mas Jesus é amor, é misericórdia e jamais desejou o seu sofrer. Incline-se diante dessa vontade superior, pois ele é o Mestre, é o representante de Deus neste planeta. Aceite isso para o seu próprio bem!

Em vão Demostes — ou, para minha surpresa, Caifás — tentava se libertar.

Neste instante, uma voz doce, já nossa conhecida, ressoou sobre nós, e, mais além, vozes cantavam "Hosana nas alturas":

— Venha, filho. Jesus é só amor, ele lhe dará a paz que você sempre quis e jamais teve, pois não entendeu que paz nós só temos quando nos colocamos a serviço do bem e do amor! Nós o levaremos ao filho dileto do meu coração, aquele que morreu na cruz não por sua vontade, mas para fazer cumprir a vontade de Deus na Terra, e para que toda essa humanidade finalmente entendesse que só o amor nos liberta e nos direciona de retorno ao Criador, conscientes de que somos todos luz!

Já nesse instante, os gritos pavorosos de Caifás se transformaram em um doloroso choro, e ele foi sendo puxado até desaparecer no céu, levado pela força moral daqueles seres angelicais a serviço de Jesus.

Lázaro, elevando os braços para o alto, orou em agradecimento:

— Graças, meu Pai, por mais esta vitória da Luz! Graças pelo amparo de Jesus, que jamais nos faltou! Oh, Mestre, tenho te seguido há muito, desde que me beneficiou com tua afeição amiga e caridosa. A tarefa da qual nos incumbiu está feita, Senhor! Agora é contigo! Deus nos abençoe a todos e tenha misericórdia desse nosso irmão que, a partir de hoje, com certeza, iniciará uma nova jornada, pois o seu sofrer era por demais terrível. Obrigado, Senhor, pelo amor e pela compaixão que tendes com todos os filhos da Terra. Abençoados sejamos todos nós, em nome do Cristo de Deus!

Findando a prece, o amável ser desceu até nós. Com carinho, abraçou Bezerra de Menezes, dizendo:

— Gratíssimo, irmão Bezerra, pelo auxílio prestado! — A seguir, dirigiu-se a irmão Arnaldo: — Querido amigo Julianus, quantas saudades! Obrigado por seu auxílio!

— Que fiz eu, Lázaro? Eu é que necessito agradecer por sua amizade e presença providencial.

Ele apenas sorriu e apertou novamente meu amigo Arnaldo nos braços. Depois, dirigiu-se a todos nós, abraçando-nos igualmente e repetindo:

— Agradeço a todos vocês em nome de Jesus.

Bezerra, tomando a palavra como portador do grupo, adiantou:

— Somos nós que temos muito a agradecer. Tudo o que se passou aqui hoje nos atesta o imenso amor do Cristo por todos nós. Em verdade, nada fizemos, Lázaro, mas sim você fez, secundado pelos seres angelicais e por Maria Santíssima.

— Irmão, Bezerra, todos nós trabalhamos em conjunto. Assim deverá ser sempre entre nós. A união em torno do bem produz milagres.

— O que ocorrerá agora a Demostes?

— Bem... Ele seguirá o próprio destino. Por muitos e muitos séculos ele foi um flagelo abismal, utilizado pelas forças do bem para correção dos homens pelo sofrimento. Entretanto este tempo de pesares primevos e expiações terríveis já passou para a humanidade, que habitará o novo orbe terreno em sua face regeneradora. Embora todo o mal ocasionado pelo nosso irmão o Pai Maior tenha transformado em bênçãos renovadoras para aqueles que despertaram, aceitando o jugo leve de nosso Senhor Jesus, nem por isso suas responsabilidades perante seus atos diminuirão. Delas Demostes terá de dar contas, através de um trabalho árduo pelos milênios afora. Utilizará a força que lhe é peculiar para limpar o caminho de muitos que ainda jazem em um chão incultivado, vivendo de forma pior que a dele. Lavrará esse novo solo com suor e lágrimas, para dele tirar alimento para si e amparar muitos outros, que o cobrarão sem cessar. Finalmente, se não esmorecer, merecerá fazer parte da futura colheita que ali crescerá, graças ao seu esforço e de muitos que o seguirão, sobre os quais ele terá tutela e autoridade, para guiá-los rumo à transformação. Ali, nesse novo reino, também receberá o amparo e a visita do Cristo de tempos em tempos, para que aprenda o uso da fé, não se deixando jamais abalar. Precisará alimentar sem cessar a esperança em um amanhã melhor. Para o seu próprio bem, esquecerá quem foi e reiniciará um novo processo evolutivo, secundado e amparado pelos trabalhos abnegados de companheiros já transformados pela luz do Cristo, que aceitaram acompanhá-lo por um tempo nessa nova morada, confirmando assim as palavras de Jesus, de que "Na casa do Pai há muitas moradas", e todas elas são abençoadas escolas, onde o aluno aplicado, muito rapidamente, recebe a aprovação e emancipação espiritual, quando então se tornará merecedor de escolher onde quer habitar, pois será livre!

Terminando essas explicações, Lázaro então se despediu com um gesto amigável a todos nós e partiu rapidamente como um cometa no céu.

Com urgência, Bezerra nos disse:

— Irmãos, vamos tirar logo os prisioneiros daqui, pois tudo isso ruirá!

E assim o trabalho foi sendo feito, surgindo muitos trabalhadores que, com certeza, só estavam esperando aquele momento para intervirem. Ah, antes que vocês se perguntem: todos os comandados de Demostes — ou Caifás —, aqueles mesmos que tentavam invadir o local onde estávamos, tinham fugido espavoridos quando viram seu "grande chefe" ser levado daquela forma.

A presteza com que irmão Bezerra agiu, tirando dali os prisioneiros, teve sua razão de ser, pois podíamos "sentir" que os calabouços só se mantinham pela atuação dos Engenheiros Siderais. Lembram-se? Aqueles outros que já estavam limpando a periferia da cidade. Assim que tirávamos os aprisionados de um local, este se esfacelava em pó. E assim, em poucos minutos, não existia quase nada daquela construção enorme com sua característica de perdida nos confins do tempo.

Logicamente, nem todos os "retirados" seguiam com os irmãos para áreas de tratamento. Muitos daqueles que se encontravam "conscientes", apesar de intensos sofrimentos pelos quais haviam passado, ainda assim preferiam fugir a aceitar o auxílio do Alto. Sabem por que, meus irmãos? Simplesmente por medo do desconhecido e das responsabilidades. Pensam alguns que é preferível ficar no que conhecem, embora sofram, a enfrentar algo novo. Assim também ocorre com muitos encarnados.

E nós, digo, o nosso grupo do começo desta história toda foi atrás de cumprir sua missão: achar e resgatar a nossa irmã Celina. Desnecessário dizer que, neste momento, Lino estava conosco e bastante ansioso. Irmão Arnaldo foi direto para onde ela se encontrava, presa a uma espécie de maca, totalmente alheia ao que se passava ao redor de si. Aliás, foram muitos os que encontramos nessas condições. Lino chorava de emoção, abaixado junto à mulher amada, enquanto procurávamos soltá-la. Assim que conseguimos, Arnaldo disse para ele e vó Maria, que surgiu naquele momento "magicamente":

— Levem-na imediatamente para a enfermaria do Maria de Nazareth.

Enquanto alguns seguiam com vó Maria, carregando Celina, eu fiquei com os trabalhadores na missão de resgate.

Aquele estrondo todo com o desmoronamento do castelo foi providencial, principalmente para "acordar" abruptamente muitos encarnados, frequentadores assíduos da Rua dos Prazeres, com toda a sua gama de oferendas nocivas e imorais, as quais eram ali desfrutadas largamente. Para nós, isso foi muito prático, pois diminuiu um pouco a nossa exaustiva tarefa.

Entretanto, houve muitos encarnados que precisaram ser retirados dos locais por se encontrarem totalmente inconscientes, devido a excessos de toda ordem. E, naquela faina exaustiva, para minha surpresa, depois de muitos e muitos dias, tornei a ver o céu. A bem da verdade, era uma pequena restiazinha, mas já dava para ver algumas estrelas. Que bem isso me fez. Senti-me revigorar e me pus a trabalhar com mais bom ânimo. Aqui e ali nos defrontávamos com grupos rebeldes, mas a presença dos soldados logo os dispersava. É interessante notar que onde há rebeldia é necessária a força correcional para impor a ordem. Assim é aí entre os encarnados, assim o é aqui entre nós, os espíritos. Contudo, quanto mais elevados são os seres, mais conscientes de suas obrigações o são igualmente, e já não há necessidade de impor a ordem pela força — aqui no caso o que se usa é a força moral. Mas, mesmo lidando com seres de extrema perversidade, mesmo tendo de usar a força de repressão, os soldados do bem jamais se deixam levar pela onda de violência, como se deixam muitas vezes os irmãos encarnados que trabalham na força policial. Os soldados espirituais jamais confundem os atos perversos das criaturas com as próprias criaturas. Para eles, todas são filhas de Deus, não importando suas ações. Seguem à risca o Evangelho quando nos aconselha a não deixar o campo livre aos maus, entretanto, sabem estes abnegados irmãos que estão lidando muitas vezes com espíritos doentes no seu mais alto grau, pois todo aquele que, como Demostes, se afunda no ódio e na revolta é um ser extremamente doente.

Assim são os "verdadeiros" soldados do Cristo — digo verdadeiros porque na nossa história passada houve muitos que portavam a cruz em suas bandeiras, contudo lavaram os reinos daqueles tempos remotos com sangue, usando o nome do Cristo! Estes serviam aos interesses do mundo, jamais os do Cristo. Os verdadeiros soldados do Cristo se impõem sempre pela elevação dos seus sentimentos e atos, nunca pelo poder ou pela violência. Os objetivos destes serão sempre o de conduzir criaturas comprometidas com o mal para novos caminhos e aprendizados.

Muitas vezes, será necessário cortar-lhes o livre-arbítrio a fim de cessar-lhes os desatinos, que redundam sempre em futuros sofrimentos, colocados em movimento pela lei de ação e reação, provocada por eles mesmos.

Por muitas e muitas horas trabalhamos sem cessar recolhendo criaturas flageladas, depauperadas, muitas parecendo estar numa segunda morte, se isso fosse possível.

Em dado momento, percebi ao longe irmão Arnaldo me fazendo um sinal. Aproximei-me e ele perguntou, apontando-me um espírito sentado em meio aos escombros, com a cabeça entre as mãos:

— Lembra-se dele?

Imediatamente me lembrei daquele ser que encontramos, com o qual travamos um pequeno diálogo assim que entramos na cidade: era Laerte. Irmão Arnaldo se aproximou:

— Como está, irmão Laerte?

Ele nos olhou demonstrando grande alheamento e emitindo um gemido.

— Sente algo, meu irmão? — perguntou Arnaldo.

— O que ocorreu por aqui?

— Lembra-se de que lhe falamos do nosso chefe?

Ele, coitado, se esforçava por entender o que lhe falávamos e o que ocorria à sua volta.

— Quem são vocês?

— Visitantes de outra cidade, não se lembra? Nós já conversamos com você antes.

Num gesto proposital, irmão Arnaldo colocou a mão sobre a cabeça dele, e como por "encanto" o seu raciocínio desanuviou e ele exclamou:

— Sim! Lembro-me de vocês! Pois então quase não fui castigado por passar informações?

— Sentimos muito, pois não foi nossa intenção causar problemas ao irmão.

— Bem... O que está feito, está feito! — disse o homem, relanceando o olhar ao redor de si, ainda sem entender o que se passava.

— O irmão não quer vir conosco?

— Para onde?

— Para um local melhor.

— Diga-me! O que ocorreu aqui?

— Nosso "chefe" fez uma pequena intervenção.

— Pequena? Tudo está se destruindo e... O que era aquela coisa que foi levada pelos ares?

— Aquela "coisa" era o "seu chefe"! Você não o conhecia pessoalmente?

— Não! Jamais o tinha visto! Só tratava com Sigma. Ouvi dizer que Demostes era monstruoso, mas jamais supus...

— É, meu irmão, era aquilo que você vinha servindo há tanto tempo.

— Mas... se foi seu chefe quem ocasionou tudo isso... deve ser mais medonho ainda, se isso pode ser possível!

— Ao contrário, irmão Laerte! Nosso chefe atua no amor, só quer o nosso bem e é um ser belíssimo!

— Mas... se for assim, por que ele está destruindo tudo aqui?

— Não é ele a causa dessa destruição, mas sim a retirada de Demostes.

— Para onde o levaram?

— Para uma nova morada, onde iniciará uma nova vida, sem tantos sofrimentos.

— E ele, Demostes, sofria?

— Nem queira calcular o tanto, meu irmão. Seu sofrimento era proporcional ao sofrimento que ele causava aos outros.

— É assim que tudo funciona, então?

— Exatamente, irmão Laerte.

— Eu estou perdido — disse o homem desanimado.

— Ao contrário, não acha que já é tempo de se reencontrar?
Ele, com olhar súplice, mas parecendo uma criança, olhou para irmão Arnaldo e perguntou:
— E... como eu faço isso?
— Trabalhando para o bem!
— Para o bem?
— Sim! Veja a sua volta, não há tantos sofrendo? Vamos ajudá-los!
Amparado por irmão Arnaldo, Laerte se aprumou todo e resoluto disse:
— Acho que não quero ter o destino de Demostes. Se ainda tiver tempo, quero seguir com vocês e trabalhar para esse novo chefe. E, se ele quer que eu faça coisas boas, começarei agora!
Assim, aquele homem, servidor do mal, começou ali mesmo sua nova jornada em favor do bem. Seguia-nos passo a passo e copiava as nossas ações, resgatando e colocando nas mãos dos irmãos elevados muitos seres sofridos.
A sensação de sufocamento desapareceu com aquela restiazinha de sol que ali penetrava, quem sabe, pela primeira vez.
Os milhares de atendimentos estavam se findando. Gregório se aproximou do irmão Bezerra, dizendo-lhe:
— Creio que permaneceremos por aqui ainda um tempo mais, prestando socorro. Nossa enfermaria já subiu, mas manteremos um pequeno posto de socorro, pois prevemos que, depois de retirados todos os desencarnados, ainda muitos encarnados perambularão por aqui, trazidos pelo hábito e pelas lembranças, devido ao tempo em que para cá se deixaram arrastar.
Bezerra, em sua simplicidade, complementou:
— Sendo assim, creio que já podemos nos retirar, deixando o restante ao encargo do irmão, que tão bem soube dirigir esta maravilhosa enfermaria, a qual tanto trabalho prestou ao bem.
— Irmão Bezerra, sinta-se à vontade para ficar o quanto puder! Sua presença sempre será valiosa para nós, e sabemos que esse

desfecho inesperado, mas que se deu de forma tão maravilhosa, deveu-se à presença do irmão.

— Querido amigo! Se tudo transcorreu de forma tão abençoada, devemos a esse trabalho perseverante que o irmão tem desenvolvido aqui por tantos anos, e igualmente porque chegou a hora do desfecho libertador. Se você conseguiu se manter neste trabalho nos seus momentos mais difíceis, é justo que o termine principalmente nestes momentos abençoados do findar de tantos sofrimentos que o irmão acudiu sem esmorecer. Sim! É hora de minha partida, pois outras tarefas me aguardam, contudo, gostaria de passar por estes sítios assim que estiverem totalmente limpos e saneados, para aqui agradecer ao Mestre Jesus por mais esta vitória do bem.

— Seja como você determinar, Bezerra.

— Arnaldo... O que farão você e seu pequeno grupo?

— Iremos consigo, irmão Bezerra! E gostaríamos que o irmão nos seguisse até o núcleo Maria de Nazareth, pois sinto que nossa irmã Celina necessitará de vosso concurso.

— Já era minha intenção passar por ali; se todos estão de acordo, podemos partir, então?

Capítulo 19

A ROSA MÍSTICA DE NAZARÉ

Quem demonstra a renovação de si mesmo, em Cristo, habilita-se a cooperar na renovação espiritual dos outros.
(*Vinha de luz*, Emmanuel/Francisco C. Xavier, "Sublime recomendação", item 111)

Todos nós nos achegamos ao ilustre mensageiro de Maria e imediatamente fomos envolvidos por sua luz intensa. Um segundo após, já estávamos no querido sítio de minha infância.

Um grande alívio tomou conta de mim. Senti-me feliz, alegre por estar naquele local tão querido e tão conhecido. Parecia-me que estivera distante por muito, muito tempo, e não por somente algumas semanas. É estranho como o tempo é relativo para nós. Tem momentos em que ele passa muito rápido, em outros, parece se arrastar em dias, meses; isso se dá quando estamos envoltos pelos sofrimentos e pelas aflições.

Nosso grupo foi recebido festivamente pelos irmãos trabalhadores da casa, que ansiosos ficaram aguardando e vibrando pela nossa missão na cidade trevosa. A seguir, Bezerra e todos nós dirigimo-nos à enfermaria, onde constatamos que a Celina física jazia no mesmo estado cataléptico, e a Celina-alma se encontrava numa maca ao lado do corpo; seu estado era desesperador.

Com imenso carinho, irmão Bezerra iniciou um tratamento de passes na irmã, que depois de estremecer muito principiou a abrir os olhos. No entanto, assim que fez isto, entrou em desespero.

Fitava-nos com os olhos arregalados e gritava muito. Bezerra, com a paciência e o amor que lhe eram característicos, aproximou-se e, tocando-a na cabeça, disse-lhe:

— Calma, minha filha. Você está livre agora do jugo opressor de nosso irmão Demostes.

— Não! Jamais estarei livre daquele ser nefasto! Jamais, jamais!

— Calma, eu lhe peço, pois necessita entender que és livre em ti mesma. Não nascemos subjugados a nenhum ser, minha irmã. Contudo, o que nos aprisiona realmente é a própria consciência das culpas incrustadas no âmago há milênios, aparentemente esquecidas, mas na realidade recobertas por uma crosta, a proteger a chaga que lá está, e permanecem martirizando a criatura vidas e vidas afora.

— Sim! Sim! Isto ocorre realmente comigo, vejo-me fazendo coisas terríveis.

— Isso é passado, irmã Celina.

— Mas sofro como se fosse hoje, foi esse passado que me arrastou para este inferno. Coisas terríveis estão gravadas em mim, eu sei!

— A irmã tem "outras" lembranças, produto de existências em que fez coisas nobres! Lembra-te delas.

— Não consigo ver nada além desse passado nefasto. Eu me indispus com o Cristo. Ria-me daquele homem, de sua simplicidade, de sua pretensão; salvador do mundo... Como ele nos tentava... com sua beleza angelical, com seus olhos profundos a nos desnudar a alma. Nós éramos do harém de Caifás, éramos mulheres privilegiadas, invejadas, e quanto mal eu, a preferida dele, perpetuei por trás daqueles altos muros.

Quantas jovenzinhas recém-chegadas eu levei para a destruição para não ser preterida, para não perder o meu posto.

— Isso é passado, irmã, pelo qual você já muito sofreu.

— No entanto, ele está aqui a me afogar nas mágoas, a me sufocar o coração e a me dilacerar a alma. Como posso me considerar livre se, passados tantos milênios, "ele", este ser imundo, ainda consegue me atingir, me arrastar para o lodo em que vive?

— Irmã Celina, não se deixe apiedar assim. Lembra-te de que somos todos seres divinos, embora no momento estagiando num planeta de expiações acerbas que, no entanto, estão por se findar. Contudo, estamos também ligados aos outros nossos irmãos, então, este que a irmã cataloga como nefasto e imundo é um ser a requerer de nós todos a compaixão, a misericórdia, a piedade tão mencionadas pelo Mestre Jesus. Não foi à toa que ele nos orientou a sermos piedosos uns para com os outros, pois quem de nós não necessitará de piedade para si mesmo?

Aos poucos nossa irmã foi se acalmando. Reconhecendo Lino, pôs-se a sorrir timidamente.

— Celina querida, como se sente?

— Lino! Que alegria ver você! O que faz aqui?

— Está se sentindo melhor?

— Melhor? Eu estava doente?

Achei estranho ela perguntar isso; depois, irmão Arnaldo me explicou que, assim que se acalmou, Celina se "esqueceu" de parte do que acabara de falar, como uma proteção à sua mente.

— Quem são essas pessoas? — perguntou, e irmão Bezerra se aproximou, tomando-lhe as mãos e dizendo:

— Minha filha, você passou por um transe difícil.

— Lembro-me vagamente de que estava presa e um ser monstruoso dizia ser o meu dono. Oh, meu Deus, ele fez coisas terríveis comigo. Por quê?

— Irmã Celina, isso se deu pela sua ligação remota com aquele ser.

— Mas... ele é um monstro, como posso ter tido alguma ligação com ele?

— Nem sempre ele foi assim. Há milênios era um homem de razoável beleza e muito poderoso. Possuía muitas esposas e concubinas, e você era uma delas. Você particularmente nutria grande orgulho de seu papel, tanto que o preferiu a aceitar a posição humilde com o homem que a amava.

Bezerra se voltou para Lino, que sorria esperançoso, e disse:

— Lembra-se, Celina? Isso foi há muito tempo.

— É algo vago em minha mente. Sim! Vejo-me rodeada por muitas mulheres, sempre à disposição de um único homem. Lembro-me de um rapaz que estava sempre em minha mente, mas eu preferia o luxo e a abundância que desfrutava. Só que... algo aconteceu. Alguma coisa que nos marcou profundamente. Depois daquilo, nada mais foi o mesmo. Nosso amo e senhor se tornou irritadiço e até perverso. Ninguém estava a salvo no palácio. Vivíamos amedrontados. Lembro-me de que tentei fugir do harém — pois onde eu vivia era um harém — com Lino, mas fomos pegos e tivemos os dois uma morte horrível.

— Isto, Celina, ocorreu há mais de dois mil anos. O fato que transformou Caifás num homem desnorteado foi a passagem de Jesus pelo planeta. Como um dos principais responsáveis pela crucificação do Mestre, ele entrou depois num desequilíbrio que acabou por levá-lo ao desencarne num estado extremo de ódio, não se permitindo em todo esse tempo o refrigério de uma nova encarnação. Assim, foi se cristalizando neste sentimento violento, confundindo verdades antigas com ideias novas e deturpadas, trazidas através da passagem dos tempos. Demostes sempre buscou se acercar dos seus antigos conhecidos. Para isso, os atraía em espírito. Toda essa tenacidade de nosso irmão em grande perturbação, somada a outras mentes semelhantes, acabaram por criar aquele lugar tenebroso onde a irmã esteve encarcerada por algum tempo.

Celina se arrepiou toda somente à vaga lembrança do que passara ali. Com um gesto a acalmá-la, Bezerra lhe disse:

— Isso já se foi, minha querida irmã.

— Mas... ele não poderá me aprisionar novamente?

— Nunca mais, pois já não se encontra mais por aqui.

— Como assim?

— Jesus o convocou para outras paragens.

— Graças a Deus!

— Não o culpe, irmã Celina; antes, ore por ele, que deve agora iniciar um longo tratamento para ter condições de desenvolver alguma tarefa.

— Acho que não serei mais a mesma depois disso tudo.

— Bem, a irmã deverá levar para a consciência uma transformação; que seja para o bem.

— Creio que doravante serei uma pessoa medrosa.

— Irmã Celina, podemos tirar-lhe as lembranças e impressões mais penosas, entretanto, daqui para a frente, você deverá se dedicar à prática mediúnica para estabilizar suas energias psicofísicas. Veja que o lugar para isso você já possui. Este pequeno sítio poderá lhe proporcionar tudo o que necessita: paz, repouso, trabalho dentro da mediunidade e, quem sabe, até uma forma de desenvolver um serviço para sua subsistência e dos seus entes queridos. Creio que o nosso irmão Jorge poderá nos auxiliar nesse desiderato.

— Ficarei imensamente grata. Mas... como será quando eu acordar, já que estive muitos dias em coma?

— A irmã não levará impressões penosas, como nós já dissemos, então dependerá de você mesma. Não se deixe levar por medos ou receios pelo ocorrido. Sinta-se despertando para uma nova vida cheia de oportunidades valiosas para sua alma imortal. Siga gentilmente amando a todos, trabalhando em prol das necessidades, fazendo bom uso de sua mediunidade. Um mentor você já tem, não é, irmão Lino?

Este, abrindo um largo sorriso, se manifestou:

— Nada me fará mais feliz que poder desenvolver uma tarefa junto a Celina.

Ele se achegou à moça e, selando aquele compromisso espiritual, os dois se abraçaram, muito felizes.

— Agora, minha filha, creio que já é hora de você despertar, pois sua vovozinha se encontra em grande aflição desde então.

— Sim, irmão Bezerra! Sou muito grata! — E, alongando a vista para nós, repetiu: — Sou muito grata a todos vocês!

Para alegria dos irmãos encarnados, Celina, que dormia há muito tempo, serenamente despertou. Olhando longamente a avozinha recostada numa poltrona, parecendo dormir, ela balbuciou:

— Vovó!

A anciã se assustou e, levantando-se de supetão, soltou um grito:

— Celina. Celina, você voltou!

— Sim, vovó. Voltei.

— Oh, minha querida neta. Quanto sofri pensando em perder você.

— Terminou, vovó. Graças a Deus, tudo já passou.

— Abençoado seja Nosso Senhor Jesus. Quanto orei a ele pedindo por ti, minha querida.

— E ele a ouviu, vovó. Como não ouvir alguém tão doce quanto a senhora?

As duas se abraçaram longamente. Dona Almira chorava de alegria e desabafo devido ao tempo que permanecera sob tensão, esperando melhoras da neta querida, sempre mantendo a fé de que ela despertaria. Vendo o desejo realizado, ela, que se mantivera firme até ali, deu vazão a toda a emoção represada.

Jorge, Mariana e outros trabalhadores aos poucos foram chegando; maravilhados com o ocorrido e emocionados, estacaram, silenciosos, sem coragem de cortar o doce idílio entre avó e neta.

Depois, a euforia tomou conta de todos, que queriam perguntar e falar ao mesmo tempo. Jorge, previdente, alertou:

— Vamos todos nos acalmar. Essa euforia pode não fazer bem a nossa convalescente. Mais importante: vamos agradecer a Deus o auxílio dele à nossa querida Celina.

E assim, ali mesmo, todos se assentaram e fizeram um Evangelho em gratidão às bênçãos recebidas. Pela emoção e alegria, a vibração estava excelente, o que permitiu sermos percebidos pela preciosa mediunidade de Mariana, de dona Almira e até da própria Celina. Uma confirmou a percepção da outra, o que denotava o grau de harmonia em que o grupo se encontrava. Finalizando o Evangelho, Jorge disse com grande intuição:

— Vejam vocês que Celina retornou para nós demonstrando o desabrochar da mediunidade. Será que já podemos contar com uma nova trabalhadora em nosso grupinho? — perguntou sorrindo.

— Seu Jorge, não tenho a pretensão de ser médium, mas, se puder ser útil nesta casa que tanto bem tem feito a minha avó, serei imensamente feliz.

— Minha filha, mediunidade não é coisa do outro mundo, não. Muita gente tem e sequer percebe; já outros, apesar de saberem que a possuem, não lhe dão o mínimo valor. Deixam passar a oportunidade preciosa de serem úteis, levando consolo e amparo aos que necessitam nos dois lados da vida.

— O senhor acha mesmo que eu poderei ser uma médium?

— Tudo indica que você já é. Só necessita educar esse dom para que possa ser um bom instrumento nas mãos da espiritualidade superior.

— Ficarei imensamente feliz se puder ser útil dessa forma. Sempre admirei a minha avó na sua tarefa.

E assim tudo foi se acertando. Com as coisas em paz, era hora de retornarmos para a nossa colônia.

Esperamos todos dormirem e virem até nós; nesse encontro amoroso de encarnados e desencarnados, nos despedimos.

Sempre olho para trás quando parto do sítio e sempre, sempre vejo aquela luz a iluminar o querido sítio de minha infância e o Centro Espírita Maria de Nazareth.

Parodiando nosso querido Roberto Carlos: "foram tantas as emoções" sentidas nessa tarefa, que fiquei vários dias escrevendo e reescrevendo essa nossa aventura.

Passado quase um ano, nós recebemos lá no nosso Instituto a visita de Bezerra de Menezes. Antes, quando este alto dignitário do bem ali aportava, eu nem tinha coragem de me aproximar, tal o acanhamento e a distância que sentia perante ele. Desta vez, acho que fui o primeiro a correr ao seu encontro. Sem pensar, até passei na frente de alguém. É; eu ainda tenho muito que melhorar. Mas irmão Bezerra, extremamente carinhoso, apertou-me nos braços sem distinção. Para ele, somos todos iguais, somos todos irmãos: um dia eu chego lá, ainda hei de me sentir irmão de todos sem distinção, assim como ele.

— Olá, Fábio, como está, meu filho?

— Muito bem, irmão Bezerra.

— Vim mesmo a propósito de convidá-lo a seguirmos até a crosta, onde Arnaldo e Adelaide estão nos aguardando.

Fiquei eufórico e curioso, seguindo-o imediatamente. Qual não foi a minha surpresa ao deparar com meus diletos amigos me esperando acima do sítio. Bezerra, se achegando, falou:

— Convidei-os para que juntos possamos avaliar o desfecho daquela nossa aventura. Vamos ver como está nossa irmã Celina?

Todos aceitaram o convite e juntos adentramos o sítio.

Nas dependências do pequeno centro, com satisfação, abracei o meu irmão, que, imerso em atender um doente, sequer me percebeu. Assim é: raras vezes somos percebidos pelos entes queridos encarnados. Às vezes, a consciência registra nossas falas, os corações se alegram com nossa presença, mas tudo em nível muito sutil. A mente imersa nos afazeres e preocupações nem sempre se dá conta do abraço, do afago e dos carinhos que lhes ofertamos. Mas... mesmo assim é muito bom visitar os familiares, nossos queridos da matéria temporária. Nesse dia, repleto de afazeres, quase ninguém nos percebeu; entretanto, nós, por nossa vez, íamos registrando tudo.

Bezerra nos fez um sinal e entramos na enfermaria espiritual. Lá, imediatamente, vó Maria correu a nos abraçar, logo seguida por Lino, que exclamou:

— Irmãos queridos, que felicidade tê-los por aqui. Ainda há pouco eu e dona Maria comentávamos que vocês estavam tardando em nos visitar.

— Pois foi bem assim — respondeu minha amada avozinha.

Irmão Bezerra se adiantou em responder:

— Muitas tarefas, queridos amigos! E então, como anda a nossa menina Celina?

— Melhor impossível! — respondeu Lino. — Como o próprio irmão sugeriu, assim que ela recebeu alta de Jorge, já se interessou em ingressar na Doutrina e fazer parte dos trabalhos.

— E como tem se saído?
— Muito bem, não é, dona Maria?
— Sim, irmão Bezerra. Celina acatou muito bem vossas orientações, e, as demais, eu mesma me incumbi de passar a Jorge as solicitações em favor de dona Almira. Hoje ela, o filho e a neta vivem numa casinha aqui no sítio, a mesma onde você foi criado, meu neto; logicamente, toda reformada. Está uma belezinha, e nossos três protegidos têm sido muito felizes ali.
— E quanto ao filho de dona Almira? — questionou irmão Arnaldo.
— Bem, este irmão traz um difícil processo de paralisia e de obsessão... Tratamo-lo o melhor possível, contudo, prevejo que ele não terá vida tão longa.
— Pelo menos as duas estarão amparadas neste sítio.
— Sem dúvida, mas isso não será caridade, pois Celina tem trabalhado muito nas enfermarias, e dona Almira também, quando tem tempo e condições.
— E você, meu irmão, como tem se sentido? — perguntou Bezerra a Lino.
— Irmão Bezerra, posso dizer que aqui, junto de Celina e tendo a oportunidade de auxiliar a tantos irmãos, sou imensamente feliz. Depois daquela longa estadia nos domínios tenebrosos de Demostes, isto aqui é um doce cantinho do céu.
Irmão Bezerra sorriu e disse:
— Realmente, irmão Lino. Isto aqui é um pequeno oásis em meio à árdua luta da humanidade. Um cantinho, como disse o irmão, repleto de amor, dedicação e boa vontade, tanto para auxiliar os doentes quanto para esclarecer e consolar os sofredores através da Boa-Nova.
Percebemos assim que, para criar um cantinho igual a este, não é necessário muito. Não, pelo contrário, bastam o amor, regado constantemente pela fé; e o bom ânimo, sustentado pela

caridade e humildade guiadas pelo Evangelho. Pronto, eis aí a receita para se formar bons trabalhadores, e, onde se reúnem dois, três ou dez pessoas com os mesmos objetivos, eis plasmada nos céus a concretização desses sentimentos! Mais um novo cantinho de luz para iluminar os caminhos dos queridos irmãos que jornadeiam por este planeta, nos dois planos da criação.

Nós ainda ficamos ali por um tempo, eu saboreando a doce presença de meus familiares, e irmão Arnaldo, Adelaide e Bezerra de Menezes atentos aos trabalhos e trabalhadores da casa.

Quase não reconheci Celina, tão bela estava e trabalhando com alegria e dedicação, sempre acompanhada de perto pelo seu "mentor" Lino.

Ao anoitecer nos despedimos de todos e irmão Bezerra nos guiou então para o Centro do Planeta. Afundamos literalmente terra adentro. Diferentemente de um encarnado que fizesse isso dentro de um maquinário físico qualquer, onde veria muitas e muitas camadas de terra, nós víamos outras imagens.

Lugares e sítios se alongavam às nossas vistas e podíamos entender que mesmo as camadas da Terra são habitadas por seres invisíveis aos olhos físicos, tal como os círculos externos, invisíveis aos olhos encarnados. Logicamente estes irmãos alojados na entranha da Terra, em geral, não estão em boas condições, haja vista o que já narramos até aqui.

Entrementes, descíamos velozmente, não parando por nada, até chegarmos onde antes era a cidade de Demostes.

Que surpresa! Nada ali restava daquelas inúmeras edificações tétricas. Tudo limpo, saneado. Somente uma edificação ali permanecia. Um ponto de luz poderoso como um farol a guiar quem ali aportasse, perdido.

Imediatamente um conhecido nosso se aproximou. Gregório, sorrindo e de braços abertos, nos recebeu cheio de alegria:

— Irmãos, bem-vindos todos vocês! Querido Bezerra, atendeu ao meu chamado.

— Sim, Gregório, contudo já tinha me disposto a vir até aqui, pois senti que o irmão queria falar comigo.

— É verdade. Veja este local! — exclamou, alongando o braço em direção ao derredor.

— Acabou?

— Sim, irmão Bezerra. Acabou tudo! Com as bênçãos de Deus!

— Uma grande faixa expiatória foi-se do planeta com a retirada de Demostes e a desarticulação da maioria de seus prepostos.

— É possível terem saído daqui todos aqueles que serviram Demostes? — indagou irmão Arnaldo, e foi Bezerra de Menezes quem respondeu à questão:

— Até agora, pelo que sei, somente Demostes foi retirado do planeta; quanto aos demais, um terço deles foi levado, pela misericórdia divina, para reencarne compulsório, devido a seu estado desesperador. Outra parcela, bem grande, a meu ver, aguarda no hospital preparatório construído pelos Engenheiros Siderais em meio à Floresta Amazônica, com o objetivo de receber os irmãos que farão a transmigração deste para outro orbe. E a última e maior parte desse enorme contingente de pessoas, os que se encontravam em melhores situações, perambulam pela superfície entre os encarnados.

Ensaiei então uma pergunta:

— Irmão Bezerra, na superfície já não há problemas demais para suportar esse grupo de desencarnados problemáticos?

— Meu filho, o que nos diz Jesus lá no seu Evangelho? "Só os lobos cairão nas armadilhas de lobos!" Estes são os momentos de testes decisivos para a humanidade. Quem já é bom sempre permanecerá bom, ainda que rodeado pela maldade e pela ignorância. Sabemos que não será fácil, contudo, pense na oportunidade preciosa que os irmãos estão tendo de fazer o bem! Não há tempo mais para os grandes discursos... É hora de arregaçar as mangas e colocar as mãos no trabalho. Não devemos mais delegar para o outro a carga pesada, enquanto permanecemos somente na oratória. O momento é crucial. Não basta só conhecer o Evangelho, falar do Evangelho, a hora exige a tarefa dentro do que foi aprendido até agora, deste mesmo Evangelho. Aquele que se preparou e se transformou através dos preciosos ensinos do Messias está pronto para participar do banquete nupcial. Não há o que temer, pois o momento de se dedicar chegou. O convite para servir Jesus foi feito há dois mil anos. Feliz aquele que aceitou, e hoje, adestrado no serviço para o bem comum, poderá se laurear como um Dedicado Servidor do Cristo, título que lhe caberá por direito, permitindo-lhe a permanência neste que será muito em breve um maravilhoso mundo regenerador.

Felizes e esperançosos, ouvíamos irmão Bezerra. Em meus pensamentos, imaginava como seria bom viver em um mundo onde as pessoas se amassem e se respeitassem mais. Por isso, meus irmãos, busco me dedicar sem esmorecer, pois quero merecer fazer parte dessa humanidade renovada. Por ora, eu só peço a oportunidade de trabalhar, pois só o trabalho garantirá a nossa transformação, desde que seja feito por amor.

Como prometido, irmão Bezerra, então, nos convidou a um recolhimento íntimo, enquanto se pôs a orar:

— Abnegada Maria de Nazaré! Mãe amorosa e intercessora incansável dos filhos desse gentil planeta, que tudo nos concede, para que possamos progredir sempre. Rosa mística que nos envolve com seu doce perfume de amor, aqui nos colocamos hoje para agradecer em teu nome ao vosso amado filho, nosso querido Mestre Jesus! Sim! Temos muito a agradecer, pois, como o Mestre declarou naquele momento de sua passagem física pelo planeta, o qual assim ocorreria: eis que a Terra segue firme o seu objetivo traçado pelas hostes siderais, em sua emancipação psicofísica! Pois os minerais, assim como os vegetais e os animais, todos seguem a mesma linha de ascensão sempre em frente, até que a inteligência embrionária que os animou receba o beneplácito de adentrar finalmente o reino da consciência desperta: o reino humano.

"Assim, neste processo de evolução, vence as etapas mais facilmente aquele que mais desprendidamente oferece os seus recursos ao bem maior. Neste sentido, um planeta, quando sustenta tanta forma de vida como a nossa querida Terra, avança na evolução, tornando-se dia a dia mais refinado em seus elementos, mas sutil em sua vibração. Portanto, vemos isto ocorrendo aqui neste grande campo, hoje um local aprazível e agradável, onde antes era um sítio de prantos e ranger de dentes. Agradecemos a ti, mãe amada, a bondosa intercessão! Agradecemos ao querido Dirigente deste nosso orbe, nosso Mestre Jesus, que por sua vez segue diretriz do mais Alto, pois a evolução é uma constante. Finalmente agradecemos ao Pai, de onde jorra o amor, fonte de tudo o que existe.

"Obrigado, Mestre Amado, por concretizar seus próprios planos de tornar esta uma morada melhor. Contudo, Senhor Jesus, diante de tantas bênçãos a agradecer, ainda temos o que rogar de Vossa misericórdia. Perdoe-nos por ainda uma vez mais necessitarmos do Vosso socorro, de Vosso amparo; pedimos por todos estes irmãos, que sofrem na carne e fora dela. Muitos cegos guiando outros tantos, sem se aperceberem do precipício de que se aproximam. Tende compaixão, Senhor, destas criaturas que se rebaixam ao nível mais primitivo para saciar suas necessidades mais básicas, sem se aperceberem de que somos todos anjos, somos todos luzes!

"Despertai os que dormem no jugo das ilusões! Levantai os que jazem sepultados pelas camadas da ignorância, do medo e do desamor, nas quais se deixaram encastelar!

"Amado Mestre, guiai ainda uma vez mais aqueles que trazem as trevas dentro de si mesmos e, finalmente, Senhor, fortalecei aqueles que já conscientes de que são responsáveis pelas suas ações, cansados de sofrer, se dispõem a iniciar uma nova trajetória, para enfim conquistar a felicidade! Abençoem-nos, Senhor, os humildes propósitos em te servir e utilize como preferir deste, que aqui voz roga naquilo que for necessário dentro do teu Evangelho de Amor, em prol dos que mais necessitam."

Assim, nosso querido irmão Bezerra findou aquela belíssima rogativa ao Mestre Jesus, mantendo as duas mãos juntas, onde uma luz começou a brilhar! Aos poucos, pudemos perceber uma maravilhosa rosa branca intensamente iluminada se materializar nas mãos do nosso benfeitor.

Emocionado, Bezerra se voltou para nós, dizendo:

— Uma dádiva de nossa amada Mãe Maria de Nazaré!

Todos nos aproximamos para observar de perto a iluminada rosa.

Irmão Bezerra se dirigiu a Gregório, lhe passando o precioso presente e dizendo:

— Ela pede que você a plante aqui neste arraial. Será um novo marco espiritual auxiliando a Terra em sua evolução.

Também emocionado, Gregório a pegou gentilmente e a colocou no solo espiritual, onde a flor imaculada imediatamente se enraizou e desabrochou ainda mais, tornando-se um ponto de luz portentoso.

Todos nós nos abraçamos, felizes por constatar que a luz sempre vencerá a sombra, assim como o amor sempre suplantará qualquer ódio! Esta é a lei: que o bem impere na Terra!

Para tanto, irmãos de grandezas e magnitudes ímpares trabalham sem cessar, até que o reino do bem se instale em definitivo na nossa amada morada: o planeta Terra.

Agradecidos, preparávamo-nos para partir, quando uma chuva orvalhada de bênçãos caiu sobre nós e envolveu toda a campina, numa suave luz, e a rosa de Nossa Senhora resplandecia numa brancura sem par.

Levamos o livro espírita cada vez mais longe!

 Av. Porto Ferreira, 1031 | Parque Iracema
CEP 15809-020 | Catanduva-SP

 www.**boanova**.net

 boanova@boanova.net

 17 3531.4444

 17 99777.7413

Siga-nos em nossas redes sociais.

@boanovaed   boanovaeditora

CURTA, COMENTE, COMPARTILHE E SALVE.
utilize #boanovaeditora

Acesse nossa loja   Fale pelo whatsapp